DON K

Miguel de Cervantes Saavedra 1
du. Babasının şehir şehir dolaşm
görmedi. Okumaya meraklı olduğu için
Bir süre orduda görev alan Cervantes, Roma'da Kardinal Giulio Acquaviva'nın maiyetinde görev aldı. 1571'deki İnebahtı deniz savaşında Osmanlılara karşı savaştı. Daha sonraki beş yılda da orduda kalan Cervantes, ülkesine dönmek için yola çıktığında bindiği gemi Osmanlı donanmasının eline geçti ve kendisi Cezayir valisi Hasan Paşa tarafından esir alındı. (1575-1580). 23 Nisan 1616'da Madrid'de öldü.

Kitapları: (roman) *Don Quijote* (Don Kişot- I. Bölüm, 1605), *Don Quijote* (Don Kişot- II. Bölüm, 1615) *La Mancha'lı Yaratıcı Asilzade DON QUIJOTE* (YKY, 1996), *Los Trabajos de Persiles y Segismunda* (Persiles ve Segismunda'nın İşleri) (1617) **(öykü)** *Novelas Ejemplares* (Örnek Alınacak Hikâyeler) (1613), **(oyun)** *Ocho Comedias, y Ocho Entremeses Nuevos* (Sekiz Komedi ve Sekiz Yeni Araoyun) (1615), *Yüce Sultan* (YKY; 1995).

Reşat Nuri Güntekin (İstanbul, 1889 - Londra, 1956) İlköğrenimine Çanakkale'de başladı, 1912'de Darülfünun Edebiyat Şubesi'ni bitirdi. 1913 yılında başladığı eğitimcilik mesleğini 1927'ye kadar başarıyla sürdürdü; 1927'de maarif müfettişliği görevine atandı. 1939-46 yıllarında Çanakkale milletvekilliği yaptı. UNESCO Türkiye temsilciği ve öğrenci müfettişliği göreviyle Paris'te yaşadı (1947-50). Son yıllarında İstanbul Şehir Tiyatroları'nın edebi heyetinde bulundu. Roman, öykü, tiyatro oyunu, inceleme türlerindeki yapıtlarının yanı sıra çeviriler de yapan Güntekin'in *Dudaktan Kalbe, Akşam Güneşi, Çalıkuşu, Yaprak Dökümü* gibi romanlarından sinema filmi ve televizyon dizisi çekildi.

Başlıca romanları: *Çalıkuşu* (1922), *Dudaktan Kalbe* (1923), *Gizli El* (1924), *Damga* (1924) *Akşam Güneşi* (1926), *Yeşil Gece* (1928), *Acımak* (1928), *Yaprak Dökümü* (1930), *Kızılcık Dalları* (1932), *Gökyüzü* (1935), *Miskinler Tekkesi* (1946), *Kavak Yelleri* (1961). Başlıca çevirileri: E. Zola'dan *Hakikat* (1929), T. Carlyle'dan *Kahramanlar* (1943), A. Camus'den *Yabancı* (1953), J. J. Rousseau'dan *İtiraflar* (1955).

MIGUEL DE CERVANTES SAAVEDRA

Don Kişot

Çeviren
Reşat Nuri Güntekin

Resimleyen
Gustave Doré

YAPI KREDİ YAYINLARI

Yapı Kredi Yayınları - 2883
Doğan Kardeş - 166
–İlkgençlik–

Don Kişot / Miguel de Cervantes Saavedra
Özgün adı: La merveilleuse histoire de Don Quichotte de la Manche
Çeviren: Reşat Nuri Güntekin
Resimleyen: Gustave Doré

Tom Louis'nin Fransızca uyarlamasından çevrilmiş,
-ikisi dışında- özel adlar
İspanyolca nüshadan YKY tarafından alınmıştır.

Kitap editörü: Onca Tapınç
Düzelti: Mahmure İleri

Tasarım: Nahide Dikel
Grafik uygulama: Süreyya Erdoğan

Baskı: Promat Basım Yayım San. ve Tic. A.Ş.
Orhangazi Mahallesi, 1673. Sokak, No: 34 Esenyurt / İstanbul
Sertifika No: 44762

(Bu kitap Nisan 2007 tarihinde ISBN 978-975-08-0566-6
numarasıyla, 17 x 23 cm boyutunda ciltli olarak yayımlanmıştır.)
1. baskı: İstanbul, Nisan 2009
31. baskı: İstanbul, Mart 2021
ISBN 978-975-08-1587-4

Yapı Kredi Kültür Sanat Yayıncılık Ticaret ve Sanayi A.Ş.
İstiklal Caddesi No: 161 Beyoğlu 34433 İstanbul
Telefon: (0 212) 252 47 00 Faks: (0 212) 293 07 23
http://www.ykykultur.com.tr
e-posta: ykykultur@ykykultur.com.tr
facebook.com/yapikrediyayinlari
twitter.com/YKYHaber
instagram.com/yapikrediyayinlari

Yapı Kredi Kültür Sanat Yayıncılık
PEN International Publishers Circle üyesidir.

İÇİNDEKİLER

H. PISAN

Birinci Bölüm

Senyör Kesada'nın Tatlı Delilikleri

Köyün şatosu bir tepe üstünde yükseliyordu. Berber ile papaz o sabah bu tepenin eteğinde karşılaştılar; hem birbirlerini görmekten, hem de bu taze ve parlak sabahtan doğan sevinçle uzun uzun birbirlerinin elini sıktılar. İspanya kırları, göz alabildiğine güneşin altında serilip gidiyordu. Gökyüzünde en güzel yaz günlerinin derin ve temiz maviliği vardı. Her şey göze hoş görünüyor, her şey derin bir yaşama sevinci ve tatlılığı ile dolup taşıyordu.

Bununla beraber papaz düşünceli görünmekte idi.

Berber:

— Dostumuz Senyör Kesada ne halde? diye sordu.

Papaz cenazeden döner gibi bir çehre ile içini çekerek cevap verdi:

— Nasıl istemezseniz öyle. Ben şimdi şatodan geliyorum. Dostumuza o uğursuz kitapları bir parça bırakıp kırlara çıkması için yalvardım. Ha ona nasihat vermişsin, ha bir dişi katıra!

Berber başını iki yana sallayarak:

— Doğru, dedi, onunkisi bal gibi delilik! O şövalye romanları yazmakla vakitlerini geçiren aşağılık yazıcıların Allah belalarını versin.

Papaz yine içini çekti:

— Gerçekten bir felakettir bu. Dostumuz elindekini, avucundakini bu kitaplara verip kendini kül ediyor. Düşünün ki Senyör Kesada dostumuz eskiden bu eyaletin en zengin arazi sahiplerinden biriydi. O koskoca servetten elinde ne kaldı bugün! Şato virane halinde çöküyor; çiftlikler acınacak halde; toprakların en iyileri satıldı.

Berber papazın tasvirini tamamladı:

— Dostumuzun kendi de bir insan gölgesine döndü. Yemek yemiyor, uyku uyumuyor; ancak odasına yığdığı o şövalye masallarını okumak için yaşıyor.

Papaz:

— Evet, dedi, dostumuz çıldırıyor onlara. Demin odasına girdiğim zaman beni Piskopos Turpin sandı. Olur şey değil; bende piskopos hali var mı?

— Geçen gün kendisini tıraş ederken benim de Kral Marsille olduğumu iddiaya kalktı. Beni çeşit çeşit isimlerle donattı. Zihnini bozan o uğursuz romanlar zamanında yaşadığını sanıyor; Charlemagne'ı hâlâ sağ hayal ediyor. Devlerle dövüşmek için kılıcını ona vakfetmeye gideceğini söylüyor. Hain Ganelon'u paramparça etmek istiyor. Kim onu kurtaracak bu delilikten Yarabbi!

Papaz:

— Ben kendi hesabıma bu işten elimi yıkıyorum, diye göğüs geçirdi.

Berber gururla:

— Bu işi yine konuşuruz, dedi.

Yemek saati geldiği için iki dost birbirlerinden ayrıldılar.

Kabul etmek lazımdır ki Senyör Kesada'nın durumu asla parlak değildi. Fakat kendisinin bundan şikâyeti yoktu. Bu sabah onun yüreği de günlük güneşlikti. Kemikleri derisini delip fırlayacak sanılan upuzun ve kupkuru vücudu ile çalışma odasında ayakta durmuş, hazinelerini seyrediyordu. Hazineleri mi? Bunlar karmakarışık bir halde odayı dolduran kitap yığınları idi.

Hiçbir şeyden gözü yılmayan birtakım şövalyelerin, korkunç savaşlarla düşmanlarını yere serdiklerini anlatan bu kahramanlık masalları bir servet denecek kadar çoktu.

Senyör Kesada bu romanları o kadar çok okumuştu ki, kendini bu yiğit şövalyelerden biri sanacak kadar aklını sapıtmıştı. Şatosunda daha fazla kalabilir mi idi? Tepeden tırnağa silahlanmış olarak İspanya yollarına düşüp maceralar aramak, zayıfları korumak, hainler ve ahlaksızları cezalandırmak onun vazifesi değil mi idi? Onun bu ihtişamlı rüyayı gerçekleştirmesine, ortaçağ kitaplarının anlattığı pervasız ve temiz vicdanlı yiğitlerden biri olmasına kim engel olabilirdi?

Silah mı? Onda silahtan bol ne vardı? Silahlar da onun hazinelerinden biri idi: Eski bir mızrak, küflü bir kalkan, ondan daha iyi bir halde olmayan bir kılıç, ağır bir zırh, mukavvadan bir siperle süslemiş olduğu bir miğfer... Bu hırdavatlar ona uzak bir atanın mirası idi; fakat onları o kadar ovup silmiş, o kadar temizlemişti ki, mızrakla kılıç adeta gösterişli bir hale gelmiş, kalkan demir değil parıl parıl bir kıymetli maden rengi almıştı.

Şövalye demek at demektir. Senyör Kesada'nın bir atı da vardı. Korkulacak derecede kuru ve kaburgaları çıkmış bir ihtiyar kısraktı bu. Fakat kahramanımızın gözünde, bugüne kadar, ondan daha güzel bir hayvan İspanya topraklarını çiğnemiş değildi; Aymon'un dört oğlu onu görseler kıskançlıklarından çatlarlardı. Pegasos'un kanatlı atından daha çevik, Bayard'ın atından daha kuvvetli, İskender'in kısrağı Buképhalus'tan* daha zarif görünüşlü idi. Senyör Kesada ona Rocinante diye çok güzel bir isim bulmuştu; çünkü her haysiyet sahibi atın bir ismi olmak gerekirdi. İsmi o kadar beğenmişti ki, bir gün sabahtan akşama kadar onu binlerce defa tekrar etmişti. Ara sıra ahıra gidiyor ve onunla konuşuyordu:

— Ah benim Rocinante'ım, iki gözümün bebeği, asil atım, seninle beraber büyük kahramanlık maceraları yaşayacağımız gün yaklaştı. Sen İspanya'nın en şerefli atı olacaksın!

Şan ve şeref bir şövalyeyi yolun ilk dönemecinde beklerse o şövalyenin adı Kesada olabilir mi? Bu ad, şatosunda can sıkıntısından ölmek için dünyaya gelmiş kendi halinde bir adamcağızın adıdır. Yollarda gezip tozmak isteyen şövalyeye borazan sesi gibi ihtişamlı ve gürültülü bir ad yaraşır. Kesada da ne oluyormuş? Kahramanımız, düşündüğü gibi bir ad bulmakta gecikmedi. Bundan sonra kendisine Don Kişot dedirtecekti. Memleketi La Mancha eyaleti olduğu için onu da yeni adının kuyruğuna takmayı daha asil buldu.

İşte Senyör Kesada bu temmuz sabahında bu güzel şeyleri düşündüğü içindir ki çok bahtiyardı.

Şunu da ilave edelim ki kahramanımızın son bir meselesi kalıyordu. Şövalye masalları, kendilerini macera yollarına kapıp koyuveren asilzadelerin yaptıkları seferleri büyük bir kadına vakfettiklerini yazıyorlardı. Don Kişot

* Büyük İskender bu atın, kendi gölgesinden korkmakta olduğunu fark etmiş ve onu güneşe karşı koşturmak yolu ile terbiye etmişti.

da bir yiğit şövalye olmak için bu töreye uymayı vazife bildi ve bu iş için, tanımakta olduğu Aldonza Lorenzo adlı iyi bir köylü kızını seçti. Kendisi bir zaman evvel bu Aldonza'ya âşık olmuştu; çünkü çok güzel ve tatlı bir kızcağızdı. Yakın zamanda savaşlarının ve kahramanlıklarının mahsullerini onun ayakları altına dökmek fikri Don Kişot'u sevinçten çıldırtıyordu.

Olacak şeyler şimdiden gözünün önündeydi. Bir dev Lorenzo'nun huzuruna çıkıyor, genç kızın önünde dize gelerek:

— Çok asil prenses, diyordu, şövalyelerin en şanlısı Don Kişot de la Mancha bir savaşta sırtımı yere getirdi. Dilediğiniz müddetçe sizin köleniz olmak için beni size gönderiyor.

Kesada bu sahneyi gözünün önüne getirdiği zaman bir hastalık ateşine tutulmuş gibi titriyordu. Fakat Aldonza adını bir şövalye prensesi için çok bayağı bulduğundan ona başka bir ad uydurdu. O şimdiden sonra kendisi için Dulcinea del Toboso olacaktı; çünkü köyünün adı gerçekten Toboso idi.

Bu isim onun kendisi ve sevgili atı için uydurduğu isimler kadar hoşuna gitti.

İkinci Bölüm

Don Kişot Şatodan Ayrılıyor

Don Kişot başındaki macera rüyasını yaşamak için güzel bir gecede, tatlı bir ay ışığı altında şatosundan ayrılıyordu.

Sabahın ikisine doğru onun yatağından kalktığını ne yeğeni, ne de hizmetçisi işitmediler. Silahları ile kalkanını bir kere daha silip parlatmış, sonra zırhını giyerek en küçük bir gürültü yapmadan odasından çıkmıştı. Ahırda atını eyerledi. Hayvancık hayretler içindeydi. Ne oluyoruz? Ortalık daha karanlıkken, ahır rahat, samanlar ılık ve yumuşakken şatodan çıkmak niçin? Efendim acaba çıldırdı mı?

Şan ve şerefin yakın bir yol dönemecinde kendisini beklediğini bir ata nasıl anlatabilirsiniz? Don Kişot bunu ona söylemeye çalıştı; fakat Rocinante hiçbir şey anlamadı. Şövalye atını dizgininden çekerek bahçe kapısından çıkardığı ve kır yolunu tuttuğu zaman güneş doğmak üzere idi.

Don Kişot süratle şatodan uzaklaştı ve hatta gayretli atını tırısa kaldırmaya uğraştı. Zırhı, miğferi ve silahları onu bir parça rahatsız ediyordu; fakat bunlar o kadar ufak tefek şeylerdi ki, şan ve şeref yolunu tutmuş bir şövalye bir saniye üzerlerinde duramazdı.

Şövalye mi? Birdenbire uyanan bir fikir kahramanımızın bozulmuş beynini bir kat daha altüst etti. O henüz şövalye sayılamazdı. Gerçi asil bir derebeyi ailesinin çocuğu idi; fakat yapacağı savaşlar için hiç değilse bir barondan el almış, ilk defa onun eli ile silah kuşanmış olması lazımdı. Ortaçağ romancılarından bazılarının fetvalarına göre Don Kişot'un savaş kabul etmeye şimdilik hakkı yoktu. Demek ki başındaki güzel rüya birdenbire yıkılıyordu.

Don Kişot büyük bir üzüntü içindeydi. Vakit geçirmeden bu töreni yapacak, kendisini şövalye rütbesine yükseltecek halis kan bir duka bulmak lazımdı. Fakat böylesini nerede bulmalı? Bu büyük insanlar rasgele sokak ortalarında dolaşmazlar. Kitaplar onların dağ tepelerinde kaleli, kuleli şatolarda ömürlerini geçirdiklerini yazmıyorlar mı?

Don Kişot atının üstünde sallana sallana gidiyor, büyük bir hüzün ve ümitsizlik içinde bu derde bir çare arıyordu. En sonunda yolunun üzerinde nasıl olsa bir asilzadeye rastlayacağına ve onu kendisine silah kuşatmaya razı edeceğine kanaat getirdi.

Böylece bütün gün, derin düşüncelere dalmış olarak hep aynı istikamete doğru atını sürdü ve başına, burada anlatılmaya değecek hiçbir şey gelmedi. Böyle uzun zaman dağda kırda yol yürümeye alışmamış olan Rocinante ara sıra ahırına doğru dümen kırmaya uğraşıyor, fakat her seferinde Don Kişot onu sert bir hareketle yola getiriyor ve ileriye sürüyordu.

Akşama doğru kahramanımız uzakta, oldukça güzel manzaralı bir bina gördü ve atını durdurarak uzun uzun seyretmeye başladı. Başkaları için bunda hiç de şaşılacak bir şey yoktu. Yol kenarındaki bu bina alelade handan başka bir şey değildi; fakat Don Kişot için!

Acaba istihkâmlı bir şato mu? Kalın duvarlı, bir alınmaz kale mi? Don Kişot için ne olabilirdi bu? Hiç şüphe yok ki bir dukanın karargâhı. Bu fikir kafasına o kadar kuvvetle saplandı ki bu yerin kumandanı eliyle kendine silahı kuşattırmayı kurdu ve Rocinante'yi mahmuzladı.

Büyük kahramanlık romanlarında yazılı olduğuna göre bir şövalye, bir şato civarında göründü mü gözcülerin bunu vakit geçmeden haber vermeleri usuldendir. Fakat çok gariptir ki Don Kişot binaya yaklaşırken duvarın üstünde in cin görünmüyor, nöbetçi kulesinin tepesinde boru çalınmıyordu.

Kapının eşiğinde iki kız hava almaktaydı. Kahramanımız onlara doğru ilerledi. Bu cahil çocuklar şimdiye kadar bir gezici şövalyeye rastlamak şerefine erememiş olacaklardı. Bunlar hakikatte katırcılarla beraber Sevilla'ya giden ve geceyi geçirmek için hana inmiş olan iki köylü kızı idi. Bu tepeden tırnağa demir zırhlara bürünmüş, başı düşük kenarlı bir miğfer içinde kaybolmuş mızraklı adamı görünce ikisi de korktu. Bu adam acaba kendilerine bir kötülük mü yapacaktı.

Don Kişot onlara gönül alıcı bir gülümseme ile bakıyordu. Onun gözünde bu han bir çeşit kale ve bu kızlar, akşamın serin havasını teneffüs eden asilzade matmazellerdi. Daha sonra binanın arkasında bir domuz çobanı, kahramanımızın hayalini tamamlamak ister gibi borusunu öttürmeye başladı. O bunu kırda oraya buraya dağılmış domuzlarını çağırmak için yapıyordu. Fakat Don Kişot, kale gözcülerinden biri kendi gelişini haber veriyor sandı.

Hemen miğferinin siperini kaldırdı ve iki güzel kıza gülümsedi, sonra onlara daha fazla emniyet vermek için şunları söylemeyi münasip gördü:

— Değerli ve asil matmazeller, iyi yürekli bir şövalyeden korkmayın. O size bir kötülük yapmak istemiyor. Düşmanlarınız varsa onlarla savaşmak ve hepsini birden yere sermek için sizin köleniz olmaya hazırdır.

Böyle bir konuşma, bu iki köylü kızı için Çince gibi bir şeydi. Kahramanımızın yüzüne karşı bir kahkaha kopardılar ve han sahibine onu haber vermeye gittiler.

Pek az sonra hancı kapıda göründü. Kurnaz bakışlı bir şişman adamdı. Hemencecik durumu kavradı ve nasıl bir insanla karşı karşıya bulunduğunu anladı. Aklını kaçırmış adamların pek damarına basılmayacağını biliyordu. Kahramanımızı yerden selamlayarak sevimli bir gülümseme ile:

— Senyör Şövalye, dedi, burada kalmak arzusunda iseniz yataktan başka bir eksiğiniz olmayacak. Onun için bizi huzurunuzla şereflendirebilirsiniz.

Bu lisan Don Kişot'un pek hoşuna gitti. Hancının büyük nezaketine teşekkür için onu mızrağı ile selamladı:

— Asil şato sahibi! Yatağın yorganın ne ehemmiyeti var! Bir gezici şövalye rahat bir yatağa para verecek adam değildir. Benim kadar iyi bilirsiniz ki bir şövalye ancak savaş için yaşar.

Hancı tekrar selam vererek:

— O halde ayağınızı yere basmak lütfundan mahrum etmeyin bizi, dedi.

Şişman adam sıkı bir el ile atın üzengisini tutarak Don Kişot'un yere inmesine yardım etti. Zavallı Rocinante'nin yorgunluktan canı çıkmıştı. Bütün gün güneş altında yürümekten harap olmuş, ayakları üstünde durmaya takati kalmamıştı. Don Kişot ona çok iyi bakılmasını sayın şato sahibinden rica etti; öteki de hayvanının iki para etmeyeceğini anlamış olmakla beraber bu emri yerine getireceğini tantanalı kelimelerle vaat etti.

Don Kişot gününden çok memnundu. Henüz şövalye olamadığını zihninden çıkarabilseydi, daha da memnun olacaktı.

G. Doré
PISAN

Üçüncü Bölüm
Don Kişot'un Silah Kuşanma Töreni

Mutfakta oturan katırcılar Don Kişot'a hayretle bakıyorlar ve alçak sesle aralarında konuşuyorlardı.

Bir tanesi, kahramanımızın su katılmamış bir baron olduğunu iddia etmekteydi. Bir başkası onun tımarhane kaçkını deli olduğunu söylüyordu. Bir üçüncüsüne göre bu adam Karun gibi zengindi. Don Kişot onlara aldırış etmiyor ve ısmarladığı hafif yemeği yiyordu. İşini bitirir bitirmez sofradan kalktı, hancıya arkasından gelmesini rica etti ve onu ahıra götürdü. Orada adamın önünde diz çöktü ve şöyle yalvardı:

— Sayın derebeyi, vah! Sizden istediğim bir yüksek lütfu benden esirgerseniz ayağa kalkamayacağım.

Kendinin bir derebeyi sayılmasına hayret eden ve asilzadenin samanlar içinde dizüstü çöktüğünü gören hancı ne cevap vereceğini bilemiyordu.

— Ne dediniz?.. Bir lütuf mu?

Don Kişot heyecandan titreyen bir sesle:

— Evet efendimiz, dedi, yakında bütün dünya hayretler içinde kalarak benim zaferlerimi anlatmaya başladığı zaman size de, bana da şeref verecek bir lütuf. Yalvarıyorum size, benden bu lütfu esirgemeyeceğinizi vaat ediniz.

— Elimde olan bir şeyse mösyö... hele siz ayağa kalkın da...

Asilzade istifini bozmadan cevap verdi:

— Hiçbir zaman. Sizin çok asil bir sülaleden olduğunuzu biliyorum, Efendimiz. Size başvuruşumun sebebi budur. Sizin yüksek kalbinizden istediğim lütuf, yarın ortalık ağarır ağarmaz bana silah kuşatmanız ve bu gece kalenizin kilisesinde nöbet tutmama izin vermenizdir. Böylece lütfedeceğiniz silahları mübarek elinizden almaya hazırlanacağım; sonra da maceralara karşı yürüyerek, şövalyelik kanunları gereğince bedbahtları korumaya, alçakların cezalarını vermeye muvaffak olacağım.

Hancı çok yaşamış bir adamdı. Hayatında çeşit çeşit insana rastlamıştı; kendine bir zararı dokunmadıkça gülüp eğlenmeyi severdi. Don Kişot'a, şöyle cevap verdi:

— Şövalye Hazretleri! Buradan daha iyi bir kapı çalamazdınız. Ben de gençliğimin bir kısmını İspanya'nın dört köşesinde macera aramakla geçirmiş bir insanım. Eğer şimdi bu ücra yerlere çekilmiş bulunuyorsam sebebi şudur ki, ben başını alıp gurbet yollarına düşmüş şövalyeleri severim ve şatomda onlara kucağımı açmaktan çok zevk duyarım. Bunun için size bir hizmette bulunmak beni pek sevindirecektir.

Hancı bundan başka şatonun kilisesi olmadığını da söyledi. Kahramanımız:

— Nasıl, burada bir ibadet yeri yok mu? diye sordu.

Adam cevap verdi:

— Yok. Daha büyüğünü yaptırmak için kiliseyi yıktırdım. Bilirsiniz ki şövalyelerin geleneğine göre gece nöbeti şatonun avlusunda da tutulabilir. Gök kubbesi bir kilise tavanından farklı mıdır?

Don Kişot rahatlayarak:

— Hakkınız var, dedi.

Hancı:

— Yarın sabah tan yeri atarken töreni tamamlarız. Siz de benim gibi şövalye olursunuz. Bana inanın.

Adam şunu sormayı da ihmal etmedi:

— Üstünüzde para var mı? Varsa bana emanet bırakmalısınız.

— Yok. Bildiğime göre gezici şövalyelerin parası olmaz.

— Yanılıyorsunuz Senyör. Gezici şövalyeler yolda değiştirmek için çamaşır, yaralarına sürmek için merhem almadan ve silme olarak keselerini doldurmadan yola çıkmazlar. Bir savaştan çıktıkları zaman yaralarını saracak usta cerrahları her zaman nerede bulacaklar? Sonra sanırım ki bu şerefli insanlar, bu saydığım şeyleri güzel ve sağlam bir valiz içinde taşımak için maiyetlerinde bir de atlı seyis götürürler. Âdettir bu...

Don Kişot:

— Sahi mi, diye mırıldandı. Şatomda bulunan yığınla şövalye hikâyeleri içinde böyle bir şey okumadım. Fakat değil mi ki siz söylüyorsunuz...

— Hakikat budur Senyör Şövalye.

— O halde benim de bir seyisim, iç çamaşırlarım, param ve daha başka şeylerim olacak.

— Öyledir Senyör. Hele merhem kutusunu unutmayın. Çok işinize yarar.

— Sayın Şövalye, emrinizi yerine getirmeyi vazife bileceğim.

— Şimdi ayağa kalkın ve arkamdan gelin.

Hancı Don Kişot'u, binanın yanındaki bir büyük avluya götürdü ve "burası tutacağınız nöbet için pek münasiptir" dedi.

Avluda bir kuyu, onun yanında da han müşterilerinin hayvanlarını sulamak için bir maslak* vardı. Don Kişot kılıcını, mızrağını ve zırhını, demir başlığı ile beraber oraya bıraktı ve kuyunun önünde bir aşağı, bir yukarı piyasa etmeye başladı. Gece olmuştu; hancı kahramanımızın deliliğini katırcılara anlatmaya gitti. Uzun zaman Don Kişot'la alay ettiler. Ara sıra avluya açılan bir pencereden onu seyretmeye gidiyorlardı.

Fakat o onları görmüyordu. Bu gece onun yeni başlayan hayatının en güzel gecesi idi. Nihayet büyük rüyası hakikat oluyordu. Birkaç saat sonra şövalye olacak ve yollarda rastlayacağı herhangi bir barona meydan okuyabilecekti. Eski zamanların kabadayı bir asilzadesi gibi dövüşmeye hakkı olacaktı. Hiçbir talih ona bundan daha parlak, daha kıskanılmaya değer görünmüyordu. Handa herkes uykuya daldıktan sonra o uzun zaman avluda dolaşmaya devam etti. Ara sıra kılıcını ve zırhını bıraktığı maslağın önünde duruyor, silahlarına bakıyordu. Dudaklarından uzun, karmakarışık cümleler çıkmakta, bunlar arasında sık sık Dulcinea de Toboso ismi geçmekte idi. Yahut da Charlemagne'nin kahraman şövalyelerinden birine sesleniyor, yardımlarını esirgememeleri ve gelecekteki savaşlarında koluna kuvvet vermeleri için Roland'a veya Renaud de Montauban'a yalvarıyordu.

Gece böyle geçti. Tan yeri ağarmaya başlarken katırcılardan biri hayvanlarından birini suvarmaya geliyordu. Adamcağız kuyuya yaklaşır yaklaşmaz Don Kişot ilerledi ve bir tehdit sesi ile:

— Babayiğit Şövalye, dedi, kim olursan ol şurada gördüğün silahlara daha fazla yaklaşmamanı rica ederim. Onlar bu memleketin en cesur şövalyelerinden birinin silahlarıdır. Yapacağın şeye dikkat et, hayatını burada bırakmak istemezsen bu silahlara el dokundurmak cüretinden sakın.

Katırcı bu akıllı uslu sözlere pek kulak asmamak hatasını yaptı; sert bir sesle:

— Ne oluyor yani? dedi, bu hırdavat iki para etmez. Nerde görüyorsun silahı? Ben burada işe yaramaz kırık dökükten başka bir şey görmüyorum.

Katırcı kılıç ile miğferi yakaladığı gibi kuyunun biraz ötesindeki gübrelerin üstüne attı. O zaman Don Kişot gözlerini gökyüzüne kaldırdı ve sevgilisi Dulcinea del Toboso'ya kısa bir dua etti:

— İmdadıma gelin Prenses, çünkü kulunuzun silahlarını hiçe sayan bu alçağa cezasını vereceğim. Bu ilk macerada yardımınızı ve himayenizi esirgemeyin benden.

Bunu söyledikten sonra iki eliyle mızrağını yakaladı ve katırcıya öyle bir vuruş vurdu ki adamı, bayılmış olarak upuzun, ayakları altına yatırdı. Sonra bu hale getirdiği adama hiç aldırış etmeden piyasasına devam etti.

O esnada pencereden bakmakta olan hancı, asilzadedeki deliliğin, sandığından daha tehlikeli olduğunu anladı ve onu bir ayak evvel başından savmayı düşündü. Ortalık aydınlanmış olduğu için töreni geciktirmemeye karar verdi.

Eline bir hesap defteri aldı ve yanında iki köylü kadın, bir de yanmış bir şamdan taşıyan bir küçük oğlan çocuğu olduğu halde Don Kişot'un yanına indi.

— Senyör, dedi, Tanrı'nın inayeti ile size şövalyelik silahını kuşatacağım zaman gelmiştir.

Don Kişot hemencecik yere diz çöktü. Şişman adam hesap defterini açarak: "Oremus, Oremus, Oremus" dedi ve dişleri arasında anlaşılmaz kelimeler mırıldanarak bir din formülü okuyor gibi yaptı. Birdenbire elini kaldırdı, Don Kişot'un ensesine vurdu; sonra başını eğdirtti ve onun kılıcını alarak şiddetle sırtına indirdi.

Nihayet yanındaki kızlardan birine bir işaret yaptı ve onun kılıcı, asilzadenin beline kuşatmasına yardım etti. Kız ağır bir sesle:

— Ey Şövalye; bütün savaşlarınızda Tanrı sizin yardımcınız ve koruyucunuz olsun, diye mırıldandı.

Durum o kadar tuhaftı ki, kız makaraları koyvermemek için kendini zor zaptediyordu.

Hancı:

— Lütfen kalkınız Senyör, dedi. Tören bitti. Siz artık bir şövalyesiniz ve son gününüze kadar öyle kalacaksınız.

Don Kişot ona:

— Lüzumlu kelimelerden hiçbirini unutmadığınıza emin misiniz? diye sordu.

Hancı:

— Senyör, şerefim üzerine yemin ederim ki, ben ne kadar şövalye isem siz de o kadar şövalyesiniz.

Don Kişot:

— Senyör size çok teşekkür ederim, dedi; sonra köylü kadınlara döndü:

— Hayatımda sizin kadar sevimli matmazellere rastlamadım. Söyleyin bana, bir yerde sizin fenalığınızı isteyen bir düşmanınız var mı? Hemen onu yerin dibine sokmaya gideyim.

İkisi de güldüler ve öyle bir kimse tanımadıklarına yemin ettiler. Hancıya gelince o da kimse ile bir alıp vereceği bulunmadığına ve bu dakikada hiçbir koruyucuya ihtiyacı olmadığına yemin etti.

Don Kişot:

— Sayın Senyör, dedi, bu minnetin altında kalmayacağıma emin olun. Ben dünyanın en mesut adamıyım. Şimdi artık macera aramaya gitmekte gecikmemeliyim.

Hancı:

— İstediğiniz o olsun Senyör Şövalye, dedi, kapı ardına kadar açıktır.

Adam Don Kişot'u hanında daha fazla alıkoymak istemiyordu.

İkisi bir arada atı eyerlemeye gittiler. Asilzade, hancıya daha birçok acayip şeyler söyledi ve hayvanına binmeden evvel onu kucaklayıp öptü. Sonra da iki büyük dost olarak ayrıldılar ve hancı, akşamki yemek için kahramanımızdan bir para almamış olmakla beraber onun yol üzerinde uzaklaşmasına pek sevindi.

H. PISAN

Dördüncü Bölüm

Don Kişot'un İlk Macerası

Don Kişot handan uzaklaşırken sevincinden uçmaktaydı. Şarkı söylemek ve bir gezici şövalye olduğunu herkese anlatmak arzusu ile yanıyordu. Ne yazık ki yolunun üstünde tek adama rastlamadı. Bir ağaç kümesi içinde, güneşin ilk ışıklarına karşı kuşlar ötmekteydi.

Don Kişot içini çekerek:

— Ah şu sevimli hayvancıkların dilleri olsaydı da bir maceraya rastlamak için ne tarafa gitmem lazım olduğunu bana söyleseydiler, dedi.

Az buçuk kararsızlık içindeydi. Bir yandan hancının nasihatlerini hatırlıyor; para, temiz çamaşır ve merhem almak için en kısa yoldan evine dönmeyi düşünüyordu. Öte yandan da bir gün evvel gittiği yolun tersine gitmek onun gücüne gidiyordu. Bilinmez onu büyük bir kuvvetle ileriye doğru çekmekte idi. Kararı, onun yerine atı verdi. Efendisi düşüne dursun bu asil hayvan, meydanı boş bularak, uslu uslu köyün yolunu tuttu. Don Kişot işin farkında olunca atının bu hareketini hayra yordu.

— Rocinante, diyordu, sen benim gözümde Renaud de Montauban'ın Bayard'ından daha kıymetlisin. Bize ne lazım olduğunu biliyorsun ve senin içgüdün sana en doğru yolu gösteriyor. Ne söylüyorum! İçgüdün değil, akıl ve idrakin. Çünkü yapılacak şeylerin en doğrusu evimize dönmektir. Bize bir seyis lazımdır; para, iç çamaşırları ve merhem lazımdır. Bir seyis! Fakat şan ve şeref yolunda bana arkadaşlık etmek için kimi yanıma almaya karar vereceğim. Bu asil kadere ortaklık etmeye en ziyade layık olan adam kimdir acaba!

İlk önce dostları olan papazı ve berberi aklından geçirdi, fakat üzerlerinde çok durmadı. Fikrince ikisi de onun projelerindeki asilliği anlayabilecek insan değildi.

O zaman şatosu yakınında bakımsız bir küçük çiftlikte oturan bir köylünün adını hatırladı. Bu delikanlı, şişman ve yerden yapma bir adamdı; cesareti bir parça eksikti; başında bir alay çoluk çocuk vardı. Fakat neticede bu adam ona biçilmiş kaftan göründü:

— Kısa boylu mu? Daha âlâ; gelecek savaşlarda pek göze görünmez. Şişman mı? Bu da iyi; çünkü bir yerine vurulursa acısını pek duymaz.

Adamın adı Sanço Panza idi ve bu ad ona bir başka ad uydurulmasına lüzum bırakmayacak kadar sesli ve ahenkli geliyordu. Bu şeyleri düşündükçe asilzadenin sevinci durmadan artıyordu. Etrafındaki ağaç dallarında öten kuşlar kadar mesut ve hafifti. Don Kişot bu tatlı ruh hali içindeyken karşıdan, güzel atlara binmiş birkaç bezirgânın kendisine doğru geldiklerini gördü. Altı kişi idiler. Güneşe karşı gayet şık şemsiyelerin altına sığınmışlardı. Yedi uşak, yedeklerinde katırlarla arkalarından geliyorlardı.

Don Kişot maceranın gerçek çehresini nihayet tanıyacağına kanaat getirdi ve onlar daha uzaktalarken atını durdurdu. Kimlerdi bu adamlar? Uğursuz kaderli birtakım bilinmez şövalyeler mi? Küstah bir tavırla kendisine doğru gelmiyorlar mı idi? Kahramanımız onlara çanak tuttukları cezayı vermekte gecikmeyecekti.

Üzengileri üzerinde direndi; mızrağını sıktı, zırhını giydi ve yolun ortasında durarak düşmanı bekledi. Bezirgânlar onu henüz fark etmemişlerdi. Ancak yanına geldikleri zamandır ki bu acayip insanın kim olabileceğini birbirlerine sordular.

Don Kişot onlara bağırdı:

— Heey şövalyeler! Mancha İmparatoriçesi asil Dulcinea del Toboso'nun güzelliğini, haşmetini tanımaya razı olmadan hiçbiriniz buradan geçmeyi hayalinizden geçirmemelisiniz.

Bezirgânlar, çok şaşırmış göründüler ve bu adama bakmak için oldukları yerde durdular. Don Kişot'un ne mal olduğunu hemencecik anlamışlardı, fakat keyifleri yerinde olduğu gibi delileri azdırmanın bir şeye yaramayacağını da düşündüklerinden bir tanesi ona cevap verdi:

— Senyör Şövalye; adını söylediğiniz İmparatoriçenin meziyetlerini tanımaya hazırız; fakat onu bize göstermek lütfunda bulunmalısınız, çünkü hiçbirimiz ona takdim edilmek şerefine ermiş değilizdir.

Bir başkası:

— Öyledir, dedi, İmparatoriçenizi bize gösteriniz. Onun güzel, tatlı ve daha nasıl isterseniz öyle olduğunu candan tasdik ederiz.

Bu şekilde bir konuşma kahramanımızın hoşuna gidemezdi. Fena halde içerleyerek bağırdı:

— Benim ağzımdan çıkan söze inanıp iman etmenizi istememiş olsaydım, Dulcinea'mi size gösterirdim. Hemen bana inanmanızı ve Dulcinea'nın güzelliğini inkâr edecek herhangi bir kimseye karşı, gerekirse, onu silahlarınızla desteklemeye yemin etmenizi istiyorum. Dik kafalı herifler! Şimdiden tezi yok imanınızı ikrar edeceksiniz; yoksa sizi şövalyelik kanununa göre birer birer, yahut sizin gibi haydutlara karşı âdet olduğu üzere topunuzu birden savaşa davet ederim.

Şövalye bu mertlikle dolu nutkun cevabını bile beklemeden ilk konuşmuş olan adama saldırdı. Bezirgânın pek kötü bir duruma düşmesi mümkündü; bereket versin Rocinante'nin ayağı kaydı ve efendisi ile beraber bir çukurun içine yuvarlandı. Don Kişot ayağa kalkmak istediği zaman silahları, kalkanı ve mahmuzları o şekilde vücuduna dolanmış bulunuyordu ki, bunu bir türlü beceremedi ve yattığı yerden bezirgânlara sövmeye başladı:

— Kaçmayın reziller, korkaklar, alçaklar, sefiller. Bekleyin ayağa kalkayım ve sizi, hak ettiğiniz gibi bir kılıçta ikiye böleyim. Ben atım yüzünden bu kötü duruma düştüm; fakat bunun acısını çıkaracağım sizden, haydut herifler!

Bezirgânların arkasından gelen uşaklardan biri efendilerinden daha az sabırlı bir yaratılışta idi. Zavallı Don Kişot'un sövüp saymalarını bir cezaya layık görerek yanına koştu; elinden mızrağını çekip alarak paramparça etti ve en büyük parçayı şövalyenin sırtında kırdı.

Efendisi:

— Heey Jacques; dur, öldüreceksin adamı, diye bağırıyordu.

Bir başkası:

— Aman sakın öldüreyim deme, dedi.

Fakat uşak Don Kişot'u dövmekte devam ediyordu. Mızrağın birinci parçasını kırdıktan sonra ötekileri ele aldı.

Asilzade bu sopa yağmuruna nasıl karşı koyacağını bilemiyordu. Kendini savunmak için kılıcını kınından çıkarmak istedi; fakat bunu yapamıyor, zalim herife boyuna küfür ederek ayağa kalktığı zaman onu en ağır cezaları vermekle tehdit ediyordu. En sonunda uşak yorularak bezirgânların yanına döndü ve onlarla beraber yoluna devam ederek yenilmiş adamı hazin kaderi ile başbaşa bıraktı.

Don Kişot kendini yalnız görünce yeniden ayağa kalkmaya uğraştı; fakat muvaffak olamadı. Bitkin bir haldeydi; yediği sopalar kemiklerinin bütün oynak yerlerini sökmüş gibi bir şey duyuyordu. Fakat gezici şövalyelerin başına ara sıra böyle şeyler gelebileceğini düşündü ve gurur duydu. Ayrıca şövalyelik mesleğinde merhemlerin lüzumu üzerine hancının söylemiş olduğu sözleri de hazin hazin hatırlıyordu.

Beşinci Bölüm

Don Kişot'un Hazin Dönüşü

Don Kişot'un bu ilk macerasına sahne olan yol, pek gelip geçeni olmayan bir yoldu. Onun için bir hayır sahibinin kendisine yardıma gelmesini beklerken uzun uzun düşünmeye vakit buldu. Çok tabii olarak da okuduğu hikâye kitaplarının, kendisi gibi tatsız kazalara uğramış kahramanlarını hatırlamaya uğraştı ve ortaçağ masalcılarının kafalarında doğmuş kahramanların durumları ile kendininki arasında birçok benzerlikler keşfetti.

Şunu da söylemek gerekiyor ki, yediği dayaklar, onun beynini eski yerine getirip oturtmak için ideal ilaçlar değildi. Onun için romanlarının bazı parçalarını düşünerek kendisinin Marki de Mantova'nın yeğeni Şövalye Baudouin olduğuna kanaat getirdi ve tantanalı bir eda ile okumaya başladı:

— Prenses nerelerdesiniz? Yeis ve ümitsizliğim içinde beni neden yüzüstü bıraktınız. Uğradığım felaketin sizce hiç mi ehemmiyeti yok ki, beni kurtarmaya koşmuyorsunuz. Siz yalancı ve ikiyüzlü bir insan mısınız ki, yürekler acısı halimi görmüyorsunuz?

Sonra hatırında kalmış olan hikâyeyi ezberden söylemeye devam etti.

— Ey Marki de mantova, benim hayır sahibi amcam...

Tam o sırada Don Kişot'un köyünden, değirmene buğday götürmekte olan bir adamcağız çıkageldi. Yerde bir insanın yattığını görerek yanına yaklaştı; kim olduğunu ve niçin böyle yanıp yakıldığını sordu.

Don Kişot, hâlâ ezbere bildiği parçanın tesiri altında, hikâyesini okumaya devam etti; karısından şikâyet ediyor ve çiftçiye, gerçekten Marki de Mantova ile konuşuyormuş gibi söz söylüyordu.

Kendisine marki muamelesi edilen köylünün ne kadar hayret ettiği kolayca anlaşılır. Fakat Don Kişot'un miğferini çıkardığı ve yüzünü yıkadığı zaman bu hayret bir kat daha çoğaldı.

— Aman Allah, diyordu, siz misiniz Senyör Kesada? Sizi kim bu hale getirdi? Böyle zırhlı elbiseler giymiş olmanız neden ileri geliyor?

Fakat Don Kişot bu suallere cevap vermedi. Hiçbir şeyin, okuduğu romanı durdurmaması lazım geliyormuş gibi sözüne devam etti.

Köylü:

— Ne felaket? diye içini çekti. Nasıl çıkacağız bu işin içinden? Adamcağızı bu halde bırakıp gidemem.

O kadar çalışıp çabaladı ki, nihayet şövalyeyi ayağa kaldırmaya ve onu salla sırt kendi katırına bindirmeye muvaffak oldu. Sonra silahları ve küçük parçalarına kadar mızrak kırıklarını oradan buradan toplayarak Rocinante'ye yükledi ve bu gördüğü şeylerin ne manaya gelebileceğini merak ederek köyün yolunu tuttu.

Don Kişot, gözü açık rüya görmeye devam ediyordu. Öyle ahlar vahlar ediyordu ki köylü ona acıyarak sordu:

— Senyör Kesada, pek mi fena haliniz?

Asilzade bu suale anlaşılmaz bir tiradla cevap verdi. Hikâyeyi değiştirmişti. Şimdi Baudouin ile Mantova'nın masalını unutmuş, Rodrigo de Narvâez tarafından esir götürülen Mağribî İbni Serrac'ın masalını hatırlamış bulunuyordu. Bu, Hint fakirlerinin mucizeleri derecesinde hakikate uygun romanlardan biri idi. Gerçekte kendisi de Rodrigo'nun esiri olan Mağribî değil mi idi?

— Dinleyin beni Senyör Rodrigo, diyordu, ben güzel ve tatlı Dulcinea del Toboso için, hayatım boyunca olağanüstü seferlere koşuyorum ve koşacağım.

Bu karmakarışık lakırdılardan bir şey anlamayan köylü:

— Bana bakın mösyö, dedi, ben Rodrigo değilim. Beni pek iyi tanırsınız. Ben komşunuz Pedro Alonso'yum.

Don Kişot öfkeli bir sesle:

— Sus, dedi, senin aklın ermez. Senin kim olduğunu ben senden çok iyi bilirim. Beni Baudouin yahut İbni Serrac ve hatta her ikisi birden olmaktan menedemezsin sen!

— Fakat Senyör Kesada...

— Aynı zamanda Fransa'nın on iki asilzadesi olmayı keyfim istese menedebilir misin? Ben yiğitlik bakımından onlardan aşağı bir adam değilim, yakında şan ve şeref bakımından da onları fersah fersah geçeceğim.

Zavallı Alonso kulaklarına inanamıyordu. Don Kişot'un deliliklerine aldırmayarak sessiz sedasız yürümeye devam eti. Adamcağız bu işin sonunun nereye varacağını kendi kendine soruyordu. Onun için akşama doğru Kesada köyüne döndükleri vakit geniş bir nefes aldı.

Tam o esnada papaz ile berber, Don Kişot'un şatosunda bir meclis kurmuş bulunuyorlardı.

Hizmetçi ile yeğen onlarla tartışıyorlar ve şikâyet ediyorlardı.

Yeğen:

— Ne geldi acaba benim iyi yürekli amcamın başına?

Hizmetçi gözyaşlarını önlüğünün eteklerine silerek:

— Gideli iki gün oldu. Mutlaka bir şey oldu ama, diye dövünüyordu.

Papaz tereddüt içindeydi; iki kadını yatıştırmak için ne söyleyeceğini bilemeyerek eli ile sık sık başını kaşıyordu. Berbere gelince Don Kişot'un kitaplarına küfürü basıyordu.

— O yığın yığın ciltler değil midir adamcağızın beynini bozan? Onları yazanların da, basanların da Allah belasını versin. Dostumuzu iflas ettirdikten sonra şimdi de onu büsbütün elimizden alıyorlar.

Yeğen:

— Nerde bulacağız onu? diye inliyordu.

Hizmetçi:

— Silahı ve atı ile beraber gitti. Bir daha geri dönmez. Görmeyeceğiz onu artık, diye içini çekiyordu.

Bu yeis ve matem karşısında papaz hissiz kalamazdı. İkide birde öfkeleniyor, yüzü mosmor oluyordu:

— Yemin ederim ki yarın akşamdan önce hak yerini bulacak, avluya yakacağınız büyük bir ateşte bu kitaplar çatır çatır yanacaklardır. Böylece onlar artık kimseye bir kötülük yapamayacak hale geleceklerdir.

Berber:

— İyi söylediniz, diye bağırdı. Umumun selameti için bu mutlaka lazımdır.

Onlar böyle konuşurken şatonun kapısında bir gürültü işitildi. Birdenbire tanıyamadıkları bir ses avaz avaz haykırdı:

— Gelin kapıyı açın Marki de Mantova'ya... Size madam Dulcinea del Toboso'nun esiri Mağribî İbni Serrac'ı getiriyor.

Papaz:

— Nedir bu gürültü? diye sordu.

Yeğen pencereden başını uzattı. Amcasının Alonzo'nun katırı üstünde yattığını görünce o kadar heyecana düştü ki az kalsın bayılıyordu.

Hizmetçi:

— Geldi, geldi, diye bağırdı.

Papaz:

— Allaha bin şükür, dedi.

Berber ilave etti:

— Halini pek beğenmedim ben.

Kapıyı açtılar ve kahramanımızı kucaklamaya koştular.

O ağır bir sesle:

— Durun bakalım, dedi, atımın münasebetsizliği yüzünden fena halde yaralandım. Sanırım ki aklı başında bir sihirbaz bulup getirmek iyi olacaktır. Beni onun merheminden başka bir şey iyi edemez.

Papaz derin bir göğüs geçirdi:

—Marki ile Mağribî'den sonra başımıza bir de sihirbaz çıkıyor.

Berber ilerledi ve Alonso'nun yardımı ile Don Kişot'u katırdan indirdi ve onu yatağına kadar götürdü. Sonra da, yaralarının yıkanıp sarılması için arkasından zırhını çıkardılar.

Don Kişot onlara:

— Nafile aramayın, dedi, yaralı değilim sadece biraz örselendim; çünkü bir devler alayı ile çarpışırken atım yere yıkıldı. Fakat yemin ederim ki onlar benden bin beter bir haldeler. Cesaretim onları kaçırdı. Bu dakikada, tabana kuvvet, kaçmakta olduklarını temin ederim!

Papaz, tablo tamamdır, diye içini çekti, işte devler! Ah benim en iyi dostumu bu hale sokan melun kitaplar! Size bu macerayı pahalıya ödeteceğim.

Asilzadenin başına neler geldiğini öğrenmeye uğraştılar; fakat bütün suallere devlerle muharebe ettiğinden ve onları kaçırdığından başka cevap vermiyordu.

Öyle ki, berber artık onun üstüne varmamalarını emretti. Vücudundaki ufak tefek bereleri geçirmek için uykudan iyi ilaç olamazdı.

H.PISAN

PISAN

Altıncı Bölüm

Don Kişot'un Yeni Yolculuğu

Ertesi sabah Don Kişot'un derin derin uyuduğu sırada papaz ile berber şatoya geldiler ve yeğeninden kitaplığın anahtarını istediler. Kızın bu anahtarı onlara gönül hoşluğu ile verdiğinden şüphe edilemez.

Hizmetçi onların işe koyulmuş olduklarını öğrendiği zaman bir şişe kutsal su getirmeye koştu ve onu papaza teslim etti:

— Buyurun, dedi, duvarlara ve odada ne varsa hepsinin üstüne serpiştirin bu suyu ki, ne kadar şeytan, sihirbaz ve büyücü varsa kaçıp gitsinler ve bir daha geri dönmesinler.

Hizmetçi dışarı çıktığı zaman papaz:

— Her cilde ayrı ayrı kutsal su serpmeye kalkarsak bu işi iki günde bitiremeyiz.

— Onların hepsini ortadan kaldırmak için büyük bir ateş yakmaktan iyi iş olmaz.

İki adam bütün kitapları hiç hürmet göstermeden pencereden attılar. Sayıları pek çoktu, meydana getirdikleri yığın dehşet verecek gibi idi.

Hizmetçi:

— Aaah! diye içini çekti, benim iyi yürekli efendim bu melun kâğıtları almak için bütün parasını verdi; biz şimdi onları yakıyoruz.

Fakat bu saatte yanıp yakılmak para etmezdi; berber avluya indi ve kitaplara ateş verdi. Alevler evin damlarına çıkıyor ve yeğen, amcasının uykudan uyanarak onları pencereden görmesinden korkuyordu. Çok şükür ki Don Kişot bütün gün uyudu.

Köy halkı birbirlerine soruyordu:

— Bayırın üstünde yanan şey nedir? Şato değil herhalde. Gidip görelim mi?

Fakat ne olabileceğini kestiren Pedro Alonso onları bu düşüncelerinden vazgeçirdi.

Her şey bitince berber bir duvarcı çağırmaya gitti ve kitap odasının kapısını örmesini emretti. Bu iş o kadar çabuk bitti ki akşam olmadan önce şatonun koridorundan geçen herhangi bir insan bu çıplak duvar arkasında bir oda bulunduğunu söyleyemezdi.

Don Kişot ancak ertesi sabah uykudan uyandı ve böyle olduğu halde de, yatağından çıkınca ayakları üzerinde durmakta güçlük çekti. Vücudunun her tarafı ayrı ayrı sızlıyordu ve sırtı, görülmesi hoş olmayan mor bir renk bağlamış bulunuyordu.

Ayağa kalktığı zaman ilk işi sevgili şövalye masallarını görmeye gitmek oldu ve kapıyı, bildiği yerde göremeyince şaşırıp kaldı. Sesini çıkarmadan oradan oraya gidip geliyordu, duvarı eliyle yokluyor, uyuduğu sırada ne geçtiğini, bir kâbusun kurbanı olup olmadığını kendi kendisine soruyordu.

Kapının kayıplara karışmış olduğuna kanaat getirince hizmetçisi ile yeğenini çağırdı ve kitap odasının ne tarafta bulunduğunu sordu.

Papaz ve berberden dersini almış olan hizmetçi:

— Ne odası mösyö, dedi, ne arıyorsunuz orada! Bu evde artık ne kitaplık var, ne kitap.

Don Kişot bu işten bir şey anlamıyordu. Yeğeni ilave etti:

— Hizmetçi doğru söylüyor sevgili amcacığım, şeytan hepsini alıp götürdü.

Hizmetçi:

— Evet, dedi, siz gittikten sonra buraya gelen bir şeytan yahut sihirbaz.

Yeğen, Don Kişot'a ağız açtırmadan sözü aldı:

— Öyledir sevgili amcacığım öyledir. Korkunç bir ejderhanın üstüne binmişti. Okuma odanıza girdi. Orada neler yaptığını bilmiyoruz. Fakat az sonra ev duman içinde kaldı.

Hizmetçi:

— Ocağın bacasından uçup gitti, diye tamamladı.

Yeğen devam ediyordu:

— Evet, evet... O gittikten sonra buraya gelince biz de sizin gibi duvarı çırçıplak ve kapıyı kaybolmuş gördük. Ejderhasından inince söylediği sözleri de hatırlıyorum.

Hizmetçi:

— Evet, dedi, ben de hatırlıyorum. Adının Bılge Muñatón olduğunu söyledi.

Don Kişot gamlı ve karanlık bir çehre ile:

— Hayır, dedi, Muñatón değil Frestón.

Yeğen:

— Frestón yahut Friton... Herhalde buna benzer bir ad... Bu kitapların sahibine çok hıncı olduğunu ve siz yokken intikam almaya geldiğini söyledi.

Don Kişot ağır ağır mırıldandı:

— Doğru söylemiş. Bu teresin bana kin güttüğüne şüphe yoktur. Çünkü günün birinde kendi dostlarından hain bir şövalyeye rastlayacağımı ve başbaşa bir savaşta onu yere sereceğimi biliyor. Bana kızgınlığı bundandır. Fakat iyi bilsin ki, ben kendisinden daha kuvvetli olacağım ve ne kadar korursa korusun ben o melun dostu alt edeceğim.

Papaz ile berber, Don Kişot'un kitap odasının kaybolması işini nasıl karşıladığını öğrendikleri zaman pek memnun oldular. Papaz gülerek:

— Bu sefer mutlaka kendine gelir, dedi, değil mi ki artık kitaplar yok başka şeylerle meşgul olur. Ortaçağın bu çılgınlıklarını unutacak ve aklını başına alacaktır.

Berber "bravo, bravo" diye bağırıyor ve Don Kişot'u iyi etmek için bu kadar iyi bir ilaç bulduğundan kendi kendisini tebrik ediyordu.

Fakat iki adam bu ümitlerinde aldanıyorlardı. Don Kişot gezici şövalyelerin nasibi olan büyük maceraları yaşamak için şatodan ayrılmayı iyice kafasına koymuştu. Kendisine şövalyelik kılıcı kuşatmış olan hancının nasihatlerinden hiçbirini unutmamıştı ve her sabah Sanço Panza'nın evine gidiyordu. Onun bu adamla uzun uzun konuşmaları köylünün karısını iyiden iyiye pirelendirmekte idi, fakat yaradılışta ne kadar meraklı bir kadın olursa olsun iki adamın aralarında neler geçtiğini anlayamıyordu. Don Kişot bu saf adama şövalyelik mesleğinin şan ve şereflerini ballandıra ballandıra anlatmakta idi. İspanya yollarında kendisine arkadaşlık ederse dünyalar onun olacaktı.

— Sanço dostum iyi düşün, diyordu, bir şövalye alayla topraklar, şatolar, adalar fetheder. Düşün ki adalar yahut eyaletlerden bir tanesini sana emanet edebilirim.

— Güzel söylüyorsunuz ama karımla çocuklarımdan

ayrılmak, çiftçilik zenaatimi ve tarlamı bırakmak lazım gelecek Sayın Şövalyem.

— Toprakla uğraşmaya bu kadar âşık mısın? Bir adayı idare etmek daha kolaydır, gel benimle. Her şeyi kazanabilirsin; hiçbir şeyi kaybetmek yok. Adana yerleştiğin zaman karınla çocuklarını getirmekten kim seni menedebilir?

Böyle bir tasavvur Sanço Panza'ya pek gülümsüyordu; çiftçiliği hiç sevmez ve bu zenaati, zayıf kolları için pek ağır bulurdu. Sonunda Senyör Kesada'nın parlak vaitlerine dayanamadı ve dediğini kabul etti.

Don Kişot'un gözünde meselenin en zor tarafı halledilmişti. Şimdi iş, bir parça para bulmaya kalıyordu. Vakit kaybetmeden bir küçük tarlasını sattı ve bir başkasını rehine koydu. Bu ona maceranın ilk masraflarına yetip de artacak hürmetlice bir para getiriyordu. Bir seyis ve para... Kahramanımızın artık silahlarını yenilemekten başka eksiği kalmıyordu. O kadar çalışıp çabaladı ki, yakın şato komşularından birini, ilerde geri verilmek üzere kendine bir miktar silah vermeye razı etti. Böyle olunca da yola çıkmaya hazırlanmış bulundu.

Bir sabah gizlice Sanço Panza'yı görmeye gitti ve onunla hareket gününü ve saatini kararlaştırdı.

— Öbür gün gece yarısından sonra kümesin yanına gelip beni bekleyeceksin. Hemen yola çıkacağız.

— Pek güzel Senyör Kesada.

— Adımın Don Kişot olduğunu kaç defa söyleyeceğim sana.

— Doğrudur Senyör. Beni affedin.

— Sakın kimseye, hatta karına bile bir şey söyleme.

— Bu sırrı saklarım Senyör.

— İçine çamaşırlarımı ve merhemlerimi koymak için iki gözlü bir heybe alacaksın.

— Merhemler mi Senyör Don Kişot?

— Evet Sanço dostum. Şunu öğrenmelisin ki, şövalyeler hiçbir zaman yaralarını tımar etmek için merhem almadan yola çıkmazlar.

— Yaralarınız mı var Senyör Don Kişot?

— Yok ama olacak. Savaşa başladığım zaman senin de olur; görürsün.

Sanço Panza iri iri gözlerini açıyordu.

— Nasıl? Benim de mi Senyör Şövalye?

— Elbette. Çünkü her gittiğim yere sen de geleceksin benimle beraber, işitiyor musun?

— Evet Senyör Don Kişot peşinizden gelebilmem için eşeğimi almama izin verir misiniz?

Kahramanımız biraz kaygılanmış göründü, çünkü şövalye masallarının hiçbirinde eşeğe binmiş seyise rastlamamıştı.

— Öyleyse nasıl yetişirim size... Atınız yavaş yürüdüğü zaman belki ben de size ayak uydururum. Fakat dörtnala gidince ne yapacağız?

Don Kişot:

— Pekâlâ, al ne yapalım. Fakat ilk fırsatta sana da bir at bulacağım. İnan bana.

Köylü:

— Elbette inanırım, dedi, her dediğiniz doğru değil mi?

İki dost, kararlaştırılan saatte buluştular. Sanço'nun evinde olduğu gibi şatoda da herkes uyuyordu. Fakat yine de uzaklaşmakta acele ettiler. Gün ağarırken o kadar yol almış bulunuyorlardı ki, kimse artık kendilerini yakalayamazdı.

Don Kişot ilk çıkışındaki yolu tutturmuştu; seyisi ile eşyasını taşıyan eşek yanında yürüyordu.

Sanço Panza, bu maceraya canı sıkılmış görünmek şöyle dursun valisi olacağı adayı görmek için sabırsızlanıyor ve tatlı hayallere kapılıyordu. Bununla beraber öyle bir zaman geldi ki, hayal ona kifayet etmedi ve efendisinin dilini çözmeyi kararlaştırdı:

— Senyör Şövalye, dedi, bana vaat ettiğiniz adayı unutmayacaksınız ya?

Don Kişot cevap verdi:

— Sanço dostum; benim sözümden şüphe mi ediyorsun? Şunu bil ki benim okuduğum kitaplar gezici şövalyelerin, zaptettikleri toprakları seyislerine verdiklerini yazarlar. Bunun için ben ada diyorsam bu bir krallık ülkesi de olabilir. Bana güvenebilirsin dostum. Sekiz güne kadar bir krallık kazanacağım ve sana elimle taç giydirmek durumuna geleceğim. Buna asla hayret etme. Sana söylediğim gibi böyle şeyler, gezici şövalyeler için, çok kere olağan işlerdendir.

Sanço:

— Şu halde sizin yapabileceğiniz bir mucize ile ben kral olursam karım Juana Gutiérrez kraliçe, çocuklarımız da veliaht falan olacaklar.

— Ona ne şüphe!

— Benim biraz şüphem var. Siz benim karıyı pek az tanıyorsunuz Senyör Şövalye. Ben bir adayı bir krallıktan daha fazla isterim. Fakat siz nasıl münasip görürseniz öyle olur.

— En iyisi Allah'a havale et bu meseleyi Sanço dostum. Hangisi hakkında hayırlı ise öyle olsun, inan bana.

— Ona ne şüphe Senyör Don Kişot. Tekrar ediyorum ki size emniyetim var. Çünkü siz iyi bir efendisiniz. Benim için bir adanın mı, yoksa bir krallığın mı daha iyi olacağını elbette benden iyi bilirsiniz.

İki dostumuz böylece konuşup dertleşerek gitgide köylerinden uzaklaşıyorlar ve güneş, göğün tepesinden onların yürüyüşlerini seyrederek kahkahadan kırılıyordu.

H. PISAN

Yedinci Bölüm

Yeldeğirmenleri ile Savaş

Günün ortasına doğru Don Kişot ile Sanço Panza epeyce uzaklara gitmiş bulunuyorlardı. O kadar uzaklara ki, ikisi de artık köylerini akıllarına getirmiyorlardı. Köylü için bu yolculuk çok yorucu idi. On iki saat kırların içinde eşekle gitmek değme babayiğidin harcı değildi. Don Kişot'un hiç durmaya niyeti yok mu idi?

Az sonra Şövalye uzakta otuz kadar yeldeğirmeni gördü ve sevinçle bağırdı:

— Sanço dostum; talih bize dilediğimizden fazla gülümsüyor. Karşıdan bizim gelişimize bakan şu devler alayına bak. Onlarla savaşmak Tanrı yolunda gaza etmektir. Onların sırtlarını yere getirdiğim zaman varlarına yoklarına el koyarak zengin olacağız.

Sanço'nun gözleri tes tekerlek olmuştu:

— Devler mi Senyör Şövalye, dedi, nerede görüyorsunuz devleri?

Adamcağızın yüreği pek rahat değildi. Devlerle yapılacak bir savaşın nasıl biteceğini evvelden kestirmek mümkün müdür?

Don Kişot içini çekti:

— Dostum Sanço! Nasıl oluyor da görmüyorsun onları! Bak hep birden ayağa kalkmışlar, bizi tehdit ediyorlar. Yolumuzu kesmek için bütün ufku tutmuşlar.

Sanço Panza cevap verdi:

— Aman Efendimiz, sizin gördüğünüz dev alayı değil kendi halinde değirmenlerdir, kolları sandığınız şeyler de onların kanatlarıdır.

Şövalye ekşi bir sesle:

— Sus dostum, dedi, sen bir şey anlamıyorsun. Ben "dev" dedim mi dev olduklarına inanmalısın onların. Sen onlarla savaşmaktan korkuyorsan eşeğinden iner, duaya başlarsın. Prenses Dulcinea yardımcım olsun benim; çünkü vakit geçirmeden ben onların canını alacağım.

Köylü nafile yere etrafına bakınıyordu. Ona göre bunlar yeldeğirmenlerinden başka bir şey değillerdi ve bir parça rüzgâr çıkmış olduğu için hep birden kanatlarını döndürmeye başlamışlardı.

Don Kişot:

— Bak bak diyordu, nasıl savaşa hazırlanıyorlar. Birdenbire atını mahmuzlayarak en yakındaki değirmene saldırdı.

Sanço:

— Aman Efendimiz, geri dönün Allah aşkına, diye bağırıyordu.

Fakat Don Kişot onun haykırışlarını işitmiyor, naralar atarak değirmenlere yaklaşıyordu.

— Kaçmaya uğraşmayın alçaklar, namussuz korkaklar, yeryüzünü vücutları ile pisleten iğrenç mahluklar! Bir tek şövalye sizinle savaşacak ve şimdiden tezi yok hepinizin leşini yere serecek.

Yeldeğirmenleri rüzgâr içinde, dönüşlerini hızlandırıyorlar ve Don Kişot'un öfkesini arttırıyorlardı.

— Haydutlar! Ellerinizde kılıçlarınızı çevirmeniz hiçbir şeye yaramaz. Sizden korkan yok. Şimdi kafalarınızı uçuracağım. Kaçmayın, bekleyin beni!

Sonra canını Dulcinea del Toboso'ya emanet etti:

— Yetişin imdadıma Prenses; çünkü şövalyeniz tehlike içindedir. Sizin şan ve şerefiniz adına bu namussuzların hepsini yeryüzünden kaldıracak.

Tepeden tırnağa zırhına bürünmüş, sol eli ile sımsıkı mızrağını kavramış olduğu halde, dörtnala, birinci değirmenin yanına vardı. Var kuvveti ile kanatlardan birine saldırdı ve bir anda onun iplerine takıldı. Rocinante yandaki tarlanın içine fırlamıştı. Biçare şövalye, vücudunu bu kanada o kadar kuvvetle kaptırmıştı ki, vaktinde kendini kurtaramadı ve onunla beraber göğe doğru bir uçuş yaptı. Kendini baş aşağı, tepede gördüğü zaman dehşete kapıldı ve bütün kuvvetiyle iplere tırmandı. Tekrar yere iniyordu. Baş dönmesinden midesi bulanmış bir halde bir ikinci sefer göğe uçtu. Kanat çatırdıyor, fakat rüzgârın hızı ile yoluna devamdan geri kalmıyordu.

Bu manzarayı uzaktan gören Sanço mümkün olduğu kadar süratle koştu.

— Şövalye Efendimiz, ben demedim mi size? Bakın nerelere tünediniz. Ben şimdi ne yapayım da sizi kurtarayım. Heey değirmenci efendi, durdur şu makineyi Allahını seversen. Değirmenci olacak herif, işitmiyor musun?

Don Kişot o esnada seyahatine devam ederek kanatla beraber çıkıp iniyor ve aşağıya fırlayarak kafasını parçalamak korkusu ile bir tek hareket yapmaya cesaret edemiyordu.

En sonra değirmenci, penceresinden kafasını çıkardı ve manzarayı çok tuhaf bularak kahkahalar atmaya başladı. Kendisini değirmenin kanadı içine atmış olan bu deli kimdi?

Sanço bağırıyordu:

— Hay Allah cezanı versin. Durdur şu makineyi. Efendimin ne halde olduğunu gözün görmüyor mu?

Fena adam olmayan değirmenci, değirmeni durdurmaya razı oldu ve çok geçmeden kanatlar hareketsiz kaldılar. Bir an sonra da sadık seyis efendisini kurtardı ve çimenlerin üstüne uzatarak içini çekti:

— Gördünüz ya Efendimiz. Hakkım yok mu imiş?

Şövalye:

— Kes sesini, dedi, bilirsin ki asil şövalye savaşları sanatına senin aklın ermez. Ben karşımda devler gördüğümü pekâlâ biliyorum.

— Bunlar değirmendir Senyör Şövalye.

— Ben ne söylediğimi biliyorum. Bunlar sahiden değirmen iseler, demek ki benim fenalığımı isteyen sihirbaz Frestón devleri değirmene çevirmiştir. Onları vereceğim cezadan kurtarmak için. Frestón edepsizin biridir. İlk önce kitaplarımla okuma odamı elimden aldı. Şimdi de düşmanlarımı koruyor. Kendisini ve melun tebaasını kahredeceğim gün elbette gelecek.

Sanço:

— Ne diyeyim. Allah yardımcınız olsun, diye içini çekti.

Sonra Don Kişot'u ayağa kaldırdı, omzunu fena halde çarpmış ve örselemiş olan Rocinante'nin eyerini düzeltti ve efendisini ata bindirdi.

Değirmenci penceresinden gülmekte devam ediyordu. Değirmeni tekrar işletmişti; iki arkadaşın uzaklaşmalarını seyrediyordu.

Sanço:

— Şimdi nereye gidiyoruz? diye sordu.

Don Kişot:

— Lapice limanı yolunu takip ediyoruz, dedi, burada birçok maceralara tesadüf edeceğimize şüphe yoktur, inan bana.

— Belki bizim adayı da buluruz değil mi?

— Ona hiç şüphe yok.

Sanço efendisinin peşinden giderken şiddetli bir açlık hissediyordu. Buna uzun zaman dayanamadı ve Don Kişot'a sordu:

— Yemek saati gelmedi mi Efendimiz?

Şövalye cevap verdi:

— Benim iştahım yok. Sen istersen ye.

Don Kişot'un bu sözü tekrar etmesine hacet kalmadı. Sanço eşeğinin üzerinde, kabil olduğu kadar uygun bir vaziyet aldı, heybesinden yiyecekler çıkararak bir yandan yemeye bir yandan yürümeye başladı. Ara sıra elindeki sukabağını dudaklarına götürüyor ve o kadar keyifle içiyordu ki, bir Alman'ın ağzını sulandırabilirdi. Sanço karnını doyurduktan sonra çok ferahladı ve maceracılık zenaati için yeniden heyecan duymaya başladı.

Köylü öğleden akşama kadar efendisini büyük bir gayretle takip etti. Şövalye ancak ortalık kararırken mola vermeye razı oldu. Durmadan Dulcinea del Toboso'yu düşünüyor ve derin derin göğüs geçiriyordu. Okuduğu şövalye masallarından parçalar hatırlıyor ve yanında yatan arkadaşını uyandırmadan onları yavaş yavaş okuyordu.

Sabah olduğu zaman Don Kişot, seyisini uykudan uyandırmak için avaz avaz bağırmaya ve olanca kuvvetiyle onu sallayıp sarsmaya mecbur oldu.

Köylü ilk önce kendisini evdeki yatağında bulmadığına şaşmış göründü, gözlerini iri iri açarak etrafına baktı.

Don Kişot ona:

H PISAN

— Söyle bakalım Sanço dostum, dedi, sen nerelere gittin ki etrafını tanımıyor görünüyorsun.

— Ah Senyör Şövalye. Adama gittim ve oralardan pek hoşlandım.

Şövalye neşe ile:

— O da olacak yakında, dedi. Şimdi davran da yola çıkalım. Yeni maceralarla karşılaşmak için pek sabırsızlanıyorum.

Biraz sonra Lapice limanına vardılar ve Don Kişot atından indi. Yine neşe ile Sanço'ya:

— Sanço dostum, dedi, maceraların en güzeline burada rastlayacağız. Yalnız şimdiden haber vermeliyim sana. Şövalyelerle dövüştüğüm zaman beni en büyük tehlike içinde görsen bile elini kılıcına götürmekten sakın.

— Bunun için benden emin olabilirsiniz Senyör Şövalye. Size itaat edeceğim. Ben zaten yaradılıştan barışı pek seven bir adamım, rahat ve huzurumdan başka bir şeye aldırış etmem.

— Gayet iyi edersin. Fakat ayak takımının hücumuna uğrarsam yardım edebilirsin. Buna müsaade vardır. Fakat ahlaksız bir seyis sana çatacak olursa...

— Onu düşünmeyin Senyör. Ben kendimi korumasını bilirim.

— Bir saniye şüphe etmem bundan Sanço dostum. Senin yaradılıştan ne kadar kahraman bir adam olduğunu biliyorum. Fakat sakın ola ki bir şövalyeye karşı kılıç çekmeyesin. Bana yardım için yapabileceğin tek şey, benim düşmanlarımı yenmeme dua etmekten ibarettir.

— Yemin ederim ki, bundan asla geri durmayacağım sevgili Efendim. Sizin için lazım gelen bütün duaları okurum.

O esnada bir çayırlığa vardılar. Otlar taze idi. Bir dere o kadar neşe ile akıyordu ki, Don Kişot bir mola vermeye razı oldu. Sanço sevincinden uçuyordu. Bu duruştan faydalanarak heybeyi bir sefer daha ziyaret etti ve içinden çıkardığı yiyecekleri pek fazla teşrifata lüzum görmeden efendisiyle paylaştı.

Köylü, Rocinante ile eşeği bağlamaya lüzum görmemişti. Onları o kadar yumuşak huylu biliyordu ki, pek uzağa gitmelerinden korkmuyordu.

Kahramanlarımız kendilerini bu ziyafete öylesine vermişlerdi ki, yirmi kadar katırcının, Rocinante'nin eyerini ve eşeğin yüklerini aşırmaya kalkmış olduklarını pek çabuk fark etmediler. Don Kişot bağırdı:

— Dostum Sanço. Anladığıma göre bu adamlar asil şövalyeler değil, ayak takımı rezil ve serseri heriflerdir. Hayvanlarımıza el dokundurmak suretiyle bize ettikleri hakaretin öcünü almama yardım edebilirsin.

Sanço:

— Aman Efendim, biz bu heriflerle nasıl başa çıkabiliriz. Onlar yirmi kişi, biz iki. Kendimizi paramparça ettireceğiz.

Şövalye:

— Hiç korkma, dedi, ben tek başıma onların yüz tanesine bedelim. İnan buna.

Don Kişot hemen kılıcını çekti ve katırcıların üzerine atıldı. Sanço da içini çekerek aynı şeyi yaptı ve cesaretle kalabalığın içine atıldı.

Hiç şüphesiz Don Kişot'un ilk vuruşu başarılı oldu ve düşmanlardan birini savaş dışı etti. Fakat ötekiler kılıçlarına yapıştılar ve o kadar iyi iş gördüler ki, savaş çabucak sona erdi.

Sanço hemencecik yere yuvarlanmış, Don Kişot'un cesareti ise onu daha iyi bir akıbetten kurtaramamıştı. O da çayırların üzerine ve Rocinante'nin ayakları dibine sırtüstü uzandı. Katırcılar bunu görünce, bir yerden ansızın yardım gelmesinden korktular ve daha fazla durmadan katırlarını sürüp gittiler.

İlk kendine gelen Sanço oldu. Acı acı inlemeye başladı ve sürüne sürüne, ölmüş sandığı Don Kişot'un yanına gitti:

— Ah Senyör Don Kişot, ah benim Efendim!.. Bakın ne hallere geldik siz de, ben de...

Don Kişot da kendine geldi ve gözlerini açtı.

— Ah Efendimiz! Siz ölmediniz ya!

Şövalye şikâyetli bir sesle:

— Pek zannetmiyorum, dedi.

— Söyleyin bana Senyör. Fierabras dediğiniz ve hassalarını bana sık sık methettiğiniz o içkiden bir iki yudum içebilir miyim? O belki yaralar kadar kırık kemiklere de iyi gelir.

Don Kişot:

— Dostum Sanço! Yanımda olaydı hemen verirdim.

— Hiç yok mu Senyör?

— Hayır zavallı Sançocuğum. Fakat yemin ederim ki, iki güne varmaz bir çamçak dolusu gelecek o içkiden.

— İki güne kadar ayağa kalkabileceğimizi sanıyor musunuz Senyör?

— Doğrusunu istersen kendimi pek kırılıp dökülmüş hissediyorum. Fakat kabahat bende. Ben böyle ayak takımı aşağılık heriflerle dövüşe kalkacak adam değildim. Bana yalnız silahlı şövalyelerle savaşmayı emreden şövalyelik kanunlarına riayetsizlik ettim. Bunun için talih bize güler yüz göstermedi.

— Keşke bu kanunu kavgaya girişmeden önce hatırlamış olsaydınız.

— Fakat sana haber vereyim ki, böyle hallerde kavgaya girmek bana değil sana düşer. Ben şövalyelerle dövüşürüm, sen baldırı çıplaklarla. Bundan sonra böyle insanlarla karşılaşacak olursak benden iş bekleme. Onlarla boğuşmak senin işindir. Olur a, o esnada bir şövalye onların yardımına gelecek olursa, sana yemin ederim ki, onu dünyaya geldiğine pişman ederim. Fakat aşağılık hırsızlarla boğuşmak senin vazifendir.

Sanço Panza içini çekti:

— Pek acele etmeyin Senyör. Benim yalnız ayak takımı ile de dövüşmeye meraklı olduğumu sanır mısınız? Ben kavgaları ve tartışmaları hiç sevmem. Sonra Tanrı bize gördüğümüz hakaretleri affetmeyi emretmemiş midir? Ben kendi hesabıma bana edilen ve edilecek olan hakaretleri affetmeye razıyım.

— Çok asil bir şey olan gezici şövalye mesleğini pek iyi anlamıyorsun da ondan. Konuşmaya halim olaydı sana bunu uzun uzadıya anlatırdım. Fakat şunu bilmelisin ki, okuduğum şövalye kitaplarında başarıya ermeden önce birtakım talihsizliklere uğramamış tek bir şövalye yoktur. Sana en aşağı yirmi misal gösterebilirim.

— Size ben kolayca inanırım Senyör Don Kişot.

— Fazla konuştuk dostum Sanço. Rocinante'nin ne halde olduğunu görsek daha iyi olur.

— O zavallı hayvan da maceradan payını almıştır. Bakın ne kadar hasta. Hem niçin olmasın? O sizden ve benden daha az şövalyedir. Bana parmak ısırtan şey eşeğimin bir kılına zarar gelmemiş olmasıdır. Eşeğim, karşımızda, mükemmel bir ziyafet yemeği yemiş gibi dipdiri ve keyiflidir.

— Tanrının inayetine dikkat et. Hiçbir felaket yoktur ki insana çıkacak bir kapı bırakmamış olsun. Eşeğin işimize yarayacak. Hiç şüphe yok ki, bir şövalye için eşeğe binmek büyük şeref sayılmaz. Fakat bir yerde okuduğumu hatırlıyorum ki, Baküs tanrısının sütbabası olan ihtiyar Silene güzel bir eşeğe binmişti. Demek ki, biz de şerefimizden pek fazla bir şey kaybetmeden aynı şeyi yapabiliriz.

Sanço cevap verdi:

— Eşeğimin üstünde oturabilirseniz çok mükemmel olur. Fakat sanırım ki, orada bir büyük un çuvalına benzeyeceksiniz.

— Yetişir sevgili dostum. Şimdi sen ayağa kalkmaya gayret et ve beni eşeğine bindir. Bu uğursuz yerde daha fazla kalmamız hayırlı olmaz.

Sanço zor sıkı ayağa kalktı. Fakat bir ok yayı gibi iki büklüm duruyor ve bir türlü belini doğrultamıyordu. Eşeğini çağırdı ve o kadar gayret sarfetti ki nihayet efendisini onun sırtına yüklemeye muvaffak oldu. Sonra atı yerinden kaldırarak eşeğin kuyruğuna bağladı ve kendisi yine o iki büklüm vaziyette durmadan inleyip şikâyet ederek yola düştü.

Sanço akşama kadar yürüdü ve ancak gün batarken karşıda bir han gördü. Bu manzara ona bir parça cesaret verdi.

— Efendimiz, karşımda çok güzel manzaralı bir ev görüyorum. Uyanın da bunun sahiden bir han olup olmadığını söyleyin.

Don Kişot gözlerinden birini açtı; fakat binayı görür görmez bunun bir şato olduğunu ve Sanço'nun hiçbir şeyden anlamadığını söyledi.

Seyis mırıldandı:

H. PISAN

— Şato olmuş, han olmuş, benim için ikisi de bir. Herhalde az çok yardım göreceğimiz bir yer burası. Bize lazım olan da bu değil mi?

— Dur Sanço, rica ederim. Nöbetçiler tarafından ilan edilmeden bir kaleye girilemez. Onlardan birinin boru çalmasını ve köprüyü indirmesini bekle.

— Sevgili Efendim. Siz uyuyordunuz da boruyu ondan işitmediniz. Köprünün indirildiğini ve kapının açıldığını gözümle gördüm. Bizim için avluya girmekten başka yapılacak iş kalmamıştır.

Köylü daha fazla tartışmak istemediği için böyle konuşuyor ve Don Kişot'un, kendisine hak verilirse memnun olacağını biliyordu.

Sekizinci Bölüm
Don Kişot'un Handa Başına Gelenler

Hancı, kahramanlarımızın bu halde içeri girdiklerini görünce gözlerini iri iri açtı:

— Bu ne hal böyle? Ne geldi başınıza zavallı adamlar?

Sanço Panza katırcılardan dayak yediklerini söylemek istemiyordu. Onun için hayalinden bir sebep uydurdu.

— Eşeğimin sırtında gördüğünüz asil Şövalye Don Kişot bir dağdan düşerek kemiklerini kırdı. Ona çok ihtimam göstermenizi isterim.

Hancının karısı, kızı ve üç ayak boyunda miniminicik bir Avusturyalı hizmetçi koşup gelmişti. Don Kişot'u görünce acıdı ve yaralarını kendi eliyle sarmak istediğini söyledi.

Üç kadın, şövalyeyi pek fena bir yatağa yatırdılar ve vücudunu tepeden tırnağa muşamba sargılara sardılar.

Hancı kadın:

— Çok garip şey, diyordu, bu yaralar düşme yarasından ziyade dayak yarasına benziyor. İnsanın öyle diyeceği geliyor ki...

Sanço onun sözünü keserek:

— Yok, yok, dedi, size söyleyim ki, efendimin, üstünden yuvarlandığı kayanın sivri sivri yerleri vardı; her biri vücudunda ayrı bir iz bıraktı.

Sonra kendi kasıklarını ovuşturarak ilave etti:

— Bir parça sargı bezi alıkoyar mısınız madam. Onları da ben kullanacağım.

Kadın hayret etti:

— Nasıl, siz de mi düştünüz?

Sanço Panza cevap verdi:

— Hayır madam. Yalnız efendimin düştüğünü görünce öyle korktum ki, vücuduma yüz sopa vurmuşlar gibi bir hal oldu.

Kadın:

— Çok garip şey bu, diye mırıldandı, fakat değil mi ki öyle oldu, size de birkaç iyi parça saklarım.

O esnada küçük hizmetçi:

— Efendiniz ne iş yapar? diye sordu.

Sanço Panza azametli bir tavırla:

— Gezici şövalye, dedi.

— Öyle mi? Peki gezici şövalye nedir?

Seyis hayret etti:

— Nasıl? Yaşınız pek küçük ki, gezici şövalyenin ne olduğunu bilmiyorsunuz? O öyle bir adamdır ki, her zaman olağanüstü maceralarla karşılaşır... Dayak yemek olsun, krallık ülkeleri ve adalar fethedip sonradan seyisine hediye etmek olsun...

Don Kişot bu konuşmayı memnun memnun dinlemişti. Kendi düşüncesini söylemek zamanının gelmiş olduğunu gördü ve nazik bir tavırla hancı kadının elini tutarak:

— Benim güzel ve asil hanımım, dedi, beni şatonuza kabul etmenizin, sizin için nasıl bir bahtiyarlık olduğunu tasavvur edemezsiniz. Kendimi daha fazla övmek istemem; çünkü böyle bir şey yakışık almaz; fakat benim kim olduğumu size sadık seyisim anlatsın. Yalnız şu kadarını söylemeliyim ki, yüz yıl yaşasam benim için yaptıklarınızı ve felaket günümde bana nasıl yardım ettiğinizi unutmayacağım. Gönlümü dünyanın en büyük andları ile çok yüksek bir kadının aşkına bağlamış bulunmasaydım, yemin ederim ki hürriyetimi sizin kızınızın güzelliklerine, gönül hoşnutluğu ile feda ederdim.

Don Kişot bu sözleri söylerken otelcinin kızına bakmakta idi, çünkü o çok sevimli ve son derece şefkatli görünüyordu. Fakat pek kolay anlaşılır ki, ne hancı kadın, ne kızı, ne de hizmetçi Maritornes bu nutkun tek kelimesini anlamamışlardı. Onlar için şövalye adeta Çince konuşuyor gibi bir şeydi. Kadınlar bu sözlerin birtakım iltifat kelimeleri olacağını düşündüler ve kahramanımıza candan teşekkür ederek dışarı çıktılar.

Sanço Panza'yı çok sevimli buluyor görünen Maritornes, biçare seyisin yaralarını özene bezene sardı ve bu işi öyle ustalıkla yaptı ki, adamcağız felaketi içinde epeyce rahatlık duydu.

Ertesi sabah erkenden Sanço han sahibini görmeye gitti:

— Mösyö, dedi, lütfen bana biber, şarap, tuz ve zeytinyağı verin. Sayın efendim istiyor. Hancı hayretle gözlerini açarak:

— Bunlarla ne yapacaksınız? dedi.

— Bunlarla öyle bir içki yapacağız ki, birkaç damlası bütün acı ve ağrılarımızı dindirmeye yetecek.

Hancı gülmeye başladı. Böyle bir ilacın hassasına asla inanmıyordu; fakat kendinden istenen şeyleri arayıp buldu ve Sanço'ya teslim etti.

Don Kişot bu maddelerin hemen bir kap içinde kaynatılmasını emretti. İlaç kaynarken kendisi yüzden fazla

Pater, ve bir o kadar **Ave Maria ve Gredo** okudu ve her duayı bir takdis ile tamamladı. Sonra içkinin hazır olduğunu söyledi ve biraz soğuttuktan sonra hemen içmek istedi. Bir büyük bardak dolusu ilacı ağzına dikip içti. Fakat ilaç midesine iner inmez kusmaya başladı; öyle ki, içinde hiçbir şey kalmadı. Aradan epeyce zaman geçtiği halde o kadar öğürüyordu ki, ölmek üzere olduğu sanılabilirdi. Sonra ağır bir uykuya daldı. Uyandığı zaman kendisini, hiçbir şey olmamış gibi iyi hissettiğini söyledi.

Sanço Panza bu iyileşmeyi bir mucize gibi gördü ve ilaçtan kendisinin de bir parça içmesine izin vermesini Don Kişot'tan, büyük bir hulûs ile rica etti; çünkü vücudunun her tarafı hâlâ ağrılar, sızılar içindeydi.

Don Kişot:

— İç sadık dostum, dedi, inşallah bu ilaç benim gibi sana da iyi gelir. Bak ne kadar rahat edeceksin.

Köylü bu tavsiyeyi ikinci defa tekrar ettirmedi. Hemen kabı yakaladı ve ilacın geri kalan kısmını bir solukta içti.

Don Kişot:

— İyi oldu, dedi, fakat yüzünü o kadar buruşturmamalısın. Nasıl kendini daha iyi hissediyor musun?

Sanço cevap vermedi. Midesi herhalde efendisininkinden daha kuvvetli idi, çünkü bir damlasını çıkarmadı. Ondan yalnız şiddetli bir ter boşandı ve öleceğini zannettiren sıkıntılar duymaya başladı. İçini çekerek:

— Allahım, ben zehirlendim, diyordu, ne halt etmeye içtim bu ilacı! Ah benim sevgili Juana Gutiérrez, beni artık görmeyeceksin. Hiç olmazsa çıkarabileydim.

Sanço kusmak için kendini şiddetle zorluyordu. Sonunda buna muvaffak oldu, fakat kendini daha iyi hissetmedi. Karnının içinde ateşler yanıyor, kendini hangi evliyaya emanet edeceğini bilemiyordu.

— Ah uğursuz ilaç, beni tatlı canımdan edeceksin. Bunu kim icat ettiyse Allah belasını versin.

Efendisi ona sordu:

— Kim zorladı seni! Bahse girerim ki bu ilaç şövalyelere iyi gelir. Senin gibi seyis makulesi adamlara değil.

— Öyleyse ne diye içirdiniz bana Senyör? Bunu bana sonradan haber vermeniz kaç para eder; ölüyorum ben. Ah, ah, ah, hâlâ ölmedim mi acaba!

O esnada öyle kusmalar geldi ki, yanında bulunanlar onu can veriyor sandılar. Bununla beraber bir zaman sonra kendine gelir gibi oldu ve birkaç saat geçince o da hiçbir şey hissetmedi. Fakat öyle kırılıp dökülmüş bir haldeydi ki, bir adım atamıyordu.

Yeniden canlanmış ve neşesi yerine gelmiş olan Don Kişot:

— Haydi bir gayret, dedi, iyi oldu bu iş. Hemen yola çıkmalıyız. Cesaret Sanço dostum. Adanı düşün.

— Düşünüyorum Senyör. Aklım fikrim onda; bir ayak önce varmak isterim o adaya. Fakat bugün peşinizden gelmeme imkân yok.

Don Kişot:

— Gelirsin gelirsin dedi, korkma.

Don Kişot, Rocinante'yi kendi eyerlediği gibi eşeğin semerini de sırtına vurdu. Sonra seyisini eşeğe bindirdi, kendi de atına binerek hanın avlusuna çıktı.

Hancı:

— Ne mösyö, dedi, yolculuk mu var?

Don Kişot cevap verdi:

— Senyör, gösterdiğiniz misafirseverliğe ve ihtimamlarınıza teşekkür ederim. Ne bahtiyarlık ki, yaralarım iyileşti. Bunu size borçluyum. Hiç unutmayacağıma emin olun.

— Ona ne şüphe mösyö, fakat...

Şövalye azametli bir eda ile hancının sözünü kesti:

— Ben bir nankör olmak istemem Senyör. Onun için düşmanlarının isimlerini bana söyleyin. Onlara meydan okumak ve hepsini yere sermek suretiyle size yapmış oldukları hakaret ve kötülüklerin öcünü alacak ve sizi minnettar bırakacağım.

Adamcağız hayretle:

— Ne söylüyorsunuz, dedi. Benim öc aldırmaya ihtiyacım yok. Biri bir münasebetsizlik yapıp canımı sıktı mı ben onun hakkından gelmesini bilirim, emin olun. Hesabınızı ve hayvanlarınızın yediği arpanın parasını verirseniz alacağımız vereceğimiz kalmaz.

Asilzade hayretle:

— Size para vermek mi? dedi, neden? Şato sahipleri ne zamandan beri misafirlerinin masraflarını ödetiyorlar? Ben bunu kitaplarımın hiçbirinde okumadım.

— Belki okumamışsınızdır. O benim umurumda değil. Sonra ben şato sahibi değilim Senyör Şövalye. Burası handır.

— Han mı?

— Ne sandınız ya! Hem de dünyanın en iyi hanı.

— Nasıl bir hayale kapılmışım! Gerçekten ben sizin bir şato sahibi olduğunuza kanaat getirmiştim. Fakat değil mi ki hatâ ettim; bilesiniz ki, beni affetmek lazım, indikleri hanlara para vermek gezici şövalyelerin âdeti değildir. Maceralar aramak, yerine ve mevsimine göre açlık veya susuzluktan, soğuk veya sıcaktan ölmek suretiyle dünyaya yaptıkları büyük iyiliklerin mükâfatı olarak onları her yerde cabadan yedirip içirirler.

— Latife yeter mösyö. Hemen borcunuzu ödeyin. Bu masallara karnımız tok.

Don Kişot:

— Siz haddini bilmeyen bayağı herifin birisiniz, dedi.

Kimsenin kendisini önlemesine vakit bırakmadan atını mahmuzladı ve Sanço'ya peşinden gelmesini söyleyerek handan çıktı.

Seyise efendisine itaat etmekten başka yapılacak iş kalmıyordu. Fakat hancı ileriye atılmış ve avlunun kapısını kapamıştı. Öyle ki biçare Sanço buraya hapsedilmiş bulunuyordu.

Hancı:

— Değil mi ki efendin gitti, öyleyse paraları sen vereceksin, dedi.

Sanço kalkınmaya uğraşarak:

— Ben mi vereceğim, dedi. Asil bir şövalyenin seyisi olarak benim de efendim gibi imtiyazlarım vardır.

Hancı boş yere öfkeleniyor, tehditler ve küfürler savuruyordu. Hiçbiri para etmedi. Sonra da Sanço'nun cebinde bir lira bile yoktu. Bu aksi herifin istediği parayı vermek için ne yapabilirdi?

Avluda Segovili kumaş tüccarları ve bağırsakçılar vardı. Hancının öfkesini görerek yanına yaklaştılar. İçlerinden biri:

— Sanırım ki uşaktan para almak zor olacak, dedi, herif parası olan bir adama benzemiyor.

Bir başkası:

— Bırakın da biz bakalım bu işin bir çaresine, dedi, bu adam bir cezaya çanak tuttu ona hiç unutmayacağı bir ders verelim.

Hancı öfke ile:

— Onu size bırakıyorum, dedi, adamakıllı cezasını verin.

Kumaşçılardan biri bir battaniye getirip yere serdi. Sonra Sanço Panza'ya yaklaştılar ve onu ite kaka eşeğinden indirdiler. Kendini kurtarmak için çarpınıp çırpınmalarına ve haykırmalarına bakmayarak köylüyü battaniyenin ortasına yatırdılar. Her biri bir ucundan yakalayıp kaldırarak adamcağızı havada, on iki on beş ayağa kadar zıplatmaya başladılar.

Biçarenin nasıl bağırdığını anlatmaya hacet yoktur. Bir gün evvel başına gelenlerden sonra bir de bu zıplamalar kemiklerini birbirine geçiriyordu. Fakat o ne kadar bağırırsa herifler o kadar keyifleniyorlar ve Sanço'yu o kadar yükseklere atıp tutuyorlardı.

Epeyce uzaklaşmış olan Don Kişot bu haykırışları işiterek dörtnala geri dönmüştü. Biçare seyisinin durmadan havaya çıkıp indiğini avlu duvarının üstünden görüyor ve buna pek şaşıyordu. Manzara o kadar tuhaftı ki, kafası kızmış olmasa buna mutlaka gülerdi. Uşağının yardımına koşmaya çalıştı. Ne yazık ki kapı içinden sürgülenmişti. Boş yere duvarın üstünden aşmaya uğraştı, fakat muvaffak olamadı. Mahmuzları üstünde ayağa kalkmış kılıcını sallıyor, Sanço'ya bu kötü muameleyi yapan sefillere küfürler savuruyordu:

— Edepsizler, eşkıyalar. Benim sadık seyisime yaptığınız muamelenin acısını çıkaracağım sizden. Bu yaptığınız bütün şövalyeliğe hakarettir. Size pahalıya ödeteceğim bunu, yemin ederim.

Hancı:

— Gel, gel de seni de oynatalım, diye gülüyordu.

En sonra kumaşçılar bu oyundan yoruldular ve Sanço'yu tekrar eşeğine bindirdiler. Yufka yürekli Maritornes, elinde bir soğuk su testisi ile ona yaklaştı. Biçare adam suyu kana kana içmeye hazırlanmıştı ki Don Kişot ona bağırdı:

— Bu adamların suyunu içmekten sakın evladım. Senin için bende bu sabah tatmış olduğun içkiden var.

Sanço ona hiddetle cevap verdi:

— Senyör siz içkinizi kendinize saklayın. Benim şövalye olmadığımı biliyorsunuz. Adi su daha işime gelir.

— Bak ne diyorum sana..

Sanço onu daha fazla dinlemek istemedi ve testiyi boşaltmaya koyuldu. Bunun saf su olduğunu görünce adamcağızın yüzü korkunç surette bozulmuştu; çünkü şarabı çok severdi. Fakat efendisinin içkisinden o kadar gözü yılmıştı ki, suyu içmeyi ve Maritornes'in testisini tamamıyla boşaltmayı tercih etti.

Sonra handaki adamlar Sanço'yu bıraktılar ve seyisinin sapa sağlam geri geldiğini görmek sevinci Don Kişot'a tehditlerini unutturdu.

Dokuzuncu Bölüm
Kahraman Mambrino'nun Miğferi

Handan uzaklaştıkları sırada Don Kişot, Sanço Panza'yı bir parça teselliye çalıştı:

— Zavallı dostum, görüyorsun ki talih, gezici şövalyelere her zaman yâr olmuyor. Bu konu üzerine birçok hikâyeler okuduğumu hatırlıyorum, fakat müsterih ol. En sonunda talih kahramanlara güler yüz gösterir.

Biçare seyis efendisine inanmak istiyor, fakat bir şey söyleyemiyordu. Yalnız yüreğinin içinden gelir gibi derin göğüs geçirmelerle yetindi.

Don Kişot devam etti:

— Don Galaor'un da başına böyle bir şey geldi. Bütün maceralarda işleri o kadar ters gidiyordu ki, bu asil derebeyi, sonunda kendine "Nasipsiz Şövalye" diye ad koydu. Sanço dostum, onu taklit etmekten daha iyi bir şey yapamayız. Onun için bundan sonra kendime "Mahzun Yüzlü Şövalye" diyeceğim. Göreceksin ki, böylelikle talih bize yâr olacak.

Sözünü henüz bitirmişti ki, karşıdan bir atlının geldiğini gördü. Başının üstünde som altından yapılmış gibi bir şey taşıyordu. Don Kişot birdenbire titredi ve bağırdı:

— Sanço dostum; talihin cilvelerine hayran ol. Biraz önce o bize asık bir yüz gösteriyordu. Şimdi ise en güzel çehresi ile gülümsüyor. Karşıdan gelen şu atlıya bak. Başındaki şey, sanırım ki, Mambrino'nun meşhur sihirli miğferidir. Bu adam bir şövalye olacaktır. Ben onu yeneceğim, elimize geçecek ganimetle zengin olacağız.

Sanço derin bir göğüs geçirerek:

— Senyör Don Kişot, dedi, söylediğiniz ve daha ziyade de yapacağınız şeye dikkat edin. Şimdiye kadar başımızdan geçenler pek parlak olmadı. Doğrusu bunun da hakkımızda hayırlı olmasından şüphe ediyorum.

Don Kişot hayret ediyor:

— Ben nasıl aldanmış olabilirim, diyordu, baklakırı bir at üstünde bize doğru gelen şövalyeyi sen de görmüyor musun? Başında parıl parıl yanan altın miğferi gözün görmüyor mu?

— Benim görebildiğim şey benimkine benzeyen bir eşeğe binmiş bir adamdır. Başındakine gelince doğrusu onun ne olduğunu söyleyemem.

— Öyleyse Mambrino'nun miğferi dediğime inan.

— Size inanmak isterim Senyör Don Kişot; fakat yine de ihtiyatlı olmanızı isterim, çünkü...

Kahramanımız Sanço'nun sözünü kesti:

— Sen birkaç adım uzaklaş benden, neler olacağını, bu dikbaş şövalyeyi nasıl amana getireceğimi ve tarihteki meşhur miğferi nasıl alacağımı seyret.

Atlı adam evine dönmekte olan kendi halinde bir köy berberi idi. Onu bir hastadan kan aldırmak için komşu köylerden birine çağırmışlardı. Kahramanımızın bir altın miğfer sandığı şey onun bakır leğeni idi. Yolda yağmur yağmış olduğu için adamcağız şapkasını korumak için onu başına geçirmekten başka çare bulamamıştı. Altındaki hayvan da gerçekten Sanço'nunkine benzeyen küçük bir kır eşekti; fakat Don Kişot'un gözleri onu bambaşka görmüştü.

Kahramanımız yolun ortasında durmuştu; berber yaklaşınca:

— Kendini müdafaa et sefil, dedi, çünkü seni, gözünün yaşına bakmadan tepeleyeceğim. Malını bana ver, yahut kanının son damlasına kadar kendini müdafaa et.

Don Kişot'un bu sözlerine ve meydan okuyucu hareketlerine hayret eden berber de eşeğini durdurarak Don Kişot'u biraz alargadan dikiz etmeye başladı. Adamın bu hareketi şövalyenin hoşuna gitmedi; birdenbire atını mahmuzlayarak, elinde mızrağı ile biçareye saldırdı.

Bu acayip kıyafetli adamın kendisine doğru geldiğini görünce berberin ödü patlamıştı. Başının adamakıllı derde gireceğine şüphesi yoktu. Canını kurtarmak için tabanları yağlamaktan başka selamet yolu görmedi: Kendini eşeğinden aşağı atarak ve leğenini başından düşürerek bacaklarının var kuvvetiyle koştu. Aynı zamanda da avaz avaz:

— İmdat, eşkıya var, diye haykırıyordu.

Don Kişot savaşın bu kadar çabuk bitmesine pek şaştı. Mambrin'in miğferi sandığı tasın düştüğünü görmemiş olaydı, belki de berberi kovalardı.

— Görüyor musun Sanço dostum! İşte talihin bizim tarafa döndüğünü gösteren bir macera. Sefil herif kaçtı. Varsın derdine yansın. Nasıl olsa kolayca tepeleyecektim onu. Herhalde biz savaşı kazanmış durumdayız. Mambrino'nun meşhur miğferinin sahibi artık benim.

Sanço gözlerini açıyor ve meşhur miğfere tereddütle bakıyordu.

— Bu bir tıraş leğeni değilse ben ne olayım, dedi, fakat halis bakırdan; ne olsa bir ekü eder.

— Bu kıymetli hazineye neden öyle bakıyorsun? Ver de başıma koyayım.

— Senyör Şövalye, bilmem yanılmıyor musunuz?

— Haydi canım, sen anlamazsın.

Don Kişot leğeni seyisinin elinden alarak başına koydu, fakat çok uğraştığı halde pek yerine oturtamadı; gülerek:

— Bu miğferi başında taşıyan lüpçü pek koca kafa bir adammış, dedi.

Seyis de gülüyordu; fakat onun gülmesi başını bir berber leğeni ile taçlandıran efendisinin acayip manzarası içindi.

Don Kişot:

— Ne gülüyorsun? diye sordu.

— Talihin bizden yana dönmesine kim gülmez Monsenyör, dedi.

— Doğru söyledin Sanço.

— Mambrino'nun miğferi size, at sandığınız bu küçük eşek de bana!

Şövalye hararetle:

— Yok yok, dedi, at olsun eşek olsun, bir kahraman yendiği kimsenin binek hayvanını alamaz. Şövalyelikte usulden değildir. Bu adamın bir yere saklanarak bizi gözetlemekte olduğuna şüphe etme. Biz uzaklaşır uzaklaşmaz hayvanını almaya gelir.

Sanco Panza artık gülmedi.

— Hakkınız var Senyör, dedi, fakat hiç olmazsa semerleri değiştiremez miyim! Onunki benim eşeğinkinden daha iyice.

— Böyle bir şey hiçbir şövalye kitabında yazılı değildi. Gerçekten ihtiyacın varsa alabilirsin.

— Bana pek lazım Senyör.

Sanço hemencecik semerleri değiştirdi ve kendi eşeği, bu kıyafette ona çok daha güzel göründü.

Kahramanlarımız bundan sonra tekrar yola düştüler. Seçtikleri yolda çok geçmeden yeni bir maceraya rastlayacaklarından ve biraz evvelki gibi büyük zaferler ve servetlere kavuşacaklarından emin bulunuyorlardı.

Onuncu Bölüm
Kürek Mahkûmlarını Kurtarış

Ertesi gün kahramanlarımız yeni bir macera ile karşılaştılar. Yolda uslu uslu hayvanlarını sürüyorlardı. Sanço Panza'da gelecek günler için tekrar bir parça ümit başlamıştı. Efendisi ile yakında valisi olacağı adayı konuşuyor, Don Kişot onu ballandıra ballandıra tasvir ediyordu.

Birdenbire gözlerini kaldırınca bir insan kalabalığının kendilerine doğru gelmekte bulunduğunu gördüler, ikisi ata binmişti; birçokları kılıçlar ve kargılarla silahlanmış olarak yaya yürüyorlardı. Aralarında bir tespihin taneleri gibi, boyunlarından uzun bir zincirle birbirlerine bağlanmış on kadar insan gitmekte idi.

Onları ilk gören Sanço oldu ve kim olduklarını çabucak anladı:

— Bu bir kürek mahkûmları kervanıdır. Kalyonlarda krala hizmet etmeye götürülüyorlar.

Don Kişot bağırdı:

— Ne dedin ne dedin? Kürek mahkûmları mı? Kral insanlara böyle muamele eder mi?

Sanço hararetle devam etti:

— Senyör Şövalye, heyecana kapılmayın. Bu adamlar kalyonlarda suçlarının cezasını çekmeye mahkûm edilmiş canilerdir.

— Yani ne çıkar bundan? Bir suç işlediler diye bu adamları bedbaht saymayacak mıyız? Bunlar kendi arzuları ile mi kalyonlarda krala hizmet etmeye gidiyorlar?

— Değil elbette Senyör, fakat...

— Bedbahtları savunmak, zulme uğrayanların imdadına koşmak gezici şövalyelerin vazifesi değil midir?

— Senyör Şövalye; bu adamlar sefil oluyorlarsa kendi kabahatleridir. Namuslu adamlar gibi hareket etmiş olsaydılar kral adlarını sanlarını bilmeyecek, mahkemeler onlarla uğraşmayacaklardı. İnanın bana Senyör, çabuk geçelim ve yüzlerine pek bakmayalım. Başımıza fena bir şey gelirse kara kara yanarız.

— Kes sesini Sanço, işime karışma. Söyleyeceklerini biliyorum. İnan bana. Senin aklın ermez.

İki kahraman böylece konuşurlarken kalabalık onların yanına gelmişti. Don Kişot muhafızlara bu adamları niçin götürdüklerini sordu. Atlılardan biri:

— Senyör Şövalye, bu adamlar birtakım canilerdir. Herhalde korkunç cinayetler işlemiş olacaklardır. Doğrusu ben de pek bilmiyorum neler yaptıklarını. Sanırım ki, bu mesele hakkında benden fazla bir şey bilmek sizin de pek işinize yaramayacaktır.

Don Kişot:

— Böyle bir felaketin sebebini kendilerinden öğrenmeme müsaade ederseniz minnettar olurum, dedi.

Öteki atlı cevap verdi:

— Mahkeme kararı suretleri yanımızdadır Senyör. Fakat yüklerimizi çözmeye vaktimiz yok. Merak ediyorsanız bu adamların her birine ne yaptığını sormaktan çekinmeyin. Ne isterlerse söylerler ve kendi işleri için diledikleri tafsilatı vermekten geri durmazlar. Çok konuşkan adamlardır.

Nezaketin bu derecesi Don Kişot'un pek hoşuna gitmişti. Mahkûmlardan birine yaklaştı, bu hale gelmek için ne suç işlediğini sordu.

Mahkûm gülerek:

— Âşık oldum da ondan, dedi. Don Kişot bağırdı:

— O nasıl iş öyle. Âşıkları kürek cezasına mı mahkûm ederler? Böyle olsaydı benim işim gücüm kürek çekmek olurdu.

Öteki mahkûm cevap verdi:

— Bildiğiniz gibi değil Senyör. Ben bir kıza değil, içi en iyi cins ipek çamaşırlarla dolu bir sepete âşık oldum. Onu kalbime bastırıyordum, jandarmanın biri elimden almamış olsaydı hâlâ orada olacaktı.

— Demek siz bir hırsızsınız?

— Hırsız demek pek insafsızca olur. Fakat belki de hakkınız var. Mahkemenin kanaati de bu oldu ve beni yüz kamçı ile üç yıl kürek cezasına mahkûm etti. Suçüstünde yakalandığım için yaptığımı inkâr edemedim.

Don Kişot ikinci mahkûma geçti, fakat cevap alamadı. Son derece kederli bir delikanlı idi. Muhafızlardan birine sordu:

— Dilsiz mi bu adam?

O gülerek cevap verdi:

— Hayır. Kendisini burada görmenizin sebebi, çok fazla şarkı söylemiş olmasıdır.

Şövalye hayret etti:

— Şarkı mı söyledi? Şarkı söyleyenleri ne zamandan beri zincire vuruyorlar? Benim bilmediğim yeni bir kanun mu çıktı yoksa?

— Öyle bir kanun yok; fakat size sual sorarlarken şarkı söylemek her zaman tehlikelidir.

— Yani ne demek istiyorsunuz?

— Sual sorarlarken şarkı söylemek demek işkence ederlerken suçunu itiraf etmek demektir.

Don Kişot ağır bir tavırla:

— Anlıyorum, dedi, peki suçu neymiş bu adamın?

— O bir hayvan hırsızıdır. İki yüz kamçıya ve altı yıl kürek cezasına mahkûm oldu. Kendisini bugün kederli görmenizin sebebi felaket arkadaşlarının onunla alay etmiş olmalarıdır; çünkü hürriyetini kurtarmak için acıya tahammül göstermeye cesaret edememiştir, işkence esnasında dişini sıkıp suçunu inkâra devam etmiş olsaydı mutlaka onu bırakacaklardı. Oysa ki şimdi kralın hizmetine gitmiştir.

Don Kişot üçüncü mahkûma geçerek:

—Ya siz ne yaptınız? Siz de mi şarkı söylediniz yoksa?

O hemen cevap verdi:

— Ben mi Mösyö? Ne münasebet! Keşke suçumu itiraf için bana da sual sorsalardı. Yazık ki beni suçüstünde yakaladılar. Bir para kesesine çok fazla gönül bağlamış olduğum için beş yıl küreğe mahkûm ettiler. On duka altınım olaydı bu işin içinden sıyrılacaktım.

Don Kişot:

— Ben hoşnutlukla yirmi veririm, dedi, seni serbest bıraksınlar.

Mahkûm:

— Şimdi artık çok geç, dedi. Bu on duka altını sorgu esnasında elimde olaydı kâtibin eline tutuşturur, yahut sorgu yargıcını imana getirirdim.

Dördüncü adam uzun ak sakallı bir ihtiyardı. Niçin suçlular arasında bulunduğu kendisine sorulunca ağlamaya başlamıştı. Don Kişot bu adamdan başka cevap alamadığı için onun yerine arkadaşı konuştu.

— Mösyö, bu adam dört yıl küreği hak etmiştir. Büyücülük yapmaya kalktı. Hoşlanmadığı insanlara büyü yaptı. Adaletin elinden ucuz kurtulduğu için talihine bir yesin de bin şükretsin.

Don Kişot:

— Ben de öyle düşünüyorum, dedi. Sonra beşinciye döndü:

— Ne yaptın da buralara düştün dostum? Yüzün pek fena bir adam yüzüne benzemiyor. Sende bir kürek cezalısından ziyade, mektep medrese görmüş bir adam hali var. Başına geleni anlatır mısın bana?

Adam cevap verdi:

— Uzun bir hikâyedir bu?

Pek meraklı olmakla beraber bütün tafsilatını anlatamam. Şu kadarını bilmelisiniz ki bir komşunun bana borcu vardı. Suçun bende olduğu sabit oldu. Oh olsun bana!

Mesele şu ki ben onun borcunu ödemeye zorlamak için gömleklerini aldım. Borcu gömlek değil, para olduğu için bana hırsız dedi ve mahkemeye başvurdu. Sayın yargıç kendisine söylenen şeylere inandığı için beni mahkûm etti. İşte Senyör, bunun için altı yıl kadırgalarda kürek çekeceğim.

Altıncı hırsız da iyi yüzlü bir adamdı. Gururla önüne bakıyor ve Don Kişot'a pek aldırış etmiyor görünüyordu. O pek azılı bir câni olmalı idi; çünkü ötekiler gibi bağlanmış değildi. Bir çeşit demir halka onu boynunu dik tutmaya zorluyor ve elleri sımsıkı kelepçelenmiş bulunuyordu. Bunlardan başka ayaklarına da kocaman bir zincir takılmıştı.

Don Kişot bu adama niçin bu kadar sert muamele edildiğini sordu.

Atlı muhafızlardan biri:

— Onu neyle suçlandırdıklarını, cezasının ne olduğunu size söyleyemeyeceğim, dedi, fakat bana öyle geliyor ki öteki beş adamın işlediği suçların hepsini birden bir terazi gözüne koyarsanız bu adamınki kadar ağır çekmez. Bu sebeple bize ayrıca emir verdiler; galiba çok atak ve desiseci bir kimse imiş. Onun için elimizden kaçmasından korkuyoruz.

Don Kişot mahkûma:

— Suçunun ne olduğunu sen kendin söylemez misin? diye sordu.

Adam Don Kişot'u küçümsüyor gibi bir bakışla tepeden tırnağa süzerek cevap verdi.

— Senyör Şövalye, benim yaptığımdan size ne? Bizim için elinizden ne gelir? Bana yükletilen suçları bir bir anlatmaya kalkacak olsam yarın bu saatte yine burada oluruz? Benim adım Ginés de Passamonte'dir; birisi çıkıp da onları yazmak zahmetine katlansa koca bir cilt olur. Fakat merakınız canımı sıkıyor; onun için size hiçbir şey söylememeyi tercih ederim.

Haydutun küstahlığı o kadar büyüktü ki, muhafızlardan biri onu uzun bir sopa ile cezalandırmak istedi. Bereket versin Don Kişot aralarına girdi ve muhafızdan bunu yapmamasını rica etti.

Adam:

— Nasıl isterseniz öyle olsun, dedi, fakat size hak veremeyeceğim, çünkü bu serserinin bir paralık değeri yoktur.

Don Kişot ağır bir tavırla cevap verdi:

— Değerleri ne olursa olsun bu gibi kimselerin suçlarının kefaretini ödemelerine ve yola gelmelerine yardım etmek hakkımızdır. Adaleti sopa ile sevdirecek değiliz onlara. Bunun için ben bunları kürek cezasına çarptıran yargıçlarla beraber değilim. Bana göre insanları arzu ve iradelerine karşı hareket etmeye zorlamaktan daha çirkin bir şey olamaz. Öyle sanıyorum ki bu insanlar birkaç yıl krala bu şekilde hizmet ettikten sonra ondan nefret edeceklerdir. Bunlar yolunu şaşırmış biçarelerdir. Bunun için benim onlarla meşgul olmam lazımdır. Şövalyelik mesleğimin kaidelerini ve bizim bedbahtlara yardım etmek, onların ıstıraplarını hafifletmek, onları esirlik boyunduruğundan kurtarmak vazifemizi hiç şüphesiz biliyorsunuz. Muhafız efendiler, dünyanın en kutsal düsturları olan bu düsturlar adına bu mahkûmları serbest bırakmanızı ve evlerine dönmelerine izin vermenizi sizden istiyorum. Onlar kendi iradeleri ile suçlarının kefaretini verecekler ve faziletli adamlar olacaklardır.

Bu sözler üzerine muhafızlar gülmeye başladılar ve başları olduğu anlaşılan biri:

— Senyör Şövalye, sanırım siz şakadan hoşlanıyorsunuz, dedi.

Don Kişot kaşlarını çatarak:

— Neden? diye sordu, dediğimi yapmak istemiyor musunuz yoksa?

— Arzunuzu yerine getirmeye hakkımız yok Senyör Şövalye. Bize kralın bir emrini gösterin; bu sefilleri serbest bırakalım.

Şövalye sordu:

— Beni onları zorla kurtarmaya mecbur edecek misiniz?

Muhafız:

— Latife fazla uzadı Mösyö, dedi, rica ederim yolunuza gidin, bizim işimize karışmayın. Hem de şu leğeni başınızdan çıkarsanız iyi olur.

— Siz edepsizin birisiniz. Bana ettiğiniz hakaretin cezasını derhal çekeceksiniz.

Don Kişot bunu söyler söylemez muhafıza saldırdı ve mızrağı ile muhafıza öyle bir vuruş vurdu ki, adamcağızı yere düşürdü. Muhafızlar bunu görünce şövalyenin üzerine atılmak istediler. Kimisi kılıcını, kimisi kargılarını sallıyordu. Kürek mahkûmları o arada kargaşadan faydalanarak zincirlerini koparmış olmasaydılar kahramanımızın hali pek fena olacaktı. Muhafızlar nereye saldıracaklarını bilemiyorlardı. Kâh birbiri ardınca kendilerini zincirden kurtaran mahkûmlara koşuşuyorlar, kâh Don Kişot'a dönerek onu atından düşürmeye çalışıyorlardı.

O esnada Sanço da, Ginés de Passamonte'nin demir halkalarından ve kelepçelerinden kurtulmasına yardım etmekteydi. Serseri kurtulur kurtulmaz zincirini bir lobut gibi kullanmaya başladı ve ona havada korkunç çemberler çevirterek kalabalığın ortasına atıldı. Muhafızlar dayanmanın faydasız olduğunu gördüler ve kaçışmaya başladılar.

Duruma hâkim olan Don Kişot:

— Hali görüyor musun Sanço dostum, diye bağırdı, nasıl iş gördük ha! Bu macerayı ümitlerimize göre sona erdirmedik mi?

Sanço pek keyifli görünmüyordu. Yüzünü buruşturup:

— Belki, dedi, bu zaferden memnun musunuz Senyör Don Kişot? Bana kalırsa bizim tabanları yağlamamızın tam zamanıdır. Muhafızların yardımcı kuvvetler çağırmaya gitmiş olmalarından korkulur. Geri dönerlerse keyfimiz bozulacağa benzer.

Don Kişot:

— Hadi işine korkak, dedi, sen efendinden daha mı iyi bileceksin? Bir daha söylüyorum sana. Bana inan ve titremekten vazgeç.

— Şu var ki Senyör!..

Şövalye onu daha fazla dinlemedi. Mahkûmlara yaklaşarak tatlı bir sesle:

— Ey temiz yürekli adamlar? dedi, yüzlerinizde okuduğum minnet ve şükran beni pek memnun etti. Nankörlük kötü huyların en iğrencidir. Sizlerde böyle bir şey bulunmadığını görüyorum. Sizin için ne yaptığımı gördünüz. Bu sebeple ben de sizden bir şey istemekte tereddüt etmeyeceğim.

Ginés de Passamonte:

— Çok iyi konuştunuz Senyör Şövalye, dedi, bize güvenmekte haklısınız. Ne istiyorsanız söyleyin. Emirlerinizi yerine getireceğiz.

Kahramanımız heyecanla:

— Sizin nankör olmadığınızı biliyordum, dedi, onun için ben de cömertlik göstereceğim, sizden çok küçük bir şey isteyeceğim. Yalnız zincirlerinizi yeniden takacaksınız ve sizi ilk gördüğüm halde Toboso şehrine gideceksiniz. Madam Dulcinea'nın huzuruna çıkacaksınız. Sizi Mahzun Yüzlü Şövalyenin gönderdiğini söyleyeceksiniz. Onun şerefine sizin için yaptığım şeyleri anlatacaksınız. Böylece bana olan borcunuzu ödemiş olacaksınız. Sizi dilediğinizi yapmakta serbest bırakacağım.

Ginés ağır bir eda ile cevap verdi:

— Senyör Şövalye; bu emrinizi yerine getiremeyeceğimize çok üzülürüz. Bu kıyafette söylediğiniz yere gitmemize imkân yoktur; çünkü bizi tanırlar; yakaladıkları gibi yeniden kalyonlarda soluğu alırız. Biz birbirimizden ayrılmalı ve kıyafetlerimizi değiştirmeliyiz ki bir daha adaletin pençesine düşmeyelim. Madam Dulcinea del Toboso'nuza saygılarımızı sunmaya gidemeyeceğimize çok üzülürüz. Bizi anlamalısınız. Fakat minnet altında kalmayı da istemediğimizden bize başka bir şey emrediniz, isterseniz Madam Dulcinea için emredeceğiniz bütün duaları okumaya hazırız.

Fakat dualar ne kadar çok olursa olsun, Don Kişot'un işine gelmiyordu. Onun istediği şey Dulcinea del Toboso'ya haberciler göndermekti. Bu sebeple Ginés'in cevabı onu öfkelendirdi. Atını ona doğru sürerek:

— Seni şeytan oğlu şeytan seni, dedi. Bak ben istediğimi nasıl yaptırıyorum size. Hep bir arada Madam Dulcinea'ya gidemezmişsiniz öyle mi? Öyleyse sen tek başına gideceksin ve arkadaşlarının zincirlerini sana takacağız.

Haydut gülmeye başladı ve arkadaşlarına işaret ettikten sonra yerden taşlar alarak Don Kişot'a atmaya başladı. Ötekiler de onun yaptığını yaptılar ve şövalye birdenbire bir taş yağmuru içinde kaldı.

Don Kişot, atını onların üzerine sürmeye uğraşarak:

— Reziller, haydutlar, bu size pahalıya mal olacak, diye haykırıyordu.

Fakat mahkûmlar alay ediyorlar, küfürler savuruyorlar ve onu taşlamaya devam ediyorlardı. Birkaç okkalı kaya parçası Rocinante'yi yere yıktı, Don Kişot yara bere içinde, toprakların üzerine serildi.

Sanço eşeğinin arkasına saklanmıştı, fakat haydutlar efendisinin işini bitirdikten sonra uşağa çullandılar, sırtındakileri soyarak onu hemen hemen çıplak bıraktılar.

Sonra birbirlerinden ayrılarak Don Kişot ile Sanço'yu kendi hallerine bıraktılar ve her biri kendi yollarına gittiler.

On Birinci Bölüm

Don Kişot Kara Dağ'da

Sanço Panza burada fazla durmak istemiyordu. Muhafızların Santa Hermandad* polisi ile beraber geri gelmekte gecikmeyeceklerine şüphesi yoktu. Onun için, efendisini ve kendini bu hale getiren haydutlar savuşur savuşmaz Don Kişot'un yanına koştu ve ona bir ayak evvel buradan gitmelerini rica etti.

Şövalye cevap verdi:

— Sanço dostum, seni dinleyerek bu melun heriflerle uğraşmasam iyi olacakmış. Kötülere iyilik etmek kum üstüne yazı yazmak gibidir. Ne çare ki olan olmuştur. Bu dersin kulağımıza küpe olmasını dileyelim.

Sanço derin derin içini çekti:

— Bizim aklımız kolay kolay gelmez başımıza Senyör, dedi, fakat haklı olduğumu söylemekle bana şeref verdiniz. Bunun için beni dinleyiniz de, başımız daha büyük bir belaya girmesin. Santa Hermandad polisi, okçuları ile beraber gelirse sizin Şövalye sıfatınız para etmez. Okların başımızda ıslık çaldıklarını şimdiden işitiyor gibiyim.

* Santa Hermandad, Don Kişot zamanında, İspanya'da halk tarafından kurulmuş bir çeşit kır polisi teşkilatıdır.

— Sanço dostum, sen pek cesur değilsin; fakat boş yere inat etmiyeceğim. Bu sefer sözünü tutuyorum; söylediğin oklu polisleri beklemeden yola çıkabiliriz.

— Senyör Don Kişot, beni dinlediğinize çok memnunum. Bu herifler gerçekten belâlı şeylerdir.

— Yalnız sana şunu haber vereyim ki ben dünyanın hiçbir polisinden korkmam. Onlar benim kılımı bile kıpırdatamazlar. Keşke hep bir olup karşıma çıksalar da tehditlerini iki paraya almadığımı göstersem sana. Ben onların topunu birden yere sererim, topunu birden...

Sanço acele acele:

— İnanırım size Senyör, inanırım, dedi.

— Gerçekten inanıyor musun? Burada kalmayı, Santa Hermandad polisinden korkmadığımı sana ispat etmeyi canım pek istiyor.

— Aman Allah! Korkmadığınızı biliyorum Senyör; fakat kaçsak daha iyi ederiz.

— Sanço dostum, beni bir korkak, bir tabansız mı sanıyorsunuz?

— Hiç öyle şey olur mu Senyör!

— Sana onu haber vereyim ki ne zaman benim Santa Hermandad'dan korktuğumu söylersen kuyruklu bir yalan atmış olacaksın.

— Senyör, Senyör...

Sanço korkudan ölmekte idi. Bu nutuklar onlara vakit kaybettiriyordu. Okçular dakikadan dakikaya yolun köşesinden çıkabilirlerdi. Şövalyeyi kaçmaya razı etmek için ne yapmalı?

— Bu yerden çekilmek isteyenin ben olduğumu ne zaman söylersem yalan söylemiş olacaksın.

— Etmeyin Senyör Şövalye. Olacak şey mi bu?

— Öyleyse hadi gidelim. Burada yapılacak işimiz kalmadı artık.

Sanço sevincinden bayılacaktı. Şövalye'nin yattığı yerden kalkmasına yardım etti ve Rocinante'yi dört ayak üstünde durdurdu. Sonra eşeğini aldı ve dördü birden ufukta görünen Kara Dağ'ın yolunu tuttular.

Kahramanlarımız Kara Dağ'ın ortasına geldikleri zaman gece olmuştu. Sanço oklu polisleri şaşırtmak için birkaç gün burada kalmanın iyi olacağını sanıyordu.

İki arkadaş, meşe ağaçlarının altında karargâhlarını kurdular. Kendilerini herhangi bir baskın tehlikesine karşı emin bir yerde sanıyorlardı. Ne yazık ki ertesi sabah uyandıkları zaman bu ümitlerinde aldanmış olduklarını gördüler. Aksi gibi Ginés de Passamonte da bu taraflara doğru kaçmış ve onlara pek yakın bir yerde gecelemişti. Haydut ilk gün ışığı ile gözlerini açınca komşularını gördü.

Onun için ne umulmaz bir şanstı bu! Kahramanlarımızın uykuda olmalarından faydalanarak at ile eşeğe yanaştı ve dişleri arasından mırıldandı:

— Çok iyi oldu bu iş... İki binek hayvanı birden... Beğen beğendiğini al.

İlk önce Rocinante'ye baktı ve dudak büktü:

— Bu kadidi çıkmış uyuz atı çalmak zahmete değmez. Eşek daha dinç görünüyor bana. Herhalde iyi gidiyor olmalı.

Haydut daha fazla nazlanmadan Sanço Panza'nın eşeğine bindi ve uzaklaştı.

Seyis ancak bir saat sonra uykudan gözlerini açıyordu. Eşeğinin yerinde yeller estiğini görünce:

— Ah nerelerdesin sen ciğerparem, diye inledi, sen ki kucağımda doğdun; yıllarca ocağımı, çoluk çocuğumu şenlendirdin; karım seni dünyanın bütün hayvanlarından fazla seviyordu. Ey bana bütün işlerimde yardım eden ve komşularımı hasetten çatlatan sevgili sadık eşekciğim sen nerelerdesin?

Don Kişot gözlerini açtı ve bu yeni şekildeki mersiyeyi işitti.

Sanço'nun başına gelen şeyi anlamakta gecikmiyor ve seyisini, dili döndüğü kadar teselli ediyordu. Fakat hiçbir söz Sanço'nun yanaklarındaki akan gözyaşı sellerini dindiremezdi.

Don Kişot'un nihayet sabrı taştı:

— Ne oluyorsun, dedi, eşek nihayet eşektir, o gittiyse bir tane daha alırsın.

— İyi ama para nerde Şövalyem?

Don Kişot cevap vermeden bir an düşündü:

— Dinle beni Sanço dostum; sen bir eşek kaybettin; ben sana üç tane vereceğim onun yerine; memnunsun ya?

Köylü hayretle:

— Üç eşek mi, dedi, üç sahici eşek mi? Nerede onlar! Ben bir şey göremiyorum.

— Nerede olacak şatomda! Benim beş sıpam var. Üçünü sana vereceğime yemin ediyorum.

Bu fikir seyisin acısını bir parça yatıştırır gibi oldu.

— Hem de sen koca bir adanın valisi olduktan sonra eşeği ne yapacakmışsın?

— Orası öyle Senyör Şövalye... Fakat siz üç sıpa için verdiğiniz sözde duracaksınız değil mi?

Don Kişot üzüntü ile:

— Vay benden şüphe etmeye mi kalkıyorsun? dedi, fakat çok konuştuk. Bir parça bir şey yiyelim de yola çıkalım; çünkü bu dağın ortasında kendimi pek neşeli hissediyorum.

Seyisin heybesinde bir parça yiyecek kalmıştı. İki arkadaş onun birazını iştahla yediler, birazını da ertesi güne sakladılar. Sonra Don Kişot atına bindi. Sanço sırtında yüklerle arkasından yürüyor; ara sıra da eşeğinin idaresine kendini bırakarak yapılan yolculuğun ne hoş bir şey olduğunu düşünüyor ve derin derin içini çekiyordu.

Fakat sabah o kadar güzel ve Kara Dağ o kadar hoş manzaralı idi ki, Sanço'nun eski keyfi çabucak yerine geldi.

Vakit öğleyi geçmişti ki şövalye birdenbire atını durdurdu. Sabah saatlerinde çok düşünmüş, birçok şövalye romanlarını zihninden geçirerek kendi durumuna benzer bir vaka aramıştı.

— Sanço dostum, diye bağırdı, beni iyi dinle. Kulaklarını aç ve sana söyleyeceğim şeyi anlamaya çalış.

Sanço, efendisinin bu ateşli coşkunluğu karşısında bir parça endişeye düşerek cevap verdi:

— Dinliyorum sizi, Senyör Şövalye.

— Bu dağda, bütün dünyaya karşı bana büyük bir şan ve zafer sağlayacak ve bütün gezici şövalyelerin şöhretini gölgede bırakacak bir iş yapmayı kafama koydum.

Köylü içini çekerek:

— Aman Senyör! Sakın pek tehlikeli bir iş olmasın? dedi.

Şövalye:

— Hayır, dedi, yüreğin rahat etsin; bu işte senin için hiçbir tehlike yok. Zaten ben onu tek başıma yapacağım.

— Artık beni istemiyor musunuz Senyör Şövalye?

— Sanço dostum; böyle saçma sapan lakırdılar söyleme. Seni nazik bir vazife ile bir yere göndereceğim, anlatacağım işin neticesi senin bu vazifeyi yapmakta göstereceğin beceriklilik ve açıkgözlüğe bağlı olacak. Dinle Sanço dostum, kafamda olan şeyleri öğrenmen lazım. Sihirbaz Frestón melunu kitaplarımı çalmadan önce kitaplığımda bulunan güzel şövalye hikâyelerini okumuş olaydın dünya şövalyelerinin en mükemmeli olan büyük Galya'lı Amadis'i tanımış bulunacaktın. Bunun aksini iddia edecek olanlar utanıp arlanmaz yalancılardır, kafaları kesilmeye layıktır, anlıyor musun?

— Evet Senyör Şövalye, Galya'lı Amadis şövalyelerin en mükemmeli olmuştur. Sözünüze inanıyorum.

— Bunu senin ağzından işittiğime memnunum. Pek kafasız bir adam değilsin sen. Fakat sana şimdi bu Amadis'in, kendisine büyük bir akıllı usluluk şöhreti sağlayan bir hareketini anlatacağım. O da benim gibi, bir zaman, Fakir Kaya tepesine çekildi ve orada birbirinden acayip delilikler yaparak çile çıkardı. Bunları sana anlatmak uzun olur. Ben onun yaptıklarını taklitten daha iyi bir iş tasavvur edemiyorum. Değil mi ki bu dağa çekilmiş bulunuyorum, ben de onun gibi çile çıkaracağım ve Dulcinea del Toboso'nun şerefine bin türlü ümitsiz delilikler yapmaya koyulacağım.

Sanço Panza gözlerini testekerlek açıyordu.

— Bin türlü delilikler mi Senyör?

— Evet Sanço dostum. Galyalı Amadis'in tövbe ve çilesini taklit etmek devleri tepelemekten, ejderleri öldürmekten ve ordularla savaşmaktan daha kolay değil midir? Değil mi ki Amadis bu vasıta ile bunca zaferler kazandı; ben de onun gibi yapacağım.

— Belki hakkınız vardır Senyör, fakat bana öyle geliyor ki bu mükemmel şövalyenin çileleri, tövbeleri ve delilikleri için birtakım sebepleri vardı; oysaki siz...

Don Kişot onun sözünü bitirmesine meydan bırakmadı:

— Ne diyorsun dostum? Ben de sevgili Dulcinea'yı yüzüstü bıraktığım için ümitsizliğe düşmüş değil miyim? Herhalde ona bir mektup yazacağım, sen de onu kendisine götüreceksin. Onun aşkı için ettiğim tövbeleri, çektiğim çileleri ve yaptığım delilikleri kendisine anlatabileceksin. Hiç şüphe yok ki felaketim onun yüreğine dokunacak. Sen vakit geçirmeden onun cevabını getirirsen ve ben Dulcinea'yı sadakatime layık görürsem hemen deliliklerime son veririm. Bu olmazsa onlara devam ederim.

Don Kişot sözlerini bitirir bitirmez öteki kayalardan ayrılmış, etrafı sarmaşıklarla örtülü bir kayanın dibine geldi. Ötede bir ırmak akıyordu. Gerçekten çok güzel ve hoş bir yerdi burası. Don Kişot yapacağı büyük işler için burasını seçti ve hemen atından indi.

— Sanço dostum, senin dönüşünü burada bekleyeceğim. Tövbeler, çileler ve deliliklere çok uygun gelecek olan bu tazelik ve güzellik dolu yerde mektubumu yazacağım. Sen yalnız yollarda pek fazla zaman kaybetmemeye çalışacaksın.

— Senyör Şövalye, yaya gideceksem, haber vereyim ki, ayağım pek tez değildir. Bana atınıza binmek lütfunu bağışlayabilir misiniz?

— Nasıl istersen öyle yap. Ben de zaten tek başıma kalmak istiyordum. Rocinante'yi başımdan aldığına isabet edersin. Böylece yalnızlığım daha tam olur, hiçbir şey onu bozamaz. Fakat sen yola çıkmadan önce ben birtakım delilikler yapmalıyım ki, sen onları gözünle gördüğünü Dulcinea'ya anlatabilesin.

Sanço:

— Buna pek lüzum var mı Senyör? diye içini çekti.

— Mutlaka lazım dostum. Gözünün önünde silahlarımı kırmalıyım; elbiselerimi paramparça etmeliyim. Kendimi tepe aşağı bu kayadan atmalıyım. Sonra da...

Köylü dehşet içinde bağırdı:

— Senyör, bunları yapmak faydasız. Ben sizin sözünüze inanıyorum. En büyük delilikleri yaptığınızı gözümle gördüğümü, kime olsa anlatmaya hazırım. Kayadan atlarken dikkat edin Mösyö, belki bir yeriniz yaralanır.

— Yaraların ne ehemmiyeti var Sanço dostum!

— Aman efendimiz, Fierabras ilacını kaybettiğimizi ve pek az sargımız kaldığını unutmayın...

— Hakkın var dostum. Nasihatini unutmayacağım. Şimdi Madam Dulcinea'ya götüreceğin mektubu yazmak istiyorum.

Şövalye hemen yerine oturdu ve cep defterini istedi:

— Yaklaş yanıma sadık seyisim, bana rahle vazifesi göreceksin.

Sanço efendisinin önünde yere oturdu ve Don Kişot defterini onun sırtı üstüne yerleştirdi.

Mektup böyle yazıldı. Sanço son derece rahatsız oluyor ve derin derin içini çekiyordu.

— Senyör bu kadar uzun bir mektuba hacet var mı?

— Kes sesini dostum; zihnimi dağıtıyorsun.

Şövalye işini bitirdiği zaman mektubu yüksek sesle okudu:

Madam

Hayatta bana göstermiş olduğunuz ilgisizlikten daha korkunç bir hakarete uğramış değilim. Ey hiçbir zaman unutamayacağım sevgili nankörüm! Aşkımı kabul etmediğiniz için bu dünyanın en vahşi bir köşesine çekilmek ve orada bin türlü ümitsiz delilikleri göze almak zorunda kalıyorum. Sadık seyisim bunlardan bir kısmını size anlatacaktır, fakat onlardan çok daha ağır olanlarını o da gözü ile görmüş değildir.

Heyhat! Çok sevgili prensesim, böyle bir zulmü daha uzun zaman bana reva görecek misiniz? Sükûtunuzun sonu gelmeyecek mi?

Şövalyenize karşı pek ufak bir sevginiz varsa bana yardım ediniz; lütuflarınızı benden esirgemeyiniz. Acele etmelisiniz; çünkü aşk uğruna nefsime reva gördüğüm cefalar az zamanda beni öldüreceklerdir.

İçinde bulunduğum zalim kararsızlığa rağmen ölünceye kadar esiriniz kalmak isteyen kulunuz.

Mahzun Yüzlü Şövalye

Sanço:

— Bu ne mükemmel mektup, diye bağırdı, ben ömrümde bundan daha iyisini dinlemiş değilim. Ne güzel, ne iyi yazılmış, ne kadar tatlı!

Don Kişot sordu:

— Yolda onu kaybetmeyeceksin ya? Bu mektubu kaybedersen ne olacağını sorarım sana.

— Olur mu öyle şey Senyör Don Kişot? Bana güvenebilirsiniz. Fakat şatodaki sıpalar için de yeğeninize bir kelime ilave edemez misiniz?

— Hakkın var dostum.

Don Kişot üç sıpayı seyisine teslim etmesi için yeğenine de birkaç kelime yazdı. Köylü sevincinden uçarak:

— Çok güzel oldu mösyö, dedi, ben hemen gidiyorum; çok geçmeden dönerim.

Şövalye:

— Olmaz, dedi, deliliklerimden bir ikisini mutlaka görmelisin. Çünkü onları gözünle gördüğüne yemin edeceksin.

— Mutlaka lazım mı Senyör Don Kişot? Çabuk olun bari de geç kalmayım.

— Üç gün daha benimle kalmanı isterdim.

— Senyör! Düşünün ki ne kadar erken gidersem o kadar erken dönerim.

— Bunda da hakkın var dostum. Şu halde deliliklerimden bir ikisini sana hemen göstereyim. Dulcinea del Toboso'ya neler yaptığımı söyleyebilirsin.

Don Kişot elbiselerinin bir kısmını çıkardı; topukları ile kuyruk sokumunu döverek birkaç defa havaya sıçradı; bir takla attı; bağıra bağıra sevgilisinin adını söylerken, az kaldı boynunu kırıyordu. Bunları o kadar çabuk yapmıştı ki, Sanço'nun ağzı hayretten açık kaldı.

— Aman Senyör durun. Gördüğüm şeyler yeter de artar bile. Hiç korkmayın, yapmadığınız delilik kalmadığını ve Amadis'e yüz kere taş çıkarttığınızı söyleyeceğim. Hoşunuza giderse daha başka yalanlar da uyduracağım.

— Çok güzel Sanço dostum. Hiç olmazsa sen bana sadakat gösteriyorsun. Sana güvendiğimi bilirsin. Git ve çabuk gel.

Köylü bu emri tekrar ettirmeden Rocinante'ye atladı ve onu süratle ovaya doğru sürdü.

H. PISAN

On İkinci Bölüm

Sanço, Papaz ile Berbere Rastlıyor

Sanço Panza efendisinin deliliklerine pek fazla aldırmayıp ovaya indi. Az sonra Toboso'nun yolunu tutmuş ve bir zaman sonra kendisine heyecanlı bir altı okka oyunu oynatmış oldukları hanın yanına varmıştı. Sanço burayı görünce pek memnun olmadı; çünkü hizmetçi Maritornes'ten başka buradaki bütün insanlara kin bağlamıştı. Avlu kapısına yaklaşırken içini çekerek:

— Canı çıkasıca herifler, dedi, aç kalmak bu uğursuz yere girmekten bin kat hayırlıdır.

Bu esnada avludan iki adam çıkıyordu; köylünün uzaklaşmasına hayretle baktılar. Bir tanesi:

— Bu adam Sanço değilse ben ne olayım, diye mırıldandı.

Papaz kıyafetinde olan arkadaşı:

— Ta kendisi, dedi, at da dostumuz Kesada'nın atı.

— Öyleyse şövalyemizden haber soralım.

Adamlar bağıra bağıra köylüyü çağırdılar.

Sanço Rocinante'yi mahmuzluyor, başını çevirmeye cesaret edemiyordu; çünkü onları tanımamıştı. Birinci adam:

— Ne var o kadar çabuk gidecek? Ardına neft yağı mı sürdüler? dedi.

Sanço başını çevirdi ve kendisine seslenen adamı tanıyarak bağırdı:

— Vay siz misiniz berber efendi.

Papaz yanına yaklaşıyordu. Sanço onu da tanıdı; köyün papazı, Don Kişot'un dostu idi.

— Efendin nerede?

Sanço yüzünü buruşturarak:

— Onu size söyleyemem, dedi.

Berber hayret etti:

— Söyleyemez misin? Yani ne var saklayacak bunu?

— Efendim çok büyük işlerle meşgul bu saatte... Bildiğiniz gibi değil, bir saniye rahatsız edilmeye razı olamaz. Nerede olduğunu söylemek hayatımı tehlikeye atmaktır, anlıyorsunuz ki...

Berber:

— Bak şu dangalağa, dedi, şövalyeyi nerede bulacağımızı bu dakikada söylemezsen atını çalmak için efendini öldürdüğüne hükmedeceğiz ve seni Santa Hermandad polisine teslim edeceğiz.

Sanço Panza oklu polislerin adını işitir işitmez bayılacak gibi oldu ve yalvarmaya başladı:

— Aman efendiler, o kadar acele etmeyin. Ben ne hırsız, ne de katilim ve henüz bilmediğiniz bir meseleden dolayı Santa Hermandad'dan ödüm kopar. Şanlı şövalyemin nerede olduğunu öğrenmek istiyorsanız bilin ki o Kara Dağ'ın tepesindedir. Elinden geldiği kadar tövbe istiğfar etmek ve çile çıkarmakla meşguldür.

Papaz iri iri gözlerini açtı:

— Ne söylüyorsun Sanço dostum?

— Ah papaz efendi, size her şeyi söyleyeceğim, korkmayın; fakat açlıktan ölüyorum. Ağzıma atacak bir lokma bir şeyiniz yok mu?

— Bizimle beraber gel dostum. Ne istersen yedireceğiz sana; fakat bize bütün hakikati söyleyeceksin. Bir kelimesini bile atlamadan.

— Yaparız o işi papaz efendi, yaparız... Bana güvenebilirsiniz.

Tekrar hana girdiler. Sanço Panza, kendisine yeni bir azizlik yapmalarından ürkmüyor değildi; fakat böyle iri kelleli kulaklı adamın yanında bulunması bir dereceye kadar ona emniyet veriyordu.

Hancının Sanço'yu karşılayışı bu sefer başka türlü oldu.

Köylüye özene bezene güzel bir yemek hazırladı. Adamcağız tıka basa yiyip içtikten sonra, köyden çıkalı beri efendisinin başından geçmiş olan şeyleri bir bir papaza ve berbere anlatmaya karar verdi.

İki adam Don Kişot'un mektubunu görmek istediler ve hiç ses çıkarmadan tekrar tekrar okudular. Pek şaşırmış görünüyorlar ve Don Kişot'u şatosuna dönmeye razı etmek için ne yapacaklarını kestiremiyorlardı. Ona lakırdı anlatmak için dağa çıkmanın fayda vereceğine bir saniye inanmadılar. Dostlarını tanıyorlar ve bu şekilde ellerinden hiçbir şey gelemeyeceğini gayet iyi biliyorlardı. Mutlaka başka bir şey bulmak lazımdı.

Sanço Panza yorgunluğunu dinlendirirken papaz ile berber başbaşa, bu işi konuşuyorlardı.

Papaz:

— Dostumuzun dalmış bulunduğu cinnet âlemine bizim de dalmamız lazımdır, diye bir fikir ortaya attı.

Berber:

— Evet biz de deli oyunu oynamalıyız, dedi. Dostumuzu yurduna dönmeye razı etmek için masala benzeyen bir macera düşünmeliyiz. Akrabalarımız ve arkadaşlarımız arasında, dostumuza prenses diye yutturacağımız genç bir kadın yahut kız yok mudur? O Don Kişot'u adam akıllı pohpohlayarak kendisinden yardım istemeye gider. Şövalyemizin bir köle gibi onun peşine takılacağına hiç şüphem yoktur.

Papaz:

— Fena fikir değil, dedi, akrabalarım arasında, yeğenim olan bir kızcağız var ki bu işi pek iyi becerir.

— Onu almaya gidemez misiniz papaz efendi?

— Elbette giderim.

— İkimiz birlikte onu dostumuza götürürüz. Eşyalarım arasında bir takma sakal var ki, beni mükemmel bir süvari kılığına sokar. Size gelince, siz de bahtsız prensesimizin papazı olursunuz.

Papaz bu projeyi çok beğendi. Ve en geç ertesi gün dönmek üzere handan ayrıldı.

Bu zaman içinde, Sanço yabana atılacak bir insan olmadığını anlayarak şişinip kabarmaya başlamıştı. Handa bir büyük adam rolü oynuyor ve küçük Maritornes ile hancının karısının ağızları açık kalıyordu. Efendisinin ve kendisinin başından geçmiş ne maceralar anlatmıyordu onlara! Bunların hepsi birbirinden parlaktı ve hepsi şövalyemizin zaferi ile sona eriyordu.

O gece ile ertesi sabah çok hoş geçti ve Sanço han hayatını doyulmayacak kadar tatlı bulmaya başladı.

On Üçüncü Bölüm

Prenses Micomicona'nın Gelişi

Papaz ikinci günün akşamına doğru hana döndü. Yanında bir dişi katıra binmiş güzel çehreli ve kibar kıyafetli bir kız vardı. O güne kadar adı Dorotea idi, fakat papaz ile berberin sayesinde büyük Micomicon kraliçesi çok asil ve çok güzel prenses Micomicona olarak hana ayak bastı.

Sanço onu görünce hayretten ağzı açık kaldı. Prensesin haşmeti ve güzel yüzündeki gülümseme onu serseme çevirdi. Berbere hemen onun adını sordu:

— Nasıl? Onu tanımıyor musunuz? Prensesten bahsedildiğini hiç işitmediniz mi?

— Vallahi yalan olmasın, pek işitmişliğim yok gibi.

— Utanmadan kendinize bir büyük şövalyenin seyisi mi diyorsunuz siz? Efendiniz onu tanımıyor mu acaba?

Köylü cevap verdi:

— Tanır mutlaka. Senyör Don Kişot'un dünyada tanımadığı yoktur; fakat ben kim oluyorum ki? Onun seyisi... Birçok şeyler vardır ki o bana söylemez.

— Yazık! Biliniz ki bu prenses Habeşistan'dan geliyor. Sayın efendinizden yardım rica etmek için bu uzun yolculuğu göze almıştır. Derdi başından aşkındır. Saadete ermekten ümidini kesmişti ki, Senyör Don Kişot'un şöhretini işitti ve ona geldi. Şan ve şerefin bu derecesi onun gözlerini kamaştırdı. Dağlar, denizler aşmayı yılmadan göze almış olmasının sebebi bu...

Sanço Panza gittikçe yuvarlaklaşan gözlerle prensese bakıyordu:

— Birinden bir kötülük görüyorsa efendimin himayesini istemeye gelmekte hakkı vardır, dedi.

Berber hayret etti:

— Biri kötülük yapıyorsa mı dediniz? Şunu bilmelisiniz ki, Sanço dostum, melun bir dev onun ülkesini ve bütün malını mülkünü elinden almıştır, size anlatmama imkân olmayan gaddar muamelelerle ona çok sıkıntı çektirmiştir.

Sanço:

— Bir dev mi? dedi, bu düşmanın bir cüce olmasını yüz kere tercih ederdim. Ama madem ki bir dev imiş... Efendimin az zamanda onun hakkından geleceğine hiç şüphem yoktur.

Berber ilave etti:

— Kimbilir efendin bu prensesle evlenir de belki. Böyle bir evlenmenin Don Kişot için de, senin için de nasıl bir şeref olacağını anlarsın elbette.

Sanço cevap verdi:

— Anlıyorum berber efendi, size bir şey daha sormak isterim. Acaba prensesin toprakları arasında bir de küçük ada var mıdır? Efendim bana vat etmişti de...

— Dinle beni dostum. Niçin bana berber efendi der durursun? Ben prensesin yaveriyim. Bana çok hürmet ve nezaketle lakırdı söylemelisin. Ada meselesine gelince, eğer planımızda muvaffak olursak ve sen hiçbir şeye hayret etmezsen bir gün böyle bir şey olabilir.

Sanço yerlere eğilerek:

— Çok teşekkür ederim prensesin yaveri hazretleri, dedi.

Ertesi sabah papaz, Sanço'dan kendilerini efendisinin yanına götürmesini rica etti. Berber takma sakalını yüzüne geçirmişti. Çehresi o kadar değişmiş bulunuyordu ki Sanço bile onu tanıyamadı. Dorotea katırına, papaz ile Sanço Rocinante'ye bindiler ve kafile Kara Dağ'ın yolunu tuttu.

Köylü dağın yolunu bulmakta güçlük çekiyordu. Nihayet birçok saatler sonra Don Kişot'un karargâhını kurmuş olduğu yüksek kaya karşıdan göründü.

Sanço:

— Bırakın da ben önden gideyim, dedi, geldiğinizi efendime haber vermeliyim. Şövalye kimbilir ne delilikler yapıyordur şimdi.

Papaz:

— Hakkın var, dedi, prensesin gelmekte olduğunu haber vermelisin ona. Fakat yaver seninle beraber gitmelidir.

Papazın böyle konuşması Sanço'nun Don Kişot'a söyleyebileceği şeylere pek emin olmamasındandı.

Seyis:

— Buyurun öyleyse yaver hazretleri, dedi ve iki adam epeyce ilerden giderek az sonra Don Kişot'un yanına vardılar.

Şövalye kayanın dibine oturmuştu. Gerçekten ümitsiz bir hali vardı. Hiçbir zaman, Mahzun Yüzlü Şövalye adına bu günkü kadar hak kazanmamıştı. Seyisini görünce:

— Sanço dostum, dedi, ne haberler getiriyorsun bakalım? Bana hayat haberi mi, yoksa ölüm haberi mi getirdin? Biliyorsun ki hayatım senin getireceğin cevaba bağlıdır.

Sanço gafil avlanmıştı. Papaz ile berbere rastladıktan sonra efendisinin kendisine emanet ettiği vazifeyi unutmamış mı idi? Fakat Don Kişot'un mahzunluğu o kadar büyüktü ki, onun hayatını kurtarmak için yalan söylemekte tereddüt etmedi.

— Senyör Şövalye, size getirdiğim haberler pek güzeldir. Dulcinea'nız mektubunuza teşekkür ediyor ve bütün lütuflarını size saklamak vaadinde bulunuyor.

Don Kişot sevinçle:

— Onu gördün demek? dedi.

— Gördüm Senyör Şövalye. Güneş gibi güzel olduğunu söyleyebilirim.

— Ah benim sadık Sançom, hayatımı kurtarıyorsun benim.

Don Kişot o esnada berberi gördü ve tanımadı. Yerinden kalkarak Sanço'ya sordu:

— Bu adam kim?

Cevabı berber verdi:

— Senyör Şövalye, ben sizin hakir kölenizim. Yaveri bulunduğum Altes Prenses Micomicona'nın sizi ziyarete geldiğini haber veriyorum. Kahramanlığınızın senası ile o kadar kulakları doldu ki sizden himaye rica etmeye geldi. Ziyaretini kabul buyurmaya tenezzül ederseniz kendisini almaya gideceğim.

Don Kişot cevap verdi:

— Mösyö, kendilerini burada kabul etmek benim için bir şeref olacaktır.

O vakit yaver prensesin yanına döndü, papaza biraz beklemesini söyleyerek kızı Don Kişot'un yanına getirdi ve üzengisini tutarak onu atından indirdi.

Prenses şövalyenin önünde diz çöktü ve:

— Senyör Şövalye, siz ricamı kabul etmeyi vaat etmeyince buradan kalkmayacağım, dedi, karşınızda dünyada bulunan prenseslerin en talihsizini görüyorsunuz. Bana yardım edeceğinize şövalye sözü verin.

Don Kişot kızı ayağa kaldırmaya uğraşıyor, fakat muvaffak olamıyordu. Kendi de diz çökmek zorunda kaldı ve yüz yüze geldiler.

— Prenses, dedi, ben sizin kölenizim. Size elimden gelen yardımı yaparım. Elverir ki kralımın ve kendi prensesimin menfaatlerine aykırı olmasın.

— Yemin ederim ki, benim menfaatim bahsettiğiniz insanların menfaatine kıl kadar zarar vermeyecek. Bunun için sizden istediğim yardımı esirgemeyeceğinize söz vermeniz için ayaklarınıza kapanıyorum.

— Şu halde size şövalye sözü veriyorum. Fakat lütfen ayağa kalkınız.

Bu esnada Sanço efendisine yaklaştı:

— Senyör Don Kişot, prensese söz verdiğinize iyi ettiniz. Çünkü sizden istenen şeyler pek ehemmiyetli değil. Sizden sadece kendisine kötülük yapan bir devi öldürmenizi istiyor. Don Kişot cevap verdi.

— Mesele bundan ibaretse dev kendini şimdiden yarı yarıya ölmüş sayabilir.

Prenses ayağa kalkmıştı:

— Senyör Şövalye! Değil mi ki bana söz verdiniz; o halde sizden ne beklediğimi artık söyleyim. Bir zalimden intikamımı almak için sizi götüreceğim yere gelmenizi ve bu iş bitinceye kadar başka maceralara atılmamanızı rica edeceğim.

— Bana emrettiğiniz şeyi yapacağım.

— Öyleyse hemen yola çıkmalıyız. Sizi götüreceğim yere ne kadar çabuk varırsak o kadar hayırlı olur herkes için.

Don Kişot'a itaat etmekten başka yapılacak iş kalmıyordu. Hemen silahlarını topladı ve zırhını giydi. Prensesin, katırına binmesine yardım etti; sonra kendi de Rocinante'ye atlayarak yola düzüldüler. Berber ile Sanço onları yaya olarak takip ediyordu.

Sanço yolda ilk adımlarını atınca yeniden içini çekmeye ve gözleri sulanmaya başladı; çünkü eşeğini hatırlıyor ve yürüyeceği yolların hayali ona dehşet veriyordu.

Biraz sonra papaz saklandığı yerden çıktı ve sevinçle bağırdı:

— Hiç akılda yokken size rastlamak aman ne saadet Senyör Şövalye!

Don Kişot onu tanıdı ve sevinçle kucakladı; çünkü papazı pek severdi. Şövalye hangi rüzgârın onu bu dağ başına attığını sormadı. Sadece bu tesadüfe memnun oldu, kazandığı şerefi papazın da görmesi onun gururunu okşamıştı.

On Dördüncü Bölüm

Prenses Micomicona'nın Başından Geçenler

Ovaya indikleri zaman Don Kişot atını prensesin katırına yaklaştırdı ve ona başından geçenleri anlatmasını rica etti:

Sizin şerefinize ve aşkınıza çok büyük bir şeyler yapmak isterim; çünkü sizin pek yüksek bir kadın olduğunuzu görüyorum. Fakat çok kolay anlarsınız ki düşmanlarınızla savaşabilmem için başınızdan geçen bütün şeyleri bana anlatmanız lazımdır.

Papaz ile berber bunu işitince epeyce bir sıkıntı geçirdiler; çünkü Don Kişot'a okuyacağı kurt masalını Dorotea ile kararlaştırmamışlardı. Onlar Don Kişot'un dağdan ineceğini, bu olduktan sonra da onu şatosuna götürmenin zor olmayacağını sanmışlardı.

Fakat Dorothée aklı başında bir kızdı. Hemencecik bir hikâye uydurdu ve Don Kişot'a anlattı:

— Senyör Şövalye; felaketlerimin yüreğinize dokunmasından korkarım; fakat değil mi ki emrediyorsunuz; size her şeyi inceden inceye anlatacağım.

— Rica ederim madam.

— Vatanım olan Micomicon'un nerede bulunduğunu bilmem biliyor musunuz?

Don Kişot:

— Bu bilgisizliğimi size utanarak itiraf edeceğim, diye cevap verdi ve prenses bundan memnun göründü.

— O halde biliniz ki bu memleket Afrika'da, Habeşistan yakınlarında, çok geniş bir krallıktır. Babam Uslu Tinarya adı altında bu devletin çok sevilen kralı idi ve tebaaları ona son derece itaat ederlerdi; çünkü adil bir insandı. Ona Uslu adını vermiş olmalarının sebebi ileride olacak şeyleri görmesi ve söylemesi idi. Memleketlerin ve insanların kaderlerini, gökteki yıldızların her birinde ayrı ayrı okumak sanatını bilirdi. Annem kraliçe Jaramilla ile beraber çok mesut bir ömür geçirmekteydik.

Don Kişot onun sözünü kesti:

— Bu isim bana yabancı gelmiyor. Bunda şaşılacak bir şey yoktur, çünkü hanedanımızın şöhreti buraya kadar pekâlâ gelmiş olabilir.

Berber ile papaz konuşmanın aldığı şekilden pek memnun oluyorlardı. Hatta papaz, araya bir söz karıştırmayı bile doğru buldu:

— Buna hiç şüphe yok Senyör. Bir ay bile yok, meslektaşlarımdan biri bana buranın kral ve kraliçesinin akıl ve irfanlarından uzun uzun bahsetti. Fakat rica ederim hikâyenize devam edin prenses. Sözünüzü kestiğim için özür dilerim.

Prenses masala devam etti:

— Bir gün babam beni çalışma odasına çağırdı ve saadetimizin sona ermekte olduğunu söyledi. Dedi ki: "Yıldızlar kraliçenin yakında öleceğini ve benim de ondan sonra çok yaşamayacağımı söylediler. Yakında öksüz ve yetim kalacaksın. Senin için çok korkuyorum kızım. Komşularımız arasında karanlık bakışlı Pandahilado diye bir dev var. Ona bu adı vermiş olmalarının sebebi tek göz, zalim ve çirkin olmasıdır. Denizde bir adada oturur. Biliyorum ki benim ölümümü haber alır almaz silahları ile beraber buraya gelecektir. Ülkeni elinden alacak ve sana evlenme teklif edecektir. Kabul edersen seni kraliçe yapacak ve burada bırakacaktır. Fakat kıskanılacak bir hayatın olmayacaktır; çünkü bu Pandahilado zalim bir adamdır. Evlenmek istemezsen kaçmalısın. Sadık tebaandan birkaç kişi ile İspanya'ya gideceksin. Orada başından çok şeyler geçecek. Fakat yüreğim rahattır; çünkü orada bir gün bir gezici şövalyeye tesadüf edeceksin; adı Don Gigot'dur.

— Müsaade ediniz prenses. Babanız Don Gigot mu dedi, yoksa Don Kişot mu?

— Don Kişot Senyör. Zihnim o kadar karmakarışık ki. Bu felaketler beni en sonra deli edecek. Özür dilerim Senyör Şövalye; fakat sizi bana şimdi gördüğüm şekilde tasvir etti. Bu şövalyenin son derece kahraman olduğunu ve şöhretinin, hiç batmayan bir güneş gibi yeryüzünde parıl parıl parladığını söyledi. Ayrıca Don Kişot'a bir Kara Dağ üzerinde rastlayacağımı ve bu şövalyenin ülkemi yeniden ele geçirmeme yardım edeceğini de haber verdi. En sonra kaderimi bu şövalyenin eline teslim etmemi söyledi. Devi ve ordularını yendikten sonra kocam olmak isterse hemen razı olmalıymışım.

Şövalye son derece sevinçli görünüyordu. Sanço'ya dönerek:

— Görüyorsun ya dostum, dedi, sana vaat ettiğim şey olacak. Gezici şövalyeler için saadetler felaketlerle atbaşı gider. Dev ile askerlerini öldürdüğüm zaman adasının idaresini sana vereceğim.

Köylü cevap verdi:

— Evet Senyör, siz Micomicon kralı ve bu çok sevimli prensesin kocası olduğunuz zaman bu devin adasını bana vereceğinize inanıyorum. Fakat daha ortada bir şey yok.

Şövalye büyük bir hayretle sordu:

— Bu evlenmeyi nereden çıkardın? Benim Dulcinea del Toboso'ya sadakatsizlik edeceğimi mi sanıyorsun?

— Aman Mösyö, Dulcinea del Toboso, çok uzaktadır ve kimseye verilecek ne ülkesi, ne de adası vardır. Bu prenses Micomicona'yı insan hiç değilse gözü ile görüyor.

Don Kişot öfkeli bir sesle:

— O nasıl lakırdı öyle, dedi, sen ne demek istiyorsun?

— Aman mösyö, sizin Dulcinea del Toboso'nuzu kim görmüş ki? Bahse girerim ki o bu prensesin yarısı kadar güzel ve hoş değildir.

Şövalye:

— Sefil, diye haykırdı, küstah, yalancı. Demek sen görmedin. Verdiğim vazifeyi böyle mi yaparsın sen?

Şövalye mızrağının sapı ile Sanço Panza'nın omuzlarına vurmaya başladı.

— Aman mösyö, aman mösyö, yeter. Verdiğiniz vazifeyi iyi yaptım ama uzun zaman yanında kalıp yüzüne bakmadım. Onun çok güzel olduğuna şüphe mi var? Allah rızası için vurmayın. Öldüreceksiniz beni.

Prenses Micomicona hemen araya girerek:

— Senyör Şövalye, dedi, seyisinizi bana bağışlamanızı rica ediyorum. Dulcinea'dan bana da bahsettiler. Güzelliğinin yeryüzünde dillere destan olduğunu biliyorum.

Bu sözler Don Kişot'un öfkesini yatıştırdı ve şövalyeyi Sanço Panza ile barışmaya razı etti. Fakat köylünün yüzü bir türlü gülmüyordu; çünkü şöyle düşünmekte idi.

"Efendim bu prensesi almazsa benim ada elden gider. Micomicon tahtına bir başkası oturur, bana da hava almak düşer."

Papaz köylünün bu karanlık düşünceler içinde geviş getirdiğini görerek onu birkaç tatlı kelime ile teselli etmek istedi:

— Dinle beni biraz sevgili Sanço dostum. Bu yeryüzünde hiçbir şey olmaz ki, Tanrı onu evvelden bilmemiş ve istememiş olsun. Tanrı senin bu adaya vali olmanı takdir etmişse, efendin prensesi alsa da almasa da yine olursun. Fakat bu ada başka birinin alnına yazılmışsa ne söylesek boş. Bununla beraber sen yine korkma dostum. Yaradan, bunca âlemleri içinde sana da bir ada bulur elbette.

Sanço cevap verdi:

— Belki hakkınız var. Fakat bu o kadar güzel ve şirindi ki. Tanrı bana lazım olduğu gibi...

Ve derin derin içini çekti.

H. PISAN

On Beşinci Bölüm

Don Kişot ile Hayaletler

Ovada iki saatten beri yürüyorlardı ki, karşıdan eşeğe binmiş bir adamın geldiğini gördüler. Sanço Panza kendi boz eşeğini aklına getirmeden eşekli bir insan göremez olmuştu. Uzaktan bir çingene sandığı bu adamı görünce yine yüreği kalktı.

Biraz daha sonra eşeği de, adamı da tanıyınca büyük bir hayrete düştü. Adam haydut Ginés de Passamonte, hayvan kendi sevgili eşeği idi.

Sanço haykırmaya başladı:

— Senyör Şövalye! Ayağınızın altını öpeyim şu kaçan alçağa cezasını verin. Dünya kraliçesi olan madamınız Dulcinea aşkına eşeğimi kurtarın. Ben bayılıyorum.

Don Kişot'u tanımış olan haydut kaçmaya başlamıştı; fakat kahramanımız onun üzerine saldırdı.

— Alçak herif, korkak herif, nankör edepsiz; aklını başına getirmek için şimdi kafanı keseceğim senin.

Don Kişot'un atı gitgide eşeğe yaklaşmakta idi. Haydut postu kurtaramayacağını anladı ve hemen yere atlayarak tabanları yağladı.

Don Kişot yolun ortasında kalmış olan eşeği yakaladı ve sahibine teslim etti.

Sanço bağırıyordu:

— Ah benim ömrümün varı! Nihayet sana kavuştum öyle mi? Benim güzel eşeciğim, evladım, günlerimin güneşi, gönlümün nuru. Ah benim sadık dostum. Keyfin nasıl? Kendini o edepsizin elinde görmek seni çok üzdü mü? Yoksa seni ellere bıraktığımı mı sandın?

Sanço'nun sevinci o kadar büyüktü ki, eşeğini kollarından ayırmıyor, onun gözlerini, yanaklarını öpüyordu.

Prensesle Don Kişot, papazla berber onun çocukça sevincine gülmekten kendilerini alamıyorlardı. Don Kişot bu vakadan faydalanarak gezici şövalye hayatının baştan başa felaketler ve talihsizliklerden ibaret olmadığını, çekilen bütün çileleri unutturan böyle mesut saatleri de bulunduğunu seyisine bir kere daha anlattı.

Sanço Panza bu hikmetlere pek kulak asmamakta idi. Değil mi ki sevgili eşeğini yeniden ele geçirmişti; o bu saatte İspanya'nın en mesut adamı idi ve gerekirse dünyanın öbür ucuna kadar efendisinin peşinden giderdi.

Ortalık kararırken kahramanlarımız hanın kapısına vardılar. Sanço bu sefer büyük bir güvenle onun eşiğini geçti. Hancı Don Kişot'u görünce biraz suratını ekşitmiş, fakat şövalye ona bakmaya tenezzül etmemişti. Bununla beraber hancının karısını görünce hürmetle önünde eğildi ve güzel bir yemek yedikten sonra kendisine verilen odada yatmaya çıktı.

İşler iyi gittiği halde papaz ile berberin yürekleri bir türlü rahat edemiyordu. Prenses Micomicona'nın rolü bitmiş görünüyordu. Ertesi akşam köye dönecekler ve Don Kişot kendisine oynanan oyunun farkına varacaktı. Ne pahasına olursa olsun bunun önüne geçilmeliydi.

Dorotea'nın de bu meselede sözü alınmak lazım gelirdi; fakat ne yapılacağını o da papaz amcası ve berber gibi pek kestiremiyordu.

— Ben yarın sabah erkenden handan ayrılırım. Siz artık bir masal uydurup söylersiniz.

Berber:

— Öyle yaparız, dedi, fakat Don Kişot sizin peşinizi bırakmaz. İstemeseniz de onun sizi koruyacağına şüphe yok. Olmayacak bu iş. Başka bir şey aramalıyız.

Papaz ona hak verdi:

— Evet doğru... Öyle bir şey bulmalıyız ki onu büsbütün çıldırtmasın. Biz onu zorla yahut inandırmak suretiyle evine döndüremeyiz. Don Kişot'a yeni bir komedya oynamalıyız.

Berber de aynı düşüncede idi. Fakat şövalyenin kolayca yutabileceği oyunun ne olacağını erkekler kestiremiyorlardı. Bereket ki kız imdatlarına yetişti.

Üçü birden derin bir düşünceye dalmışlardı ki, Dorotea birdenbire bir kahkaha kopardı. Papaz ile berber hayretle ona baktılar.

Berber:

— Bir şey geldi aklınıza galiba? dedi.

Kız cevap verdi:

— Evet buldum. Güzel şövalyemizin üzerine sihirli bir örtü atacağız.

Papaz endişe ile sordu:

— O nasıl sihirli örtü?

— Çok güleceksiniz. Bakın ne aklıma geldi. Yaklaşın yanıma.

İki adam itaat etiler, kız tasarladığı planı alçak sesle onlara anlattı.

Handa dört öküz koşulu büyük bir arabaya refakat eden birkaç köylü vardı. Berber Dorotea'nın planını öğrenir öğrenmez yanlarına gitti ve onlarla bir pazarlığa girişti.

Köylüler araba ile öküzlerinin iki gün için kiralanmasını kabul ediyorlardı. Sonra odun parçalarından bir büyük kafes yapmaya koyuldular. Gecenin bir kısmını bu iş ile geçirdiler. Sonra hancıdan yatak çarşafları alarak tepeden tırnağa beyaz örtülere büründüler ve Don Kişot'un yattığı odaya girdiler.

Şövalye horul horul uyuyordu. Rüyasında belki yeni maceralar görüyor ve hiç şüphesiz başına gelecekleri aklından geçirmiyordu.

Bizimkiler onu uyandırmamaya gayret ederek ellerini, ayaklarını bağladılar. Berber son düğümü fazla mı sıktı nedir, o esnada Don Kişot uyandı.

Bir de adamcağız ne görsün; yatağının etrafını hayaletler sarmamış mı? Talihsiz şövalye, gözleri açık olduğu halde bir korkulu rüya görüyordu. Onu kahpece yatağında bastıran bu melun hayaletler kimlerdi?

Şövalye:

— Sizi gidi alçaklar! Böylelikle mi benim sırtımı yere getireceğinizi umuyorsunuz, diye inledi.

Berber mezardan gelir gibi boğuk ve derin bir sesle hemen konuşmaya başladı:

— Ey mahzun çehreli Şövalye! Sakın bizden korkayım deme. Biz bu işi senin şan ve şerefini arttırmak için yapıyoruz. Biz senin ne kahraman bir yiğit olduğunu bilmekteyiz. Bizleri size gönderen sihirbaz ise bunu bizden iyi biliyor ve senin saadetini düşünüyor. O seni dünyada eşi emsali bulunmayan Dulcinea del Toboso'nun kulu kölesi haline getiren gönül bağlarını da çok iyi bilmektedir. Şunu da anlamalısın ki, o sihirbaz senin onunla evlenmeni istemekte ve bu işi yaparsan çok yüksek olan değerinin, eksilmek şöyle dursun daha da artacağına inanmaktadır. Ey sen ki, yeryüzündeki gezici şövalyelerin en büyüğüsün, asla kasavet çekme. Bu başlayan maceranın senin için, bu güne kadar uğradığı felaketlerden daha büyük bir talihsizlikle sona ereceğini asla hatırından geçirme. Kara Dağ tepesindeki kefaret, çile ve deliliklerin gökleri bile yerinden oynatmıştır. Biz işte bunun için sana gönderilmiş bulunuyoruz. Onun için yapacağımız şeylere korkmadan razı ol ve seni çağırmakta ve çok yakında başına taç giydirmeye hazırlanan, şan ve şerefi hiç aklından çıkarma.

Bu şekilde bir konuşmanın Don Kişot'u son derece memnun edeceğine hiç şüphe yoktu. Yüreği rahat etmişti. Onun için hayaletlerin kendisini yataktan kaldırmalarına asla karşı koymadı. Şövalyeyi avludan geçirdiler, silahları ve eşyası ile beraber, kendisi için hazırlamış bulundukları tahta kafesin içine oturttular. Kafes yük arabasına yerleştirildi ve handaki hizmetçiler ve müşterilerden hiçbiri bu işin farkında görünmeden kafile yola çıktı.

Bu hal şövalyeye pek hoş göründü ve sihirbazın handa bulunan insanları derin bir uykuya daldırmış olduğundan şüphe etmedi. Sonra da prenses Micomicona'yı düşündü ve özür bile dilemeden onu birdenbire yüzüstü bıraktığına üzüldü. Hayaletlerin başkanı olan berber bu üzüntüyü keşfetmiş gibi kafese yaklaştı ve Don Kişot'a:

— Mahzun çehreli kahraman şövalye, dedi, kendisine yardım vaadinde bulunduğun prenses Micomicona için hiç tasa çekme. Beni gönderen sihirbaz adına sana temin ederim ki, prenses Micomicona'nın felaketleri bu günden tezi yok sona erecek ve kendisi Dev Pandahilado'yu yendikten sonra ülkesine dönecektir.

Böylece her şey yolunda gitmekte idi. Don Kişot hiçbir şey düşünmeden elini ayağını bağlatmış olan sihirbaza kendisini teslim edebilirdi. Biraz sonra arabanın, kendi köyüne doğru gitmekte bulunduğunu fark etti, fakat bir şey demedi.

Yolculuk devam ettiği müddetçe hayaletler ona artık hiç söz söylemediler.

H·PISAN

On Altıncı Bölüm

Sanço Evine Dönüyor

Sanço'yu sevimli Maritornes uykudan uyandırmaya gitmişti; fakat hakikati söylemeye mecburum ki, bu iş hiç de kolay olmadı. En sonra o başını yastığından kaldırdı, esneyip gerindi ve gözlerini açtı.

Kız:

— Ah seyis efendi, uyandığınızı gördüğüme ne kadar memnunum. Bilseniz siz uyurken burada neler oldu neler.

Maritornes'in bu sözlerinden hiçbir şey anlamayan Sanço:

— Neler mi oldu? dedi.

— Evet seyis efendi. Bir sihirbaz gelip efendinizi aldı. Bir tahta kafese koydu ve dört öküzün çektiği bir arabaya bindirip götürdü.

Sanço dehşetle:

— Aman deme! diye haykırdı.

— Vallahi öyle. Hemen kalkıp kahvaltı ediniz. Papaz efendi ile güzel kız hâlâ buradalar. Bu işi size olduğu gibi anlatacaklarına şüphe yok.

Kız doğru söylüyordu. Papaz yeğeni ile beraber handa kalmıştı. Don Kişot'un seyisini alayla karşıladı.

— Efendisinin başına çok müthiş şeyler geldiği halde uykudan uyanmayan bir seyisi ilk defa görüyorum, dedi

Sanço Panza o kadar şaşalamıştı ki bir şey söyleyemedi. kendi kendine:

— Ah ben ne halt ettim; efendim ne der bana; fakat o kadar yorgundum ki hiçbir şey duyamadım, diye mırıldanıyordu.

Papaz ile yeğeni, sihirbazın Don Kişot'a gönderdiği hayaletleri anlattılar ve onu ellerinden geldiği kadar yatıştırmaya uğraştılar. Fakat Sanço efendisini düşünmekten kendini alamıyor ve korkuyordu. Köylünün Don Kişot'a bu bağlılığı papazın hoşuna gitmekteydi.

— Sanço dostum, dedi, gönlünü ferah tut, efendin için hiçbir tehlike yok. Şövalyeyi götüren hayaletler iyi ruhlu şeytanlardır; onun fenalığını asla istemezler. Kahvaltını iştahla yemene bak. Sonra efendini aramaya çıkarız. Nasıl olsa bulacağız onu. Sen hiç korkma.

— Şövalyenin nerede olduğunu biliyor musunuz papaz efendi?

— Bunu anlar gibi oluyorum. Bana emniyet et sen.

Don Kişot'un seyisi, içi biraz serinlemiş olarak kahvaltıya gitti ve güzelce karnını doyurdu. Onun rahatsız olmadan bu kadar yiyeceği gövdeye indirmesi görülecek şeydi. Sanço'ya Maritornes hizmet etmekte idi. Onun her sözüne olduğu gibi yiyecek yemesine de şaşıyordu.

Biraz sonra papaz, Dorotea ve Sanço yola çıkıyorlardı. Akşama kadar durmadan gittiler ve o geceyi yeğenin evinde geçirdiler. Kızın ana babası hanın oldukça yakınında bir şehirde oturan hali vakti yerinde iyi bir aile idi. Köydeki fakir kulübesinden başka yer bilmeyen Sanço'ya Dorotea'nın evinde gördüğü her şey o kadar güzel geldi ki onu neredeyse bir saray sanacaktı.

Ertesi sabah Sanço, papazla beraber köyünün yolunu tutuyordu. Efendisini o kadar merak etmekte idi ki yol boyunca ikide bir papaza, yakında Don Kişot'a rastlayacaklarından emin olup olmadığını soruyordu.

O gün akşama doğru köye yaklaşırken Don Kişot'un kafesini taşıyan yük arabasına yetiştiler. Sanço Panza dehşetli korktu; fakat papaz onu yeniden yatıştırdı ve kafesin yanına götürdü.

Sanço:

— Ah Senyör Don Kişot; neler geldi sizin başınıza? diye sordu.

Kahramanımız cevap verdi:

— Sus dostum. Sinirini bozma. Şunu bilesin ki çok sıkıntı çekiyorum. Fakat bu sayede şan ve şerefim kat kat yükselecektir. Onun için bu sevimli hayaletlerin beni istedikleri yere götürmelerine ses çıkarmamanı rica ederim.

Seyis efendisini bu hazin durumda gördüğüne çok üzülüyordu; fakat tek bir kelime söylemedi ve kafilenin arkasından yürüyerek biraz sonra köye girdi.

Köy halkının, beyazlı hayaletlerin getirmekte oldukları esirin Senyör Kesada olduğunu görünce ne kadar hayret ettikleri kolayca anlaşılır. Herkes dehşet içinde idi. Ne düşüneceklerini bir türlü bilemiyorlardı. Köylüler yabalarını ellerine alarak hayaletlere saldırmalı ve Senyörlerini kurtarmaya çalışmalı mı idiler? Birçoklarının fikri bu idi. Fakat papaz ile Sanço'yu görmek onları bir parça yatıştırdı ve tereddüte düşürdü.

Kafile köyü geçti ve bayırın yolunu tuttu. Köy kadınları haberi Don Kişot'un yeğeni ile hizmetçisine yetiştirmişlerdi. Onlar bağıra çağıra onu karşılamaya koştular.

Hizmetçi:

— Senyör, Senyör; siz geldiniz ha! diye çığlıklar koparıyordu.

Yeğen:

— Amcacığım, amcacığım! Ah ne sevindim size kavuştuğuma. Ben sizi artık hiç gelmeyeceksiniz sanıyordum, diye gözyaşları döküyordu.

Kahramanımız iki günden beri kafesinden çıkmamıştı ve çok yorgundu. Ağzına bir lokma bir şey koymamış ve adeta kendi kendisinin gölgesine dönmüştü.

Onun için hayaletlerin, kendisini odasına kadar götürmelerine ve yatağına yatırmalarına ses çıkarmadı. Değil mi ki sihirbaz öyle emretmişti, kendisi de bu emre baş eğmekten başka ne yapabilirdi?

Arkasından hayalet elbiselerini çıkarmış olan berber onu görmeye geldi ve tekrar görüştüklerine çok memnun olduğunu söyledi.

— Aramıza döndüğünüzü görmek bizi çok bahtiyar etti Senyör Don Kişot! Zaferlerinizin ve kazandığınız şan ve şerefin şöhreti dünyayı tuttu. Bunun için köy halkı bayram yapmakta ve sizin varlığınızla iftihar etmektedir. Bana inanabilirsiniz. Ancak çehreniz bana pek iyi görünmüyor. Bu gerçekten olağan üstü seferler ve maceralardan sonra uzun zaman dinlenmeniz lazımdır.

Don Kişot ağzını açmadı. Dünyanın hazinelerini verseler kimseye bir şey söylemezdi ama kendini yatağında bulduğuna da çok memnundu.

O esnada Sanço da evine dönüyor ve karısı ile çocuklarına kavuşuyordu.

Karısı:

— Söyle bakalım. Bizim eşeğin keyfi yerinde ya? diye sordu.

Sanço:

— Efendisininkinden çok daha iyi, dedi.

Kadın:

— Sen biraz zayıflamışsın, dedi, fakat Allaha şükür sağ salim döndün ya. Sen yokken ne kadar sıkıntı çektiğimi bilemezsin.

Köylü cevap verdi:

— Ya ben karıcığım! Seni gördüğüme bilsen ne kadar memnunum.

— Gelelim şu maceralar meselesine Sanço. Sen epeyce bir şeyler getirdin mi bari? Bana bu yırtık ve eski eteklik yerine yeni bir eteklik satın almışsındır inşallah; çocuklarımıza kundura almayı düşündün mü?

Don Kişot'un seyisi derin derin içini çekti:

— Bu söylediklerinin hiçbirini getiremedim. Karnım da çok aç.

Kadın:

— Nasıl, dedi, işlerin iyi gitmedi mi?

— Karıcığım, gezici şövalyelik zenaati senin sandığın kadar kolay iş değil. İnsan her saat krallıklar fethedecek gibi oluyor, yahut dayak yiyor. Bu seferlik bir şey getiremedim; fakat bildiğimi iyi biliyorum. Bazı kimseler beni altı okka yaparak havada zıplattılar; bazıları da yüzden fazla sopa attılar. Fakat bunlardan ne çıkar? Efendim bana bir ada vermeyi vaat etti.

Okula gitmemiş olan kadın:

— Ada mı? dedi. O da ne oluyor? Yenecek bir şey mi?

Sanço:

— Yok, değil, dedi.

— Öyleyse ne işimize yarar?

Seyis:

— Karıcığım, bırak da anlatayım. Efendim bana bir ada verdiği zamanlar kont olacağım, sen de kontes; yani kraliçe gibi bir şey. Prensesin sarayı gibi bir sarayda oturacağız. Birçok insanları idare edeceğiz. Pek çok paramız ve malımız olacak. Sana artık Juana Panza demeyecekler, Kontes hazretleri diyecekler.

Söylemeye hacet yok ki madam Panza bu sözlerden hiçbir şey anlamıyordu. Şövalyelerin hayatlarından haberi olmayan kadıncağız için kocasının ağzından işittiğine benzer sözlerin hiçbir çekiciliği yoktu. Saf bir tavırla:

— Bunlar kulübemize ekmek, ayaklarımıza kundura getirecek mi? Sen ondan haber ver, dedi.

— Adama gittiğimiz zaman böyle konuşmayacaksın. Altınlar, elmaslarla süslü elbiselerin olacak, altın tepsiler içinde tavuskuşu kızartmaları yiyeceksin. Ne yazık ki henüz oraya gitmiş değiliz. Bu gecelik ağzıma atacak bir parça ekmeğin varsa hoş geldi, safa geldi. Zaten çok yakında ada için haberler alacağız; çünkü yarın efendimi görmeye gideceğim. Kendisinden bu iş için ne düşündüğünü de sorarım.

Sanço ile karısı işte böyle kavuştular ve bir araya geldiklerine çok memnun oldular.

Ertesi sabah Sanço şatoya gitti. Hizmetçi onu ters yüzü evine göndermek istedi; fakat yeğen buna meydan vermedi ve amcasını fazla yormamasını tembih ederek seyisi Don Kişot'un yanına götürdü.

Şövalye yatağından kalkmamıştı. Hali pek parlak görünmüyordu. Hasta gibiydi; kendisini görmeye gelen berberle hiç konuşmamıştı. Fakat seyisini görünce bir parça canlanır gibi oldu ve kendisini onunla yalnız bırakmalarını söyledi. Sanço ona hemen ada lakırdısını açtı.

Don Kişot:

— Sana onu vaat etmedim mi? diye sordu.

— Vaat ettiniz elbette, eksik olmayın Senyör Şövalye. Fakat karım onu görmek istiyor.

— Çok geçmeden görür dostum Sanço. Bilirsin ki ben sözünün eri bir şövalyeyim.

— Bilmez olur muyum? Ne zaman gidiyoruz?

Don Kişot cevap verdi:

— Bırak da birkaç gün dinleneyim.

Sanço çok yakında sevgili adasının valisi olacağından asla şüphe etmeyerek Don Kişot'tan ayrıldı. O günden sonra her sabah efendisini yoklamaya gidiyor ve bir ayak evvel yeni maceralara doğru kanat açmak için onu sıkıştırıyordu.

Bu ziyaretlerden döndüğü zaman Sanço yakın bir gelecekteki saadetlerini karısına anlata anlata bitiremiyordu. O sevgili adasını inceden inceye tasvir ederken kadıncağız "sakın kocam çıldırıyor olmasın" diye şüphelere düşmekteydi.

Papaz ile berber, seyisin oyununu gözden kaçırmıyorlar ve büyük bir endişe duyuyorlardı. İki kahramanımız başbaşa verip neler düşünüyorlardı acaba? Sakın yeni bir kaçma hazırlığı olmasın? Ne pahasına olursa olsun bunu mutlaka önlemek lazımdı.

Papaz ile berber, onların üçüncü defa olarak kaçmalarına meydan bırakmamak için şatoyu sıkı bir göz hapsine almışlardı.

H. PISAN

On Yedinci Bölüm

Don Kişot Yine Kaçıyor

Bir sabah Sanço Don Kişot'u yatağından kalkmış buldu ve sevinçle bağırdı:

— Gözlerimiz aydın! Siz iyi oldunuz ha Sayın Şövalyem!

Don Kişot cevap verdi:

— Çok şükür kendimi yirmi yaşındaki kadar genç ve dinç buluyorum. Yeni maceralara gitmeye hazırım.

— Artık Senyör ne kadar mesudum. Bir ayak evvel adama kovuşmak için yanıp tutuşuyorum.

— Tam sırasını buldun. Senin adan bir parça daha bekleyebilir. Senin adan Tanrı'nın yarattığı yerden kıyamete kadar bir yere kaçmaz.

— Ona ne şüphe Senyör! Fakat...

— Ondan evvel beni beklediğini söyleyen sevgili Dulcinea del Toboso'yu bulmak ve ona saygılarımı sunmak istiyorum.

Sanço yüzünü buruşturdu:

— Bu pek lazım mı Senyör Şövalye?

Don Kişot öyle bir ses ve tavırla "mutlaka" diye bağırdı ki köylü bir şey söylemeye cesaret edemedi ve Don

Kişot'un ada işini Dulcinea işinden sonraya bırakacağını düşündü:

— Peki ne zaman yola çıkıyoruz.

— Mümkün olduğu kadar çabuk. Fakat bu iş kolay olmayacak; çünkü berber ve papaz dostlarım beni göz hapsine aldılar. Atım ve silahlarımla beraber nasıl şatodan çıkacağımı bilemiyorum.

Sanço Panza'ya bir fikir geldi:

— Silahlarınızı neden bana emanet etmiyorsunuz Senyör? Ben onları elbisemin altına saklayarak birer birer şatodan kaçırırım. Zırhınızı bayırın altındaki korulukta giyersiniz.

Don Kişot:

— Hakkın var dostum, dedi. Nasıl istersen öyle yap.

Sanço her gün Don Kişot'un silahlarından birini şatodan çıkarmanın çaresini buluyor ve söylediği yere saklıyordu. Nihayet günün birinde bütün ağırlıklar koruya taşınmıştı.

Ertesi sabah Don Kişot, atı bir parça kırda gezdirmek için Sanço'ya müsaade etmesini yeğeninden rica etti:

— Zavallı hayvan ahırda kapalı kalmaktan bunaldı. Biraz kurtlarını döksün, dedi.

Kız:

— Sevgili amcacığım! Atın ahırda sıkıldığı bugün mü aklınıza geldi? diye sordu.

Fakat Don Kişot birdenbire kızdı, yeğen de daha fazla bir şey söylemeye cesaret edemedi. Böylece seyis atı ahırdan çıkardı ve Rocinante koruda efendisinin silahlarının yanına gitti.

O akşam yeğen ile hizmetçi uyur uyumaz şövalye gizlice şatodan kaçtı ve Sanço ile buluştu. Birkaç dakika sonra iki adam Toboso köyünün yolunu tutuyorlardı.

Bütün gece hiçbir kimseye rastlamadan yol gittiler; ertesi gün de öyle vakasız geçti. Akşama doğru Toboso köyü karşıdan görünmeye başlıyordu. Don Kişot nihayet Dulcinea'sına kavuşacağını düşünerek çocukça bir sevince kapıldı. Fakat seyisin yüreği pek rahat değildi. Yalanı meydana çıktığı zaman efendisi ne diyecekti? Don Kişot bunu görünce öfkelenecek ve vaat ettiği adayı vermemeye kalkacak olursa ne yapardı?

Şövalye:

— Nen var Sanço dostum, dedi, süratin neden uzamış böyle? Bir tasan mı var?

— Galiba son yemeği iyi hazmedemedim.

— Hele bak! Buna mı üzülüyorsun sen? Rica ederim sen de benim gibi neşeli ol. Ben keyfimden kabıma sığamıyorum.

— Hakkınız var Senyör Don Kişot.

— Bu köy İspanya köylerinin en güzeli değil mi?

— Öyledir efendimiz.

— Dünyanın en güzel yeri burası olduğuna şüphe yok. Ah benim sevgili sadık seyisim. Nihayet Dulcinea'mı göreceğime ne kadar sevindiğimi anlarsın.

Köylü kaşlarını çatarak:

— Siz Dulcinea'nızı daha evvel gördünüz ya?

Don Kişot:

— Yok görmedim, dedi, köyde bana ondan çok bahsettiler; son derece güzel olduğunu söylediler. Fakat ben kendim görmedim. Bunun için ne kadar heyecanlı olduğumu anlarsın. Seninle bana gönderdiği haberi düşündükçe...

Sanço Panza geniş bir nefes aldı:

— Aman efendimiz... O kadar acele etmeyin... Dulcinea size hiçbir haber göndermedi.

— Bunun ehemmiyeti yok dostum. Bekleyelim gece olsun. O zaman köye gireriz.

Nihayet gece yarısına doğru kahramanımız köye yaklaşmaya karar verdi. Ortalık zifiri karanlıktı, göz iki adım ötesini zor seçiyordu.

Don Kişot seyisine:

— Beni şimdi prenses Dulcinea'nın sarayına götüreceksin, dedi.

Sanço cevap verdi:

— Aman efendimiz, prenses çoktan uyumuştur. Nasıl uyandırırız onu? Görüyorsunuz ki bu evlerde herkes uykuya dalmış. Etrafta en küçük bir ses işitilmiyor.

Köylü bunu pek doğru söylemiyordu. Çünkü her tarafta köpeklerin havladığı, kedilerin miyavladığı ve domuzların bağırdığı işitiliyordu. Hatta o arada bir de eşek anırmaya başlamıştı. Don Kişot:

— Saraya kadar gidelim, dedi, belki de prenses uyumuyor ve beni düşünüyordur.

Sanço:

— Ne söylüyorsunuz Senyör Şövalye, dedi, ben size prensesin sarayda oturduğunu söyledim mi?

— Söylemedin ama bir prenses nerede otursun?

— Hızlı konuşmayın Senyör, geçtim köylülerden, biri köpeğini başımıza bela eder.

— Saray nerede Sanço? Götür beni oraya diyorum.

— Efendimiz biraz sabırlı olun. Bu karanlıkta sarayı nasıl görürüm.

— Nerede olduğunu biliyorsun ya. Saray bir büyük meydanın ortasında olur.

— Belki hakkınız var Senyör, fakat prensesin evi dar bir sokağın içindeydi gibi geliyor bana.

Sanço Panza o kadar şaşırmış bir haldeydi ki, artık ne uyduracağını bilemiyordu.

— Olur mu öyle şey, Sanço, olur mu? Bir sarayın dar bir sokak içinde bulunması mümkün mü?

— Her memleketin âdeti başkadır Senyör. Fakat bu saatte söylediğiniz sarayı bulmak mümkün olmaz sanıyorum. Şu köyden çıkıp da kendimize bir yatacak yer arasak daha hayırlı olmaz mı dersiniz? Yarın sabah erkenden burada bir keşif yapmaya gelirim; sonra da sizi prensesinizin yanına götürürüm.

Şövalye içini çekerek:

— Belki hakkın vardır dostum Sanço, dedi, Dulcinea ile görüşmemizin gecikmesi canımı sıkıyor. Bil ki ben bugüne kadar onun güzel yüzünü seyretmek ümidi ile yaşadım. Bunun için bu köyden uzaklaşmak zordur benim için. Fakat değil mi ki bu karanlıktan aramalarımıza devam etmenin doğru olmayacağını söylüyorsun, öyleyse teklifine razı oluyorum.

İki adam köyden çıktılar ve gecenin geri kalan saatlerini geçirmek için bir küçük meşe korusu bularak karargâhlarını kurdular.

On Sekizinci Bölüm
Don Kişot Dulcinea'ya Kavuşuyor

Ortalık aydınlanırken Don Kişot Sanço'yu sarstı:

— Heeey dostum, diye bağırıyordu, ne var bu kadar uyuyacak! Biz buraya kıyamete kadar uyumaya mı geldik? Prenses Dulcinea aşkına gözlerini aç.

Köylü:

— Ne oluyoruz! Siz misiniz Senyör? diye içini çekti.

— Ne o, dünkü vaadini unuttun mu? Prenses Dulcinea'yı Toboso köyündeki sarayında görmeye gideceğini unuttun mu?

— Senyör Şövalye, bu ne acele! Adamda sevgili tebaalarımı idare etmekle uğraşıyordum. Bana hürmette kusur eden birkaçını astıracağım zaman uyandırdınız beni. O kadar uzaklardan dönmem için bana bir parça zaman bırakın rica ederim.

— Bana bak Sanço, ben şakaya gelmem. Ayağa kalk ve hemen prensesimi görmeye git.

— Senyör Şövalye, bari izin verin de bir kahvaltı edeyim. Aç ayı oynamaz derler. Adama gidip gelmek için o kadar yol yürüdüm ki karnım acıktı.

Don Kişot içini çekerek:

— Ye öyleyse, dedi, şu başlayan güzel günden faydalan. Bak şu güneşe. Ben onu hiçbir zaman bu kadar sevinçli görmedim.

— Görüyorum Senyör. Prenses için üzülmeyin. Şurada yemek yediğimden nasıl eminsem, akşama kalmadan onu elinden tutup size getireceğimden de o kadar eminim.

— Peki ya gelmezse?

— Ben onu nasıl zorlayacağımı bilirim Senyör Don Kişot.

— Prensesten daha hürmetle bahsetmesini öğrenmelisin dostum Sanço. Asla onun canını sıkacak bir şey yapmamalısın. Dulcinea'nın bir prenses olduğunu unutuyor gibisin. Bir prensesle öyle herkesle konuşulduğu gibi konuşulmaz.

— Bir parça sert konuştumsa özür dilerim Senyör; bana söylediğinizi unutmayacağıma emin olun.

Sanço yiyeceğini yemeye başladı ve işini bitirmeden evvel tek lakırdı söylemedi. Sonra ayağa kalktı ve eşeğini hazırladı. Don Kişot ona yaklaşarak elini omuzuna koydu:

— Sanço dostum, sen tanıdığım insanların en bahtiyarısın. Çünkü prensesle konuşacaksın.

Sanço yarım ağızla:

— Öyledir Senyör... diye göğüs geçirdi.

— Dinle bak, ne diyeceksin ona.

— Dinliyorum Senyör Don Kişot.

— De ki, onun gözüne girmek için Mahzun Yüzlü Şövalyesi Toboso'ya gelmiştir. Kendisine bütün aşkını ve bütün sadakatini söylemek için ayaklarına kapanmak istemektedir.

— Olur efendimiz, söylerim.

— Kendisine bunları söylediğin zaman yapacağı bütün hareketleri zihnine koy. Hiçbir tafsilatı unutmamalısın. Bu gibi meselelerde, kendine göre az çok ehemmiyeti olmayan hiçbir teferruat yoktur. Bu söylediklerim kulağına küpe olsun. Burnunu siler yahut gülerse, gözleri parlar yahut yaşlanırsa, neşeli yahut kederli, kaygılı yahut rikkatli görünürse hepsinin ayrı ayrı manası vardır. Ayakta mı duruyor yoksa oturuyor mu, otururken ayağa mı kalkıyor yahut oturmakta devam mı ediyor, bir ayak üzerinde mi duruyor; bir ayak üzerinde duruyorsa bu ayak sol ayak mıdır, sağ ayak mı? Bu alâmetlerin hiçbirini kaçırmamalısın, iki elini kavuşturuyor mu, mendilini alıyor mu? Bunlara da dikkat et. Dediğim gibi bunları ve ağzından çıkacak sözleri kafanın içine kazımalısın. Sonra bu görüşmenin nasıl geçtiğini bana anlatmaya gelirsin. Ayrıca etrafında göreceğin ve işiteceğin şeyleri de bana olduğu gibi anlatacaksın. Şunu da hatırında tut ki kendisine devler, tüccarlar, katırcılar, kürek mahkûmları göndermek istemiş olduğumu söylemek iyi olur. De ki bu

sefiller onun parlak güzelliğini görmeye layık değillerdir ve ben yalnız, onların kötü çehrelerini görmekle ne korkunç ölüm tehlikeleri atlattım. Haydi bakalım yolun açık olsun ey benim insanların en bahtiyarı olan sadık seyisim. Git ve bu yerin hüznü içinde beklemekte olduğum haberleri bir an evvel getir.

Sanço eşeğine bindikten sonra:

— Senyör Şövalye, bana emniyet ediniz, dedi, bir defa beni bu prensese gönderdiniz. Vazifemi pek fena yapmamış olmakla övünürüm. Bu sefer bana verdiğiniz vazife daha naziktir; fakat inanın ki bu sefer de yüzümün akı ile döneceğim ve akşama getireceğim haberler sizi memnun edecek. Dün akşam prenses Dulcinea'nın sarayını bulamadımsa gece çok karanlıktı da ondan. Fakat bu kadar parlak bir güneş altında nasıl bulmam onu!..

Bu cevaptan sonra Sanço eşeğini dehledi ve ağır ağır uzaklaştı. Seyisi gözden kayboluncaya kadar Don Kişot bulunduğu yerde hareketsiz durdu; sonra bir ağaç altına oturarak düşünmeye ve seyisinin başarısı için dua etmeye başladı.

Fakat Sanço'nun yüreği rahat değildi. O da efendisinin göremeyeceği kadar uzaklaşınca eşeğini durdurdu ve hayvanı istediği gibi otlamaya bırakarak bir ağacın altına oturdu. Sonra içinde iki adam varmış gibi kendi kendisi ile konuşmaya başladı. Bunlardan biri mert bir insandı; efendisine sadıktı. Öteki kaygılı, vesveseli, ihtiyatlı ve son derece akıllı uslu idi.

Mert Sanço:

— İşte zafer ve şan ile dolu bir vazife ki bizim bütün değerimizi meydana çıkaracak, dedi.

İhtiyatlı Sanço şöyle cevap verdi:

— Orası öyle ama Altes Prenses Dulcinea'nın sarayına giden yol engellerle dolu. Senyör böyle bir teşebbüsün bütün tehlikelerini düşünmüş müdür acaba?

Mert Sanço:

— Ne çıkar tehlikeden? Yakında valisi olacağımız adanın bedeli bu ise hepsini göze almalıyız o tehlikelerin, ihtiyatlı Sanço:

— Senyörün hakkı var. Fakat prensesin sarayını bulamadığınızı öğrendiği zaman efendiniz ne diyecek acaba?

— Peki ne diye bulmayacakmışız o sarayı?

— Etmeyin canım. Bu sarayın efendimizin kafasından başka bir yerde bulunmadığını bilmiyor musunuz?

— Gerçekte neden olmasın?

— O halde onu arayıp bulmak lazım. Yalnız bu sarayın nöbetçileri yok mudur? Onlar sizi, elinizi kolunuzu sallayarak içeri girmeye bırakırlar mı? Onların kafaları kızar da bize taze bir meşe sopası çekmeye kalkarlar yahut o uğursuz handa başımıza geldiği gibi sırtüstü bir kilime yatırıp altı okka yapmaya kalkarlarsa ne halt edeceğiz?

— Nöbetçiler, Mahzun Yüzlü Kahraman Şövalyenin kahraman seyisine sataşmaya cesaret edebilecekler midir? Siz neler düşünüyorsunuz Allah aşkına? Bizim efendinin kahramanlığını bütün İspanya bilmez mi? Onu Hıristiyanlık âleminin aslanı saymaz mı?

İhtiyatlı Sanço derin derin göğüs geçirdi:

— Senyör başımıza gelmiş olanları unutuyor mu? Sarayın bekçileri yahut sadece köy halkı bize dayak atmaya kalkarsa ne yapacağız?

Yiğit Sanço bu sözü cevapsız bıraktı; ihtiyatlı Sanço devam etti:

— Senyör bu meselede bana emniyet göstersin. Efendimiz pek aklı başında bir adam değildir. Biz bundan faydalanmalıyız. Bu köyde bir saray ve bir prenses bulmamıza imkân yoktur. Fakat kısa bir zaman için prenses olmayı kabul edecek bir köylü kızı da bulamayacak değiliz ya! Onu efendimize Dulcinea diye takdim ederiz. Kendi Dulcinea'sı olmadığını anlayacak olursa yanıldığına yemin ederiz, yahut bir sihirbazın yeni bir oyununa kurban gitmekte bulunduğunu söyleriz. Böylece dayaktan da, efendimizin öfkesinden de kolayca kurtulmuş oluruz. Toboso'ya gitmekte acelemiz olmadığı için şu ağacın altında biraz dinlenelim. Aklımız daha iyi gelir başımıza.

Yiğit Sanço yine ses çıkarmadığı için Sanço Panza otların üstüne uzandı, bir iki kere esneyip gerindi ve gönül rahatlığı ile uykuya daldı.

Adamcağız ancak akşama doğru bu uykudan uyanıyor ve güneşin gökte çok alçalmış olduğunu görerek telaşa kapılıyordu. Yerinden fırlayarak:

— Hay Allah belasını versin, dedi, hemen Toboso'ya koşmalı. Geceden evvel bir köylü kızı bulamayacağım ve efendimin yanına eli boş döneceğim. Allah yardımcım olsun. Mutlaka bir çare bulmalıyım bu işe.

Sanço o esnada köyden çıkan üç köylü kızının kendisine doğru gelmekte olduklarını gördü. Eşeklere binmişler ve aralarında sohbete dalmışlardı. Sanço onları görür görmez aklına güzel bir şey esti. Hemencecik eşeğine atlayarak Don Kişot'un yanına döndü. Şövalye atına binmiş, harekete hazırlanmıştı:

— Hele şükür Sanço dostum, dedi, ne kadar geç kaldın.

Köylü kendinden geçmiş gibi bir tavır takınarak:

— Sormayın başıma gelenleri Senyör Şövalyem, dedi, inanın bana. Şeytan durmadan bizimle uğraşıyor. Prensesin sarayını buldum; fakat eşiğine ayak basar basmaz saray birdenbire gözümden kayboldu.

— Kayıp mı oldu?

— Evet Senyör Don Kişot, kayboldu. Dün akşam sizinle beraber başımıza geldiği gibi etrafımda hiçbir şey göremeden şehrin sokaklarında başı boş dolaşmaya başladım. Nihayet, bir başka zaman size anlatacağım alay alay vakalardan sonra prensesinize yaklaşmaya muvaffak oldum.

— Gözünle gördün mü onu?

— Gördüm ya. Ah ne kadar hakkınız varmış; ne güzelmiş o prenses Dulcinea. Güneş gibi parıl parıl bir şey. Kilisede dua okuyan piskopos gibi baştan ayağa altın sırmalı elbiseler giymiş. Yıldız tozundan yapılmış gibi ince ve hafif sarı saçlar. Ya hele o gözler... Görmelisiniz onları Senyör.

Don Kişot sabırsızlıkla sordu:

— Peki ne söyledi?

— Ne mi söyledi? Ne söyleyecek... sizi beklediğini söyledi... Durun durun yanılıyorum... Sizi görmeye gelmek istediğini söyledi... Neredeyse gelir... Arkamdan geliyor. İsterseniz karşı çıkalım. İki üç yüz adım sonra, şu yolun dönemecinde karşılarız prensesi...

— Geliyor ha!

— Geliyor elbette... Bakın göründü... Bir imparator atı gibi altın işlemeli bir haşaya bürünmüş çok kıymetli bir küheylanın üstünde... Yanında da iki nedimesi var... Birkaç dakika sonra yanımızdadır. Acele edelim. Ben sizin geldiğinizi haber vermeye koşuyorum.

Sanço eşeğini dehledi ve Don Kişot onun arkasından yürüdü.

Köy kızları yolun dönemecinde görünmüşlerdi. Sanço hemen eşeğinden atladı ve en önde gelen kızın ayakları altında yere diz çöktü:

— Ah prenses! Ah eşsiz emsalsiz Dulcinea del Toboso. Siz en güzel bir yaz gecesinin yıldızı gibisiniz. Huzurunuzda dize geliyor ve efendim kudretli Şövalye Don Kişot de la Mancha'nın saygılarının kabulünü rica ediyorum.

Köylü kız çok şaşırmış olduğu için ne cevap vereceğini bilemiyordu. Don Kişot onlara yaklaşarak Sanço'ya:

— Rüya görüyorsun dostum, dedi, bu gördüğünüz prenses değil eşeğe binmiş bir köylü kızıdır.

Sanço gözlerini belerterek:

— Nasıl! Siz benim gördüklerimi görmüyor musunuz? Prenses beyaz bir küheylana binmiş. Üstü başı altınlar, elmaslar içinde. Tatlı tatlı gülümsüyor size. Söylediğini işitmiyor musunuz Senyör? Siz de benim gibi topraklar üstünde dize geliniz. Hürmetlerinizi arz edin prensese. Karşınızdaki eşsiz emsalsiz Dulcinea del Toboso'dur.

Don Kişot:

— Ben öyle bir şey görmüyorum, dedi, fakat yine de ihtiyatlı davranarak kızın önünde yere diz çöktü.

Kız korku ile:

— Bu ne bu böyle, diye bağırdı. Benden ne istiyorsunuz? İkiniz de aklınızı mı kaçırdınız? Bırakın geçelim; yoksa erkek kardeşim sizin canınıza okur... Bizim gibi kendi halinde kızlarla şaka edilecek zaman mı?

Sanço hayran hayran:

— İşitiyor musunuz Senyör, dedi, prensesin sizi ne kadar sevdiğini kulaklarınızla işitiyor musunuz? Kahramanımız suratını sarkıtarak mırıldandı:

— Allah bilir ben öyle bir şeyi ne görüyorum, ne işitiyorum. Sihirbaz galiba bana yeniden büyü yaptı. Düşmanım Frestón bana bu sefer de bir oyun oynuyor olmalı.

Köylü bağırdı:

— Ah melun Frestón yahut Fritón. Ben kendi hesabıma dünyada bundan daha güzel, daha tatlı bir kız görmüş değilim. Böyle bir prenses sizi sevdiği için dünyanın en mesut insanı olduğunuzu herkese söyleyeceğim.

Köylü kızın cinleri başına üşüşmeye başlamıştı:

— Bu ne rezalet, dedi, çıldırdınız mı be adamlar! Bırakın yolumuza gidelim, diyorum. Vakit geç, acele işimiz var. Masal dinlemeye vaktimiz yok. Bak yine söylüyorum. Şimdi kardeşimi çağırırım. Uzakta değildir. Size bir sopa çekerse görürsünüz gününüzü.

Seyis:

— Ah bunlar ne güzel sözler prenses. Efendimin bu iltifatları işitmekten ne kadar bahtiyar olduğunu bilemezsiniz.

Don Kişot hüzünle:

— Sanço, dedi, yapılacak bir şey yok. Kulaklarım iltifat diye bir şey işitmiyor. Duyduklarım dayak tehditlerinden ibaret. Bir sopadır gidiyor. Bu maceranın. Sonu fena geldi Alçak Frestón benim kanıma susamış. Ya prensese büyü yaptı, ya bana. Haydi kalkalım bari. Yapılacak başka bir şey kalmadı. Gel gidelim.

Seyis sırnaşmaya devam etti:

— Prenses, prenses! Bize yardım edemez misiniz? Şu melun büyüyü çözmek elinizde değil midir?

Kız

— Elimdedir, dedi, sırtınıza sopaları yediğiniz gibi ne büyü kalır, ne bir şey... Çağırıyorum kardeşimi.

Sanço hemen ayakları üstüne dikildi ve iki adam fazların uzaklaştığını gördüler.

Don Kişot onlar kayboluncaya kadar arkalarından baktı. Çok mahzun görünüyor ve hiç ağzını açmıyordu. Sonra seyisine dönerek:

— Görüyor musun Sanço dostum, dedi. Şu alçak ve ahlaksız düşman nasıl her yerde karşıma çıkıyor? Kitaplarımı çaldı, tepelemek istediğim devleri yeldeğirmenine çevirdi, şimdi de beni sevgili Dulcinea'mı görmek zevkinden mahrum ediyor. Dünyada benden daha bahtsız bir şövalye var mıdır acaba?

Sanço:

— Ah habis Fritón, diye dövünüyordu. Onu bir yerde sıkıştırıp tepelemek ne güzel bir şey olur. Ben kendi hesabıma onu şu meşe ağacına astıklarını yahut bir şişe geçirip güzel bir kuru odun ateşi üstünde çevire çevire kızarttıklarını görsem Allah bilir ne kadar sevineceğim. Senyör Şövalye nafile yere yüreğinizi üzmeyin. Umarım ki bu Fritón namussuzunu nasıl olsa bir yerde kıstırıp öldürürüz. O zaman alçağın malını mülkünü alırız; ben de bir zaman sevgili adama çekilip rahat ederim.

Don Kişot cevap vermedi. Ortalık kararmaya başlamıştı. Kahramanlarımız geceyi geçirmek için bir kere daha küçük meşe korusuna çekildiler.

On Dokuzuncu Bölüm

Don Kişot'un Aynalı Şövalye ile Savaşı

Söylemeye hacet yoktur ki, Don Kişot'un üçüncü defa şatodan kaçtığını görmek yeğen ile hizmetçinin pek hoşlarına gitmemişti.

Yeğen kabahati Sanço Panza'ya yüklüyordu:

— Her şey onun başının altından çıktı. O şeytan herif olmasaydı amcam şimdi aramızda bulunacaktı. Her gün gele gide ona fit verdi. Her şeyi hazırlayan odur.

Hizmetçi de ona hak veriyordu:

— Sanço Panza'ya emniyet etmemeliydik. Bakın şimdi her şeye yeniden başlayacağız. Ah sevgili efendiciğim; bizi hiç mi sevmiyorsun ki durmadan uzaklara kaçıyorsun? Bir şikâyetin mi var bizden? Varsa bileydik de...

Zavallı kız hüngür hüngür ağlamaya başlıyordu.

Papaz ile berberin de Don Kişot'un bu kaçışına canları sıkılmıştı. Papaz berbere:

— Acaba tedbirde bir kusurumuz mu oldu? diye soruyordu.

Berber:

— Şeytan bir işin içine parmağını soktu mu çekiver kuyruğunu, dedi.

— Dostumuzu bir kere daha eve getirmek için ne yapacağız?

— Başbaşa verip bir şeyler düşünmeliyiz. Ümidinizi kesmeyin papaz efendi; çok geçmeden yine bir voli çevirir, dostumuzu şatoya getiririz.

O akşamdan tezi yok berber papazın evine uğradı ve bulduğu bir fikri söyledi. Papaz planı çok beğendi ve vakit geçirmeden onu gerçekleştirmenin yolunu aramaya koyuldular.

Böyle birkaç gün sonra Toboso yakınlarında bir meşe korusunun ağaçları altında dinlendiği bir saatte Don Kişot bir gürültü işitti. Tam o dakikada bahtsız şövalye, Dulcinea'sını hayalinden geçirmekte idi. Şimdi şuraya geliverse kimbilir nasıl karşılardı onu? Yaptığı muamele için prensese kin bağlamak doğru olur mu idi? Ne o, bir ayak sesi var. Sakın Dulcinea olmasın?

Gelen prenses değildi. İki adam attan iniyor ve kendilerini yalnız sanarak çekinmeden konuşuyorlardı:

— Aman ne güzel bir ormancık, diyordu, yalnızlığına bayıldım bu yerin, insan doya doya aşklarını düşünebilir.

Öteki cevap verdi:

— Senyör, izin verin de atlarınızı biraz ileriye götüreyim.

— Olur; iyi edersin.

İkinci adam atlarla beraber uzaklaşırken birincisi toprağın üstüne uzandı ve Don Kişot onun bir şövalye olduğuna hükmetti; çünkü kulağına pek iyi tanıdığı birtakım silah şıkırtıları gelmişti.

Kahramanımız uyumakta olan Sanço'ya yaklaştı ve onu uyandırıncaya kadar usul usul kulağını çekti.

— Ne oluyoruz Senyör?

— Yavaş konuş dostum. Yeni bir macera başlamak üzere.

— Aman Allahım!.. Macera mı dediniz... Nerede bu?

— Elli adım arkamızda bir gezici şövalye yatıyor Sanço dostum.

— Onu tepeleyecek misiniz Senyör Şövalye?

— Sus, ağzını açma artık.

Bu sırada az ötede yerde yatmakta olan yabancı şövalyenin sesi duyuldu:

— Seyisim; bana lavtamı ver.

— Peki efendim.

Sanço kaşlarını çattı. Bu sesleri işitmişliği vardı ama nerede?

Öteki seyis elinde bir lavta sallıyor ve onu efendisine veriyordu. Şövalye çalgıyı birkaç kere tıngırdattıktan sonra âşıkâne bir şikâyet havası söylemeye başladı. Şarkı çok güzeldi, fakat şövalye son derece hüzünlü şeyler söylüyor, dünyanın en zalim güzeli olan sevgilisinin, kendisini felaketli kaderine terk ettiğine dair o kadar yeni şeyler anlatıyordu ki, Sanço onları dinlerken tekrar uyuya kaldı.

Şarkıdan sonra şövalye birkaç kere içini çekti ve şikâyetli bir sesle şunları söylemeye başladı:

— Sen ey güzeller güzeli Vandolia Prensesi sevgili Casildea; ne zamana kadar bana zulmedeceksin? Nihayet ümitsizliğimi görüp imdadıma gelmeye tenezzül etmeyecek misin, ey güzeller güzeli, ey tatlılar tatlısı Casildea? Sana hayatımı anlatıp gözüne girmek için daha ne kadar beklemeliyim? Bütün Mancha şövalyelerinin sırtını yere getirdim ve hepsini senin prenseslerin en güzeli, en sevimlisi, en şirini olduğunu kabule mecbur ettim.

Don Kişot kendi kendine mırıldandı:

— Buna düpedüz yalancılık derler. Burnumun dibinde bütün Mancha eyaleti şövalyelerini yendiğini ve sevgilisinin İspanya prenseslerinin en güzeli olduğunu iddiaya cesaret etmek! Bu adam ya delidir, yahut rüya görüyor. Bu küstahın neler söylediğini işitiyor musun Sanço dostum?

Köylü esneyerek cevap verdi:

— Evet işitiyorum. Bu adam artık sussa da rahat uyusam.

Fakat dertli şövalye yeniden aldı:

— Daha fazla ne istiyorsunuz prenses? Nedir bu yaptığınız nankörlük? Bana bir gün rahat yüzü göstermeyecek misiniz?

O esnada Sanço'nun genzine bir şey kaçtı ve adamcağız şiddetle aksırdı. Esrarlı şövalye hemen kuşkulandı ve yerinden fırlayarak bağırdı:

— Heeey... Kim var orada? İn misiniz cin misiniz? Kaç kişisiniz? Kim olduğunuzu söyleyin.

Don Kişot hemen ayağa kalktı ve ona doğru yürüdü. Öteki onu dostça karşıladı.

— Ah Senyör Şövalye, sizi gördüğüme çok sevindim. Oturun yanıma. Size anlatacağım çok şeylerim var. Biz konuşurken seyisiniz de benimki ile laf atar. Anladığıma göre siz de gezici şövalyesiniz.

Don Kişot:

— Evet, diye cevap verdi. Sanırım ki siz de öylesiniz?

— Öyle... Demek kardeşiz. Bilseniz ne kadar memnunum sizi gördüğüme. Çünkü benim, dostluğuma layık kimselerle sevgilim Casildea'nın sonsuz meziyetleri üzerine konuşmaktan büyük arzum yoktur.

Don Kişot cevap verdi:

— Sevgilinizin pek çok meziyetleri bulunduğuna inanmak isterim; gerçi onlar benim güzel Dulcinea'mın meziyetleri derecesinde olamazlarsa da... Fakat demin bir şey söylediniz ki pek kolay inanamayacağım.

— Nedir o Senyör Şövalye? Rica ederim açık konuşun.

— Bu eyaletin bütün gezici şövalyelerine sevgiliniz önünde baş eğdirdiğinizi söylemediniz mi?

— Evet söyledim; yine de söylerim. Sade Mancha şövalyelerine değil Navarre, Endülüs ve Kastil şövalyelerine de.

— Fakat bu eyalette bir tanesi var ki şimdiye kadar görmediniz Senyör Şövalye.

Yabancı şövalye:

— Kimmiş o bakayım, diye bağırdı, adını duyarsam pek hayret edeceğim. Çünkü elini kolunu sallayarak er meydanında dolaşan bir mert şövalye olmaktan ziyade şatosunun bir köşesine sinip oturan bir tabansız herif olacak o. Şu halde nereye saklanmış olursa olsun, şimdiden tezi yok, bulup haddini bildireceğim ve sevgilim Casildea önünde dize getirmeden yakasını bırakmayacağım.

— Şövalye dostum! Görüyorum ki siz bu memleketin yabancısısınız. Meşhur Don Kişot'un kim olduğunu size söyleyen olmamış.

Öteki hayret etti:

— Ne dediniz, ne dediniz? Don Kişot mu? İspanya'nın en kahraman şövalyelesi dediğiniz o mu? Canınız gülmek istiyor galiba. Dün sabah ona şuralarda bir yerde rastgeldim. Karşımda Kalsine yahut Rosine diye bir kadının lakırdısını etmeye kalkıştı. Hemen kendisine meydan okudum. Dövüşmeye başladık. Bir mızrakta haddini bildirdim. Atından düştü. Şimdi tırıs tırıs Vandolia yoluna gidiyor olmalıdır; çünkü ona Casildea'ma götürülmek üzere özel bir mesaj teslim ettim. Anlarsınız ya bu benim için gerçekten göğüs kabartacak bir zaferdir. Manş'lı Don Kişot'un sırtını yere getirmek değme babayiğitin kârı değildir.

Kahramanımız bu uzun nutku sabırsızlıkla dinliyordu. Bu bilinmez şövalyenin yalanını bir an evvel yüzüne vurmak için yanıp tutuşmakta idi. Nihayet bir fırsat yakalayarak:

— Hiç şüphe yok ki serserinin biri kendine Don Kişot adını vererek sizi alaya almış olacak? dedi.

— Benimle alay etmek mi? Biliniz ki, ben Don Kişot'u çok iyi tanıyorum; yüzünü gayet iyi gördüm. Uzun ve kuru bir adamdır. Kemikli bir yüzü, bir parça kamburca gaga gibi bir burnu; uzun, kara ve düşük bıyıkları vardır. Saçı başı karışıkçadır. Mahzun Yüzlü Şövalye adı altında dövüşür. Gerçekten de öyledir. Çünkü yüzünde neşeye benzer bir şey yoktur. Sihirbaz Frestón diye bir de düşmanı vardır ki bütün kitaplarını çalmıştır. Seyisinin adı Sanço Panza'dır. Güzel Kalsine'sine gelince..

— Sizi yakaladım Senyör Şövalye. Don Kişot'un sevgilisinin adı Kalsine değildir, Dulcinea del Toboso'dur.

— Söz aramızda, ha Kalsine olmuş ha Dulcinea, ikisi de bir kapıya çıkar aziz dostum.

— Pek o kadar ileri gitmeyelim sayın Şövalye.

— Ne düşünürseniz düşünün, bana vız gelir. Elimde en inatçı imansızları inandıracak bir kılıcım varken...

— Söyledikleriniz işime gelmiyor sayın Şövalye. Bu işte yine o sihirbaz Frestón'un bir yeni oyunu var mıdır, yok mudur bilmem. Fakat ben sizi, kılıç elde, söylediğiniz bütün şeylerin yalan olduğuna inandırıp iman ettirmeye hazırım. Don Kişot'u yendiğiniz doğru değildir; fakat Don Kişot'un sizi yeneceğine hiç şüpheniz olmasın Şövalyem.

— Siz kim oluyorsunuz da bu kadar emniyetle konuşuyorsunuz Şövalye?

— Ben adını söylediğiniz adamın ta kendisiyim. Bugüne kadar karşınıza çıkmış gezici şövalyelerin en kahramanı olan Don Kişot.

Öteki:

— Çok güzel, dedi, şu halde şuracıkta boy ölçüşürüz. Söylediğim sözlerden bir tekini geri almıyorum. Eğer bu işte sihirbaz parmağı var sanıyorsanız yandınız. Dün sizin sırtınızı yere getirmiştim. Bugün de bir kere daha öyle yaparım.

— Senyör...

— Dinleyin Senyör Don Kişot. Gece karanlığında ancak korkaklar ve ayak takımından insanlar dövüşür. İsterseniz sabahın açılmasını bekleyelim. O zaman hangimizin daha mert olduğu anlaşılır.

— Kabul ediyorum Senyör.

— Bu savaşın şartlarını şimdiden kararlaştıralım. Kimin sırtı yere gelirse silahlarını ötekine teslim etmeye razı olsun ve o ne emrederse harfi harfine yapacağına söz versin.

— O da kabul. Yenen ne emir verirse yenilen onu yapacak; elverir ki bu emirler şövalyelik kanununa uygun olsun.

İkisi de ayağa kalktılar ve seyislerinin yanına döndüler.

Sanço Panza uyuyor ve rüyasında belki yine sevgili adasını görüyordu. Savaş havadisini pek sevinçle karşıladığı söylenemez.

Don Kişot ona:

— Anlıyorsun ya dostum, diyordu, bu herifin bu yalan haberleri her yerde yayıp gezmesine nasıl göz yumardım?

— Ah Senyör Şövalye! Karşınızdakinin kim olduğunu biliyor musunuz hiç olmazsa?

Kahramanımız cevap verdi:

— Bilmiyorum. Adını söylemedi, çok karanlık olduğu için yüzünün çizgilerini de pek seçemedim doğrusu.

— Pek inanmayınız Senyör. Sakın bu yine o ahlaksız Friton'un bir dolabı olmasın.

— Düşmanımın adının Fritón değil, Frestón olduğunu sana kaç defa söyleyeceğim.

— Özür dilerim Senyör. Hepsi bir kapıya çıkar. Ne dediğimi anladınız ya. Yeter de artar bile.

— Sanço dostum; hiç yüreğini oynatma. Bu şövalye sihirbaz Frestón'un bir adamı ise daha iyi olur; çünkü hiçbir vicdan azabı duymadan onu yere sereceğim ve istese de istemese de kellesini uçuracağım.

Sabah olunca Don Kişot savaşa hazırlandı. Öteki şövalye tolgasını takmış ve kenarlarını o şekilde indirmişti ki, yüzünü görmek mümkün değildi. Kılığı kıyafeti pek yerindeydi. Zırhının üstüne oturttuğu görülmemiş bir şekildeki tolgasının dört bir yanında küçük küçük gümüş aynaların parladıkları görülüyordu. Tolganın tepesinde beyazlı, yeşilli kuş tüyleri sallanmaktaydı. Mızrağı bilek kalınlığında idi ve sağlam bir demir sapı vardı. Sanço bu şeylere kaygılı bir gözle bakıyor ve bu işin sonunun ne olacağını kestiremiyordu.

Don Kişot rakibine yaklaştı:

— Senyör Şövalye, yabancılarla dövüşmek mesleğimizin törelerine uymaz. Şövalye romanlarında hiç böyle bir şey okumadım. Bunun için bir dakika tolganızın siperini kaldırmanızı ve bana adınızı söylemenizi rica ederim.

Öteki neşe ile:

— Ne diye bu formalitelerle vakit kaybedeceğiz? dedi, biraz sonra sizi yenecek adamın yüzünü seyretmeye ve adının büyüklüğü üstünde derin düşüncelere dalmaya bol bol vakit bulacaksınız. Atlarımızı getirsinler; şu işi çabucak bitiriverelim.

Hemen atlara bindiler ve şövalye savaşlarında usulden olan mesafelere açıldılar. Yabancı şövalye bir uyuz dişi eşekten daha inatçı bir ata binmemiş olaydı, Don Kişot'un hali fena olacağa benzerdi. Adamcağız onu ileri sürmek için nafile yere karnını mahmuzladı; hayvan bir santimetre yürümedi ve dolu dizgin üzerine saldıran Don Kişot onu, yazdığımızdan daha kısa bir zamanda eyerinden düşürdü. Kahramanımız mızrağı ile öyle bir vuruş vurmuştu ki, Aynalı Şövalye sırtüstü yatmış ve toprağın üstünde hareketsiz kalmıştı.

Don Kişot bunu görünce hemen atından indi ve şövalyenin üstüne çöktü. Çabucak onun başındaki tolgayı çekip çıkardı, fakat düşmanının yüzünü görünce kendini geriye attı ve avaz avaz Sanço'yu çağırdı:

— Gel dostum gel; o Frestón alçağındaki sihir kuvvetini gözünle gör; melun büyücülerin kötülüğünü anla.

Köylü titreye titreye yaklaştı ve yerde baygın yatan adamı görür görmez dehşetle haykırmaya başladı.

— Aman Allah. Bu adam bizim köyün berberi Nicolás. Bu ne iş? Adamcağızı öldürdünüz Senyör!

Don Kişot:

— İnanma Sanço, dedi, Frestón'un bize yeni bir oyun oynadığını görmüyor musun? Geçen gün prenses Dulcinea'yi bir zavallı köy kızı şekline sokmuştu. Bugün de yabancı şövalyeyi bana berber dostum gibi göstererek düşmanımı elimden almak istiyor.

— Fakat Senyör!

— Onun kellesini kesmekten beni alıkoyan nedir anlamıyorum. Bunu yaparsam ahlaksız sihirbaz benimle eğlenmenin tehlikeli bir şey olduğunu anlayacaktır.

Sanço dehşetle bağırdı:

— Sakın ha yapmayın o işi Senyör Don Kişot. En iyi dostunuzu öldürecek misiniz? Bu gerçekten korkunç cinayet olur. Fakat Nicolas da bir türlü kendine gelemiyor. Ölmediğinden emin misiniz Senyör? Nerede onun seyisi?

Seyis maceranın sonunu beklememiş, efendisinin upuzun yattığını görünce, hemen gidip bir ağacın arkasına saklanmıştı.

Sanço içini çekerek:

— Allahım sen bilirsin, diyordu, dün akşam çalgı ile Casildea'nın şarkısını okurken berberimizin sesini tanır gibi olmuştum. Fakat rüya sandım. Zavallı berber Nicolas. Ya seyis!.. Onun da kim olduğunu anladım şimdi. Komşum Thomas.

Sanço bağırmaya başladı:

— Thomas, hey Thomas! Nerelere saklandın korkak. Korkma, sana bir şey yapmazlar.

Thomas korkudan sapır sapır titreyerek saklandığı yerden çıktı.

Tam o sırada berber Nicolas kendine geldi ve acınacak bir sesle inlemeye başladı. Don Kişot hemen kılıcını çekti ve biçarenin gırtlağına dayadı:

— Alçak namussuz, sen sihirbazların en ahlaksızının emri ile karşıma çıkmaya cesaret edersin ha! Bilesin ki senin kafanı kesmek benim elimdedir. Dulcinea del Toboso'nun Vandolia prensesi Casildea'dan bin kere daha güzel olduğunu şimdi itiraf etmezsen kendini ölmüş bil.

— Aman ne emrederseniz söyleyim. Her şeyi itiraf ediyorum Senyör Don Kişot. Rica ederim kılıcınızı çekin. Kemiklerim kırıldı.

— Seni haydut seni. Sevgili dostum Nicolas'ın kılığına girersin ha! Ölünceye kadar sevgilim Dulcinea'nın esiri olmayı kabul ediyor musun?

— Ediyorum Senyör Don Kişot. Siz ne isterseniz o olsun.

— Evvelsi gün yendiğin adamın Şövalye Don Kişot olmadığını da itiraf ediyor musun?

— Onu da itiraf ediyorum. Bırakın Allah aşkına ayağa kalkayım.

Don Kişot gösterdiği mürüvvete üzülüyormuş gibi içini çekerek:

— Hadi bakalım. Şimdilik canını bağışlıyorum, dedi. Sonra geriye dönerek Sanço'ya arkasından gelmesini işaret etti ve Saragosa yoluna atını sürdü.

Yirminci Bölüm

Kralın Aslanları

İki gün geçmiş ve Don Kişot yeni bir maceraya rastlayamamıştı. Kahramanımız çok mahzun görünüyor ve Sanço can sıkıntısından esneyerek arkasından gidiyordu.

Bir sabah kendi kendine Saragosa'ya doğru yol alan iyi çehreli bir atlı gördüler. Bindiği at bakla kırı güzel bir kısraktı. Adamın üzerinde yeşil çuhadan bir manto vardı. Hal ve tavrında az çok bir kibarlık yok değildi; fakat görünüşüne bakılırsa maceralara da pek gözü olmayan ve kendi halinde bir hayat yaşamaktan hoşlanan sade ve iyi bir insandı.

Don Kişot'u büyük bir nezaketle selamladı; şövalye de ona yol arkadaşlığı teklif etti. Kim olduklarını birbirlerine söylediler. Atlının adı Don Diego de Miranda idi. Kahramanımız ona rastladığına çok memnun oldu.

Öğleye kadar beraber gittiler ve birçok şeyler konuştular. Don Kişot maceralarını anlattı ve Miranda işittiği şeylere çok şaştı. Bu Miranda, hayali kuvvetli olmayan bir adam olmalıydı; çünkü bu zamanda İspanya yollarında gezici şövalyeler kalmış olmasını aklına sığdıramıyordu. Fakat yanındaki atın üstünde bunun gerçek ve canlı bir delilini görürken nasıl şüphe edebilirdi?

Sanço eşeğinin üstünde ara sıra uyuklamakta idi. O gün hava çok sıcaktı. Don Kişot başındaki tolgaya daha fazla dayanamadı. Başından çıkarıp Sanço'ya teslim etti ve bunu dikkatle muhafaza etmesini söyledi.

Sanço öğle zamanı ovada çobanlar gördü ve onlardan bir parça beyazpeynir satın alabileceğini düşündü. Eşeğini onlara doğru sürerken:

— Bulabilirsem çok iyi olacak, diyordu, içerim ateş gibi yanıyor, biraz serinlerim.

Çabucak çobanların yanına gitti ve birkaç parça peynir aldı. Tam o sırada efendisinin avaz avaz bağırdığını işitti:

— Allah belasını veresice seyisim, ne cehenneme gittin.

Sanço:

— Geliyorum Senyör geliyorum, diye cevap verdi ve hemen çobanlardan ayrıldı. Aldığı peynirleri ne yapacağını bilemeyerek eşeğin semerine takmış olduğu tolganın içine koydu ve efendisinin yanına o halde geldi.

Don Kişot:

— Çabuk tolgamı ver, dedi, macera var. Savaşa hazırlanmalıyım.

— Macera mı Senyör, fakat tolganız...

Şövalye sert bir sesle:

— Çok konuştun, dedi, sen ne biçim seyissin. Macera insanı beklemez. Karşımıza çıktığı gibi çullanmalıyız üstüne. Çabuk tolgamı ver... Laf istemem.

Sanço çaresiz tolgayı şövalyeye verdi. Ne olacaktı bu işin sonu?

Don Kişot, Sanço'nun elinden tolgayı çekip aldı, içinde ne bulunduğuna bakmadan kafasına geçirdi ve biraz uzakta kendisini bekleyen Miranda'nın yanına döndü.

Sanço içini çekerek:

— Allah vere bu seferki maceranın sonu iyi gelse. Yoksa dehşetli bir dayak yediğimin resmidir, diyordu.

Karşıdan bir kocaman yük arabası geliyor ve üzerinde parlak renkli bayraklar dalgalanıyordu.

Don Kişot Miranda'nın yanına giderek:

— Sayın Senyör, dedi, talihiniz varmış. Gezici şövalyeliğin ne değerli ve faydalı bir şey olduğunu size parlak bir misal ile göstereceğim. Değil mi ki, buna pek gönlünüz inanmıyor; şu ayağıma gelen maceradan daha güzel bir fırsat olamaz. Bakın neler göreceksiniz şimdi.

Miranda sükûnetle:

— Macerayı nerede gördüğünüzü anlayamıyorum, dedi, karşımızda bir yük arabası var ki, belki de kralın altınlarını götürüyor.

Kahramanımız:

— Yanılıyorsunuz, dedi, şimdi anlayacaksınız ki...

Sözünün arkasını getiremeyerek birdenbire durdu. Sanço'nun tolgaya koyduğu taze peynirler sıcaktan erimeye ve sütleri Don Kişot'un ensesine ve yüzüne akmaya başlamıştı.

Şövalye:

— Ne oluyoruz, dedi, acaba beynim mi sulanıp akıyor? Ben şimdiye kadar hiç böyle terlemedim. Korku yahut sıkıntıdan terliyorum sanan olursa Allah belasını versin. Bu hal, burada korkunç bir facia geçeceğine alamettir. Sanço dostum, bir şey ver de yüzümü gözümü sileyim.

Seyis hemencecik efendisinin emrini yerine getirdi ve Don Kişot tolgasını çıkardı. İçindekileri görünce:

— Vay hain, namussuz herif vay... Tolgama peynir doldurmuş, diye bağırmaya başladı.

Sanço iri iri gözlerini açarak inkâr etti:

— Peynir mi? Aman Senyör Şövalye nasıl olur? Bu peynirleri ben kodumsa iki elim kökünden kopsun. Onlar ya kendi kendilerine geldi, yahut da işe şeytan parmağı karıştı. Evet şeytan, yahut da düşmanlarınızdan bir sihirbaz. Belki Frestón...

Don Kişot bu meselenin üzerinde çok durmadı. Zaten buna vakti de yoktu. Bayraklı araba süratle yaklaşmakta idi. Şövalye bir parça homurdanmakla yetinerek tolgasını giydi, mızrağını eline aldı ve üzengileri üstünde kalkınarak yolun ortasında dimdik durdu.

Don Diego de Miranda şaşırıp kalmıştı. Adamcağız herhalde pek fazla cesur değildi. Don Kişot'un kral hazinesini soymaya kalkması fikri biçareyi telaşlandırıyordu. Sakın suçu günahı olmadığı halde başı bir derde girip rezil olmasın!

Miranda, Sanço'ya:

— Efendin ne yapmak istiyor? dedi.

Köylü:

— Ben de sizden fazla bir şey bilmiyorum Senyör, diye cevap verdi, bizim elimizden gelecek biricik şey Frestón'un ona yeni bir oyun oynamamasına dua etmektir.

Don Kişot tolgasının siperlerini indirdikten sonra iki arabacıyı sorguya çekmeye başlamıştı:

— Nereden gelip nereye gidiyorsunuz? Kimsiniz? Bu araba nedir? İçinde ne var? Rüzgârla dalgalanan bu bayrakların manası nedir?

Adamlardan biri arabayı çeken katırları durdurarak cevap verdi:

— Soluk almadan kaç türlü şey sordunuz Senyör?

— Çabuk cevap ver sefil. Hakikatten başka bir şey söyleyecek olursan vay geldi başına.

Adam karşısındakinin kılık kıyafetinden ürkerek cevap verdi:

— Onun için hiç tasa çekme Senyör, söylerim. Bu araba benimdir, içinde iki kocaman demir kafes, o kafeslerin içinde de Oran valisinin Majeste Kral'a gönderdiği iki Afrika aslanı vardır. Bayraklara gelince onların üzerinde kralın arması vardır; manası da aslanların majeste kralın malı olduğudur.

Don Kişot hayretle:

— İki aslan ha! dedi.

— Evet mösyö, İspanya'da görülmemiş büyüklükte iki aslan. Birinci kafesteki erkek aslan, ikincideki onun dişisidir. Bugün yiyecek yemediler; yanımdaki arkadaş onlara bakmakla vazifelidir, çok aç olduklarını söylüyor. Şimdi artık bırakın da yolumuza gidelim. Vaktinde yerimize varmalıyız.

Sanço konuşulan şeyleri işitmişti; efendisinin bu iş üzerine daha fazla düşmeden arabayı bırakması için dualar ediyordu. Miranda tıpkı onun gibi düşünmekteydi; fakat Don Kişot alaya başladı:

— Aslanlar ha! Frestón alçağı benimle uğraşmak için bula bula onları mı buldu? Bana iki küçük Afrika aslanı gönderiyor öyle mi? Görelim bakalım şunları. Sanırım ki bu aslanlar ahlaksız büyücünün para ile tutulmuş iki adamıdır.

Arabacı:

— Mösyö, söylediklerinizden hiçbir şey anlamıyorum, dedi.

— İn şöyle bakalım oturduğun yerden. Hemen kafesleri aç. Sihirbazlara benimle alay etmenin ne demek olduğunu anlatayım.

"Kafesleri aç" emrini işitince tüyleri diken diken olan arabacı:

— Aman Senyör, ne söylüyorsunuz? diye bağırdı.

Miranda, Don Kişot'a yaklaşarak:

— Sayın Şövalyem, dedi, bu aslanlar sizi diri diri yerler. Size şunu hatırlatmama müsaade edin ki gerçek cesaret her zaman ihtiyat ile el ele yürür. Bir kahraman kendini

G.Doré
H.PISAN

göz göre göre ateşe atmaz. Bu aslanlar sizinle dövüşmek için denizi geçmediler, inanın bana. Bırakın da rahat rahat yollarına devam etsinler.

Don Kişot cevap verdi:

— Sayın dostum, herkes ne yapacağını kendi bilir. Bana anlattığınıza göre siz ancak kitapları ve balık avını seviyorsunuz. Siz hemen bol bol alabalık avlamaya bakın. Ben şövalyeliğin ne olduğunu bilirim; sonra da bu aslanların burada bulunmalarının ne manaya geldiğini herkesten iyi anlarım. Bunlar bana saldırır mı saldırmaz mı, ona ancak benim aklım erer: Bakalım şimdi görürüz.

Tekrar arabacıya dönerek korkunç bir sesle emretti.

— Hadi bakalım, çabuk şu kafesleri aç. Yoksa bir mızrakta seni arabanın tahtasına çivilerim.

Bu sözler iki adamı dehşet içinde bıraktı. Arabacı oturduğu yerden atladı ve Don Kişot'un dizlerine kapandı:

— Ayaklarınızı öpeyim Senyör; ne yapacağınızı iyi düşünün.

— Aç kafesleri diyorum serseri herif; seni tavuk gibi şişe geçiririm alimallah!

— Hiç olmazsa katırlarımı kaçırmama izin verin Senyör. Zavallı hayvanlar size hiçbir şey yapmadılar. Bir dakika müsaade edin de koşumlarını çıkarayım ve onlarla beraber kaçayım.

Don Kişot:

— Amma da tabansız herifmişsin, dedi, çıkar bakalım şu koşumları da istediğin yere cehennem ol. Fakat kafesleri çabuk aç; bu aslan taslakları ile dövüşmek için sabırsızlıktan yanıyorum.

Adam Miranda ile Sanço'ya:

— Efendiler, dedi, bana bu uğursuz kafesleri zorla açtırdıklarına sizi şahit tutuyorum. Bu canavarların yapacakları fenalık için hiçbir mesuliyet kabul etmem. Bütün suç şu kim olduğunu bilmediğim efendinindir. Sizlere gelince, bir ayak evvel başınızın çaresine bakmanızı tavsiye ederim.

Aslanların bakıcısı da şunları ilave etti:

— Doğrudur. Hepiniz kaçmaya bakın. Kafesleri ben açacağım. Ne olsa bu hayvanlar bana alışıktırlar.

Miranda bir kere daha Don Kişot'u bu işten vazgeçirmeye çalıştı; Sanço ağlaya ağlaya onun dizlerine kapandı:

— Sayın Şövalye, ayaklarınızı öpeyim, bir arada geçirmekte olduğumuz hayatı gözünüzün önüne getirin. Bu tatlı hayattan bıkıp usandınız mı? dedi.

Şövalye:

— Sanço dostum, sen çekil aradan, dedi, bu macerada ölecek olursam son düşüncemi prenses Dulcinea'ma söylemeye gidersin. Dersin ki ben onun uğruna Frestón'la savaşmaya uğraştım.

Sonra tekrar arabacıya dönerek ilave etti:

— Hadi bakalım, şu işi bitirelim. Kafesleri aç.

Arabacı katırların koşumlarını çıkarmıştı. Miranda ile Sanço'ya bir işaret verdi. Üç adam tarlaların içinde bir koşu kopardılar ve ancak küçük bir tepenin üstüne çıktıktan sonra durdular. Yol üzerinde kopacak kıyameti oradan kolayca seyredebilirlerdi. Sanço acı acı inliyordu:

— Ah ne olduysa bana oldu. Her şey benim başımın altından çıktı. Efendimi gezici şövalye hayatına ben kışkırttım. Bir adaya sahip olayım diyordum. Al bakalım da hayrını gör şimdi adanın. Don Kişot kendini aslanlara yedirecek. Bir lokmada işi tamamdır. Beni de belki çerez gibi mideye indirirler. Yahut da belki tek başıma köye dönerim.

Miranda köylüyü teselli etmeye uğraşıyor, fakat emekleri boşa gidiyordu. Çaresiz olduğu yerden bu korkunç savaşı seyretmeye katlandı.

Kahramanımız atından inmişti. Arabanın üstüne tünemiş olan bakıcı kapıyı açtığı ve birinci aslan koskocaman vücudu ile göründüğü zaman Don Kişot elinde kılıcı, göğsünde kalkanı ile kafesin bir metre uzağında durmuştu.

Şövalye uzun bir zaman, hiçbir söz söylemeden hayvanı seyretti. Canavar geri döndü, ağır ağır azalarını kımıldattı, gerindi ve kocaman ağzını açarak uzun uzun esnedi. Sonra dilini çıkararak burnunu yalayıp temizledi, yerinden kalktı; kocaman başını kafesin dışına uzatarak sakin bir tavırla etrafına baktı.

Don Kişot onu gözden ayırmamakta idi. Savaşa başlamak için can atıyor ve hayvana ilk bir kılıç darbesi indirmeye hazırlanıyordu. Fakat aslan dört bir tarafı seyrettikten sonra geriye dönerek kafesin dip köşesine yattı.

Kahramanımız:

— Ne oluyor? dedi.

Arabanın üstüne yatmış olan bakıcı:

— Vallahi ben de anlamadım Senyör, dedi.

Don Kişot:

— Hadi bakalım dostum, şuna birkaç sopa vur da bir parça kızdır, dedi.

O:

— Allah esirgesin Senyör Şövalye, dedi, ben kanıma susamadım. Aklımı da kaçırmış değilim. Şikâyet edecek ne var ortada? Kafesin kapısı açıldı; aslanın keyfi isterse çıkar. Siz onu bekliyorsunuz. O savaşı kabul etmiyor. Demek ki korkuyor sizden. Koskoca canavar sizden kaçıyor. Daha ötesi var mı? Demek ki onu yendiniz.

Don Kişot sevinçle:

— Doğrudur, dedi, değil mi ki benimle boy ölçüşmeye razı olmuyor; demek ki onu yendim. Kapa bari kafesin kapısını ne yapalım. Sen de gözünle gördüğün şeyler için bir tutanak yazıp imza et. Kapıyı açtığını, benim aslana meydan okuduğumu, onun ise benden korkmuş olduğunu yazıp imza edeceksin. Mesele bundan ibaret.

Bu işten bu kadar ucuz kurtulduğuna memnun olan bekçi:

— Ne isterseniz imza ederim Senyör Şövalye, dedi.

Miranda, Sanço ve arabacı bütün bunları uzaktan seyrediyorlar, fakat ne olup bittiğini anlayamıyorlardı. Aslanın başını kafesten çıkardığını, sonra tekrar içeri çektiğini görmüşlerdi.

Seyis hayretle:

— Sanırım ki efendim aslanı yendi, diye söylendi.

Miranda:

— Hakkınız var, dedi, bakın bize işaret ediyorlar gelin diye. Akla sığmayacak şey!

Üç adam şövalyenin yanına dönmekte acele ettiler. O gururundan kabararak kılıcına dayanmıştı. Arabacıya:

— Katırları tekrar koşabilirsin, dedi. Aslanın benden korktu. Zahmetin için sana iki altın ekü vereceğim.

Ne yapacağını şaşıran arabacı:

— Aman Allahım, dedi, ne oldu? Aslanlar ne halde?

Don Kişot:

— İkisi de sağ salim kafeslerinde oturuyorlar, dedi.

Aslanların bakıcısı gördüğü şeyleri acele acele anlattı:

— Yemin ederim ki bu Senyör Şövalye'den daha cesaretli adam görmedim ömrümde, dedi, bir görseydiniz ne yaptığını.. Vay... vay... vay!

Don Kişot:

— Hakikati bu kadar iyi anlatan bu adama da iki ekü ver Sanço, dedi.

Sanço taşıdığı torbadan dört ekü çıkararak adamlara verdi. Bununla beraber kahramanımız ayrılmadan evvel onlara birkaç kelime daha söyledi:

— Dostlarım, size çok rica ederim, bu vakayı Majeste Krala anlatın. Kral bu büyük işi yapmaya cesaret eden adamın kim olduğunu sorarsa "Aslanlar Şövalyesi" deyin; çünkü bundan sonra bu adı almaya karar verdim.

İki adam kahramanımızın emrini yerine getireceklerine söz verdikten sonra Don Kişot ile Miranda'dan izin aldılar ve yollarına gittiler.

Miranda bu şövalye için ne düşüneceğini bilememekteydi. Zaman zaman gözü açık bir rüya gördüğünden şüphe ediyordu. Biraz sonra yolları ayrıldığı için gezici şövalyenin şan ve şerefini her gittiği yerde söyleyip yayacağını kahramanımıza vaat etti ve aslan arabacıları gibi o da kendi yoluna gitti.

Yirmi Birinci Bölüm

Don Kişot Köy Düğününde

Birkaç gün sonra Don Kişot ile seyisi, uçsuz bucaksız ovalar içinde yollarına devam ediyorlar ve can sıkıntısından bunalıyorlardı.

Şövalye kralın aslanlarını yeneli beri hiçbir macera ile karşılaşmamışlardı. Kahramanımız sihirbaz Frestón'un, sırf kendisini kudurtmak için vakaya benzer ne varsa yolunun üstünden uzaklaştırdığına inanacak gibi oluyordu.

Söylemeye hacet yoktur ki Sanço Panza, durmadan adasını düşünüyor ve ne zaman onun sahip ve efendisi olacağını kendi kendine soruyordu. Köydeki hayatı gözünde tütmeye başlamıştı. Üç günden beri kahramanlarımızın kursağına doğru dürüst bir şey gitmiyor ve seyisin midesine iğneler batıyordu. Adamcağız kendini eşeğinin gidişine bırakarak derin derin göğüs geçiriyor ve söyleniyordu:

— Ah bir testi şarap bulsak ne hoş olurdu. Bir domuz yağı dilimi yahut sarımsaklı bir sucuk parçası ne büyük bir nimet olurdu bizim için.

Sanço, talih denen kudretin bu istekleri çok fazlası ile ayaklarına getirmeye hazırlandığını nereden bilirdi? Akşama doğru kahramanlarımız karşıdan dört adamın gelmekte olduğunu gördüler. Bunların ikisi köylü idi. Ötekiler daha ziyade mektep çocuklarına benziyorlardı. Dördü de pazarlık elbiselerini giymişler ve eşeklere binmişlerdi. Mekteplilerden birinde iki talim meçi, öbüründe bir kitara vardı.

Don Kişot ile seyisin yanına vardıkları zaman dördü de iri iri gözlerini açtılar. Ömürlerinde ilk defa bir gezici şövalye görüyor olmalıydılar. Onun için derin bir hayranlığa kapıldılar ve Sanço'dan efendisinin adını, sanını sordular. Sanço azametli bir tavırla:

— O benim tanıdığım insanların en cesur ve en kahramanıdır, dedi, zenaati gezici şövalyeliktir; sırtını yere getiremeyeceği bir tek düşmanı yoktur.

Don Kişot kendisini konuştuklarını anlayarak söze karışmayı doğru buldu:

— Ben uzun zaman Mahzun Yüzlü Şövalye adını taşımış ve memleketinizde görülen aslanların en korkunçları ile bir savaş yaptıktan sonra bu adı değiştirmiş olan Don Kişot de la Mancha'yım. Bundan sonra beni Aslanlar Şövalyesi diye çağırmalarını istiyorum.

Dört yolcunun hayretleri gitgide artmakta idi. Köylüler kendilerine pek yeni gelen bu konuşma tarzının az çok tesiri altında kaldılar, fakat mektepliler kahkahalarını zor tuttular; çünkü kahramanımızın pek aklı başında bir insan olmadığını hemencecik anlamışlardı.

Mekteplilerden biri ciddi bir tavırla:

— Senyör Şövalye, dedi, sizin zenaatiniz macera peşinde koşmak olduğuna göre bizimle beraber gelmenizden daha münasip bir şey olmayacağını sanıyorum.

Don Kişot sordu:

— Peki siz nereye gidiyorsunuz?

— Senyör, biz bu eyalette şimdiye kadar eşi menendi görülmemiş denecek kadar parlak ve ihtişamlı bir düğüne gidiyoruz.

— Söylediğinize göre bu bir baron, dük yahut prensin düğünü olacak!

— Hayır Monsenyör, bu düğün memleketin en zengin çiftçisinin düğünüdür. İspanya'nın en güzel kızı olduğuna şüphe bulunmayan bir köy kızı ile evleniyor. Kızın adı Quiteria, erkeğinki Camaco'dur.

Bu köy kızına İspanya'nın en güzel kızı denmesi Don Kişot'un midesini bulandırır gibi oldu; fakat ne de olsa bu mektepli cahil bir çocuktu: günün birinde Dulcinea del

Toboso'yu görürse aklı başına gelir ve söylediğine pişman olurdu.

— Bu düğün nerede oluyor dostum? diye sordu.

Mektepli cevap verdi:

— Şuradaki köyde. Camacho çok mükemmel hazırlıklar yaptı. Eğlenceler damadın büyük bir çayırlığında yapılacak. Emsalsiz bir düğün göreceğiz. Türlü türlü danslar olacak, oyunlar çıkarılacak, cambazlıklar yapılacak. Uzaktan, yakından akın akın çalgıcılar geldi. Bu düğün gerçekten görülmeye değer. Onun için sizin de bizimle beraber gelmenizi çok isterdim.

Sanço içini çekerek sordu:

— Yiyecek içecek vardır elbette!..

Mektepli ona gülerek baktı:

— Olmaz olur mu? Herkes yiyebildiği kadar yiyecek. Camacho'nun eli açıktır; dünyanın en obur adamları onun sofrasında yiyip içmekten sırtüstü yatıp kalırlar.

Bu sefer ikinci mektepli söze karıştı:

— Basilio bir tatsızlık çıkarmazsa her şey yolunda gidecek.

Don Kişot:

— Bu Basilio da kim oluyor? diye sordu.

— Ah Senyör Şövalye, bu uzun bir hikâyedir.

— Bana onu lütfen anlatır mısınız dostum?

— Pekâlâ Senyör; Basilio bir çobandır. Çok sevdiğimiz bir çocuktur; çünkü gayet cana yakındır. Güzel Quiteria'nın evine yakın bir evde oturur. Çocukken arkadaşlık etmişlerdir. Onların sıksık birbirleriyle oynadıkları görülürdü. Bir parça büyüdükleri zaman bu dostluk değişmiş ve dünyanın en büyük aşkı şekline girmiştir. Herkes Basilio ile Quiteria'nın ergeç evleneceklerini umuyordu. Fakat kızın babası ile Gamacho buna engel oldular.

Görüyor musunuz Senyör Şövalye; Basilio'nun memleketin en kanı sıcak çocuğu olması iki para etmedi; çünkü fakir olmamak elinde değil; kırlarda güttüğü birkaç koyundan başka elinde avucunda hiçbir şey yok. Bunun için Quiteria'nın babası onun lafını bile ettirmedi; zengin Camacho'ı damatlığa kabul etti; böyle olunca da kıza boynunu büküp "peki" demekten başka yapılacak iş kalmadı.

Basilio'yu da düğüne davet ettiler tabii. Şimdi uygunsuz bir şeyler çıkmasından korkuyorlar; çünkü zavallı çocuğun gözleri adamakıllı kararmıştır. Yarın sevdiğini büsbütün kaybettiğini görünce canına kıymasından korkulur.

Sanço:

— Bu kadarcık bir şey için ölmeye kalkmak akıllı adam işi değildir, dedi.

Don Kişot ilave etti:

— Böyle bir şey olursa çok canım sıkılır. Sonra seyisine döndü:

— Sanço bu macera bana merak veriyor. Bu efendilerle beraber güzel Quiteria'nın düğününe gidersek fena olmayacak. Ne dersin?

Sanço:

— Ben de sizin fikrinizdeyim Senyör, dedi, çünkü böyle bir ziyafet pek kolay çiğnenip geçilmez.

— Ah Sanço! Sen karnından başka bir şey düşünmez misin?

— Karın yabana atılacak şey değildir; hele dolu olursa.

— Ben kendi hesabıma bu zavallı Basilio'ya bir muhabbet duyuyorum. Başına bir şey gelirse çok üzüleceğim. Beni bu düğüne götüren biricik sebep budur.

İki mektepli bu karara memnun oldular, çünkü yeni dostlarının düğüncüler üzerinde hoş bir tesir yapacağını ve Don Kişot'un deliliklerine tatlı tatlı gülüneceğini umuyorlardı.

Yolcular köye bu düşüncelerle vardılar. Ortalık kararmıştı; fakat düğün yeri hep bir arada yanan binlerce meşalenin aydınlığı ile gündüz gibi idi. Her tarafta flüt, zurna, davul ve kastanyet sesinden başka bir şey işitilmiyordu. Herkes neşe içindeydi ve ertesi gün yapılacak düğün eğlencelerine sevinçle hazırlanıyordu.

Gökyüzünün güneşi henüz doğmamıştı ki, Mancha eyaleti güneşi, Aslanlar Şövalyesi eşsiz Senyör Don Kişot dimdik ayaktaydı. İlk işi seyisini çağırmak oldu, fakat cevap alamadı. Sanço'nun uyumakta olduğunu görünce içini çekti ve mırıldandı:

— Dünyada bu Sanço Panza'dan daha mesut adam var mıdır? Ruhu üzerinde en küçük bir kaygı ve tasa yükü yok. Düşüncesi sevgili eşeğinden başka bir şey değildir; onun da bundan memnun olup olmadığını ancak Tanrı bilir. Ah bu adamcağızın yüreğinde ne mesut bir sadelik var. Nankör bir güzelin kulu, kölesi olmadığı için ne kadar mesut olduğunu acaba biliyor mu? Karısı ona aşk ıstırabı çektirmiyor. Onun için bütün geceler birbirlerinden kıl kadar farksızdırlar. Akşamdan sabaha kadar en küçük bir hareket yapmadan uyuyor.

— Hey Sanço dostum, uyan artık. Seni ne saadetler, ne zevkler beklediğini hiç aklına getirmiyor musun?

Köylü yine de uyanmadığı için Don Kişot onu mızrağının ucu ile birkaç kere dürtüklemeye mecbur oldu. En sonra Sanço'nun gözleri açıldı:

— Aman Senyör ne yapıyorsunuz, kebap şişine beni mi geçiriyorsunuz? Rica ederim bana kıymayın ahçıbaşı. Kızartılacak süt danası ben değilim. Yanlış kapı çaldınız. Ben Aslanlar Şövalyesi'nin kahraman seyisi Sanço Panza'yım.

Don Kişot:

— Aklını başına al Sanço, dedi, ben Camacho'nun kebapçı başısı değilim. Köye dönmemizin tam zamanıdır.

Köylü yerinden kalkarak:

— Sözünüze inanıyorum Senyör, dedi. Çabuk olalım. Havada öyle güzel kokular dalgalanıyor ki... Ahçıların bize ne hazırladıklarını görmeye gitmekte gecikiyoruz.

— Evet çabuk olalım; hem de mahzun Basilio'i görmek, ölümünün şahidi olmak için acele etmeliyim.

— O daha ölmedi Senyör Şövalye.

— Sen bu işlerden ne anlarsın Sanço dostum. Bu Basilio belki benim cinsimden bir adamdır. Güzel Quiteria için aşkından yanıp kül oluyor. Belki yakında ben de onun akıbetine uğrayacağım.

— Senyör Şövalye, etrafımız sevinç ve saadetle dolup taşarken siz neden bu kadar mahzun olursunuz! Her taraftan yükselen flüt, kitara ve zurna seslerini işitmiyor musunuz? Delinin biri değilse Basilio bile belki Quiteria'sının evlenmesine sevinecek; çünkü bu koskoca meydanda hangi babayiğit bu kalabalığa böyle bir düğün ziyafeti verebilecekti? İnanın bana Senyör, kız böyle zengin bir kocaya varmakla budalalık etmiyor.

— Sus Sanço. Senin bu şeylere aklın ermez.

Kahramanlarımız böylece konuşarak küçük ormandan çıktılar ve köye girdiler. Onların gelişleri epeyce merak uyandırdı. Herkes dönüp dönüp bakıyor ve bu adamların burada ne aramaya geldiklerini birbirine soruyordu.

Biri:

— At çok sıska, diyordu.

Bir başkası:

— Evet ama atın sahibini gördünüz mü? diye gülüyordu.

— Nereden geliyorlar dersiniz?

— Kim davet etmiş acaba?

Şövalye ağır ve vakur bir tavırla ilerliyor, kadınları büyük bir nezaketle selamlıyordu. Çok yer kapladığını söyleyerek atından inmesini rica ettikleri halde razı olmadı.

Öte yanda Sanço Panza da çayırlar arasında geziyor, cambazlar ve çalgıcıların kurmuş oldukları kerevetlerin etrafında dolaşıyor, üzerlerine tabaklar ve kadehler dizilmiş masalar arasından geçerek mutfaklar tarafını arıyordu.

En sonra havadaki güzel kokuların kılavuzluğu ile onları bulmaya muvaffak oldu ve doya doya seyretti. Bir karaağaç sırığına geçirilmiş bir bütün öküz büyük bir ateş üzerinde döne döne kızarıyordu. Onun yakınında fıçı büyüklüğünde altı kazan içinde çorba kaynamakta idi. Bir masa üzerinde yığın yığın kümes hayvanları ve av kuşları bu kazanlar içine atılmayı bekliyorlardı. Bu masada tavuklar, yaban ördekleri, birkaç kaz ve bir kral sofrasını süslemeye layık iki tavus kuşu görülüyordu. Daha ileride bir beyaz ekmek dağı, bir peynir tekerlekleri yığını ile omuz öpüşmekte idi. Bir köşede kızartmalar için iki kazan zeytinyağı, altmış şarap fıçısı duruyordu. Başlarına uzun beyaz takkeler geçirmiş otuz kadar ahçı kocaman ocaklar, sayısız tabaklar ve kazanlar arasında durmadan çalışıyorlardı.

Bu hazırlıklar Sanço'yu adeta kendinden geçirmişti. Hayran hayran etrafına bakıyor, gülümsüyor, ara sıra ağzı sulanarak dilini dudakları üzerinden geçiriyordu. Kendi kendine:

— Meydan açık, kim isterse bizimle savaşa gelsin buyursun. Altı aylık bir muhasaraya dayanacak haldeyiz.

Sanço korkunç bir iştahla, yalana yalana, kazanların etrafında dolaşmakta idi. Ah şu kazanda kaynayan çorbaya el çabukluğu ile bir somun parçası daldırabilse! Bu arzuya karşı koyamayarak alıcılardan birine yanaştı ve derdini anlattı. Adam hayret etti:

— Ne söylüyorsun sen! Çorbaya somununu daldırmak mı? Amma da küçük gönüllü adamsın sen dostum. Senin gibi dişlerine ve midesine güvenen babayiğitler için değil de kimler için çalışıp çabalıyoruz biz. Ver şu tasını Allahı seversen. Görüyorum ki bu gövde ve karın ile sen bizlerdensin. Çorbalarımıza, kebaplarımıza şeref verirsin. Herkes şu demir parçalarına sarınıp bürünmüş, şu kuru ve uzun yalı kazığına benzese biz ahçıların her gün yüzümüz güler mi?

Sanço Panza ahçının gösterdiği adamın kendi efendisi olduğunu söylemeye cesaret edemedi ve büyücek bir tas uzattı. Ahçı bir kepçe yakaladı ve Sanço'ya çorba ile beraber bir bütün tavuk verdi.

— Haydi bakalım evlat şu kuşu mideye göçür de bir parça iştahın açılsın.

Don Kişot mutfaklara hiç aldırış etmemekte idi. Atı ile çayırın içinde dolaşıyor, etrafında konuşulan şeylere kulak kabartıyordu. Herkes zengin Camacho ile güzel Quiteria'nın lafını etmekte idi. Düğüncüler gelini hemen hemen Venüs mertebesine çıkarmakta idiler. Don Kişot kendi kendine homurdanıyordu:

— Bu herifler ham halat köylüler, hayvan gibi mahluklar: Bu memleketin bir kızı bu kadar övülmeye değer mi? Bu aptallar Dulcinea'yi tanımıyorlar.

Kahramanımız kalabalığa şöyle bağırmak istiyordu:

— Siz hepiniz kara cahillersiniz. Benim Prenses Dulcinea'm yanında bu Quiteria şebek gibi kalır.

Her tarafta çalgılar çalıyor, köylüler oynuyordu. Fakat kalabalık birdenbire birbirine karıştı.

Quiteria dostları ve zengin nişanlısı Camacho ile beraber çayıra giriyordu. Sanço onu gördü ve şaşkınlığından elindeki tası yere bıraktı:

— Aman Allah! Bu kız bir prenses, diyordu, ben ömrümde bundan güzel elbise, bundan tatlı bir yüz, bundan nazik eller, bundan ince altın saçlar görmedim. Eğer takma değilse bu saçlar yeni doğan güneşin ışıklarına taş çıkarır. Bize söylenen şeylere hak veriyorum; böyle güzel bir kızı elinden kaptırdığı için o Basilio fukarasına çok acırım. Bu kızın köylü olduğuna bin şahit ister. Ne üstüne olursa olsun bahse girerim ki, bizim prenses Dulcinea ondan daha güzel değildir.

Bereket versin ki efendisi bu söylenenleri işitemeyecek kadar uzaktaydı. Fakat onun da itiraf etmesi lazım gelirdi ki, prenses Dulcinea'dan sonra bu Quiteria, İspanya'nın en güzel kızı idi. Yalnız Don Kişot onun çehresini iyi görmüyordu. Rengi sapsarı idi, gülümseyişinde bir zorakilik vardı. Fakat bu belki de günün yorgunluklarından ileri geliyordu.

Camacho, Quiteria'nın arkasında yürüyordu. Ufak tefek şişman ve bodur bir adamdı. Çok mükemmel giyinmişti, fakat ilk görüşte Don Kişot'un ona kanı kaynamadı. Camacho bir zafer edası ile etrafına bakıyor ve dostlarına bol bol selamlar dağıtıyordu. Köyün papazı, gelin güveyin soy soplarıyla beraber onların arkasından yürüyordu.

Alay böylece çayırın öte ucuna kurulmuş yüksek bir kerevete doğru ilerledi; fakat tam oraya varacağı sırada kalabalığın arasından bir adam çıktı ve bağırmaya başladı:

— Bir dakika, rica ederim. O kadar acele etmeyin. Nikâhınız kıyılmadan evvel bana bir dakikanızı bağışlayın.

Don Kişot bu adamın; Quiteria'nın âşık çobanı mahzun Basilio olduğunu anlamıştı.

Biçare delikanlı, kırmızı kadifeden uzun şeritlerle süslenmiş bir siyah ceket giymişti. Başında servi yapraklarından bir çelenk vardı. Ellerini ucu demirli bir sopa üzerinde kenetlemişti. Alayın önünde durdu ve eski nişanlısına uzun uzun baktı.

Camacho sabırsızlanarak:

— Bizden ne istiyorsun Basilio? dedi. Bir diyeceğin varsa çabuk ol. Yoksa bırak geçelim.

Çoban rakibine bakmadı. Gözleri kıza dikili idi. Boğuk bir sesle söylemeye başladı.

— Zalim kız... Bana verdiğin sözü ne çabuk unuttun. Bana varmaktan neye vazgeçtin? Benden başka kimseye varmamaya söz vermemiş mi idin? Benden yüz çevirmenin sebebi nedir? Beni vefasız mı gördün? Aramızdaki muhabbete karşı en küçük kusurumu yüzüme vurabilir misin? Camacho'nun zenginliği mi gözlerini kamaştırdı senin? Öyleyse mübarek olsun sana o zenginlik. Ben sağ oldukça kimseye varmamak için etmiş olduğun yeminden seni kurtaracağım. Sizin hepinizi kendi nafile varlığımdan kurtaracağım. Zengin Camacho ile güzel Quiteria sağ olsunlar. Paraları onlara layık oldukları saadeti versin. Biricik suçu fakirlik olan yüreği yanık Basilio toprağa girsin.

Çoban bunları söyler söylemez cebinden bir hançer çıkardı ve büyük bir şiddetle kalbine sapladı. Bunun üzerine hemen olduğu yere yıkıldı ve sol böğrü üzerine uzanıp kaldı. Yarasından oluk gibi kan akıyordu.

Vaka o kadar çabuk olup bitmişti ki, hiç kimse bu korkunç felaketi önlemeye vakit bulamamıştı. Halkın şaşkınlıktan sesi soluğu kesilmişti. Kötü bir şey olabileceğini tahmin etmişlerdi ama, biçarenin ümitsizlikten kendi canına kıyacağını akıllarına getirmemişlerdi.

Dostları haykırışarak Basilio'nun üzerine koştular. Don Kişot merhametinden başka bir şeye kulak asmayarak atından atladı, çobanın yanına koştu ve onu kollarına alıp kaldırdı. Dostları Basilio'nun hâlâ nefes almakta bulunduğunu görerek hançeri çıkarmak istiyorlardı; fakat bunu yaptırmadı:

— Hançeri çektiniz mi hemen ölür; çünkü kanı durduracak bir şey kalmaz. Bari ölmeden günah çıkarsın, dedi.

Basilio o esnada kendine gelir gibi oldu ve derin bir nefes aldıktan sonra sözlerine devam etti:

— Ah zalim Quiteria, vefasız güzel! Bana edeceğini ettin mi? Hâlâ imdadıma gelmeyecek misin? Beni teselli etmeyecek misin? Ümitsizlik içinde ölmeme yüreğin dayanacak mı? Bu kadar zalim olmasaydın son nefesimde beni kocalığa kabul etmeni isterdim... Hiç olmazsa bir parça rahat ölürdüm; belki suç ve günahlarımı da affettirirdim. Fakat senden ne ümit edebilirim?

Papaz:

— Boş dünya emelleri için yüreğini tüketme evladım, işlemiş olduğun günahlar için pişmanlık getir. Ahireti düşün. Tanrı'yı düşün. Tanrı'dan ümidini kesmiş olduğun için ondan af dile.

Basilio acınacak bir sesle:

— Değil mi ki Quiteria'nın kocası değilim; ahiretin gözümde ne kıymeti olur? Ümitsizliğim çok büyüktür. Onu ancak bu kız giderebilir. Fakat gelin de böyle bir insafsıza söz anlatın. Kayalar acır da o acımaz insana. Ah papaz efendi; kuvvetim eksiliyor; çok uzaklara gitmekte olduğumu hissediyorum.

Don Kişot bu gibi sözlere karşı duygusuz kalamazdı. Başını kaldırdı ve son nefesini vermekte olan bu adamın, arzusunu çok haklı bulduğunu söyledi.

— Mösyö Camacho bir dul ile evlenirse daha az mesut olacak değil papaz efendi, dedi, bu ona hiçbir elem verecek değildir. Razı olsun bu oyuna. Bu kız ile bu can üstündeki adamı evlendirmekte acele edelim. Sonra yaralı günah çıkartır ve ruh huzuru içinde Tanrı'ya kavuşur.

Papaz bu düşünceyi doğru buluyor, şaşkın bir halde bulunan Camacho ne yapacağını bilemiyordu. Ölmek üzere bulunan rakibine karısını, birkaç dakika iğreti olarak da vermek istemediğine şüphe yoktu. Fakat herkes bunun için kendisine yalvarmaya başladığı için Don Kişot ile papazın tekliflerini kabul etti. İş kızın bu işe razı olmasına kalıyordu. Quiteria can çekişen bir adamla evlenmekten şiddetli bir tiksinti duymakta idi.

Basilio:

— Ah zalim, dedi, benim dünyam gibi ahiretimi de berbat edeceğini biliyordum. Benden o kadar nefret ediyorsun ki, ebedi olarak cehennem ateşinde yanmama razı oluyorsun.

Sanço Panza çobanın konuşmasını dinlerken iri iri gözlerini açıyordu. Can vermek üzere olan bu adam çok fazla konuşuyor gibi geliyordu ona. Fakat bunu kimseye söylememek ferasetini gösterdi.

Quiteria susmakta devam ediyordu. Onu Basilio ile evlenmeye razı etmek için papazın tuzlu biberli bir nutuk çekmesi lazım geldi. Kız nihayet teslim oldu ve bayılacak gibi bir halde eski nişanlısına yaklaştı. Bunu görünce Basilio'nun gözlerinde öyle bir ferahlık ve sevinç belirdi ki, görenlerin hepsi memnun oldular. Papaz nikâh törenine başlamıştı. Evvela kadına yemin ettirdi, sonra yaralının üzerine eğilerek Quiteria'yı karılığa kabul edip etmediğini sordu. Çoban o kadar zayıf ve bitkin bir sesle cevap verdi ki, işitenler onun birkaç saniye sonra son nefesini vereceğini sandılar.

Bundan sonra papaz ağır ve tantanalı bir sesle bu evlenmeyi takdis etti. Manzara o kadar tesirli idi ki birçok kimseler ağlamaktan kendilerini alamadılar. Fakat pek az sonra görülen şey daha da tesirli oldu. Papazın duası biter bitmez Basilio yerinden doğruldu, hançeri kendi eliyle göğsünden çıkardı ve kahkaha ile gülerek dipdiri ayağa kalktı. Köylüler:

— Mucize, mucize, diye bağırışıyorlardı.

Çoban:

— Mucize değil bir savaş hilesi, dedi, Quiteria artık benim karımdır.

Bu işe herkesten daha fazla şaşan papaz, eliyle Basilio'nun göğsünü yokladı ve oradan delik bir tavuk kursağı çıkardı, içinde kana benzeyen kırmızı ve pırıltılı bir su vardı. Papaz onu havaya kaldırıp sallayarak halka gösterdi.

Kolayca anlaşılacağı gibi Camacho bu oyuna göz yumamazdı. Dostlarını etrafına çağırdı ve Basilio'ya saldırmak istedi. Don Kişot, mızrak elde, Camacho'cular ile yeni evlilerin arasına atılmamış olaydı çobancığın hali yaman olacaktı.

— Durun efendiler durun! Muradına ermek için aşkın icat ettiği bu hilenin kanla hıncını çıkarmaya kalkmayın.

Bu kadının güzel yüzünün nasıl bir sevinçle aydınlandığına bakın ve bir izzetinefis meselesi için bu saadeti budalaca berbat etmeyin. Bundan sonra Quiteria Basilio'nun, Basilio Quiteria'nın malıdır. Tanrı böyle dilemiş ne diyelim. Zengin Camacho çok yakında başka bir güzel bulur; o da kocasını mesut etmeyi cana minnet bilir. Fukara Basilio ise hiç olmazsa çok sevdiği bir kızla evlenmiş olmak gibi bir zenginliğe sahip olur. Dünyada bundan daha doğru ve haklı bir şey olamaz.

Camacho öfke ile:

— Bu lakırdılar benim karnımı doyurmaz, dedi, siz adamakıllı malın gözü imişsiniz sayın gezici şövalye.

Don Kişot ona doğru bir adım atarak:

— Gezici şövalyelik töresi mazlumları savunmayı ve haklıların yardımına koşmayı emrediyor. Sizi delik deşik etmemi ve upuzun bu çayırların üstüne yatırmamı, sonra da kafanızı kesmemi isterseniz nikâhın kutsal bağları ile birbirine bağlanmış olan bu iki âşık karı kocaya bir adım daha atarsınız.

Camacho bu konuşmaya hayret etti ve birkaç adım gerilemeyi ihtiyatlı buldu. Çünkü Don Kişot mızrağının ucunu ona doğrultuyor ve saldırmaya hazırlanır gibi bir tavır ile kalkanını göğsüne siper ediyordu.

— Aman Senyör, başka türlü konuşalım rica ederim.

Şövalye cevap verdi:

— Ben ancak silahların dili ile konuşmayı bilirim. İşine gelmiyorsa kendini savun. Tanrı benim silahlarımı takdis ederek sana hakkın bu tarafta bulunduğunu ispat edecek.

Don Kişot daha fazla beklemedi ve mızrağını korkunç bir şekilde oynatarak öyle korkunç şekilde ileri atıldı ki,

Camacho'nun dostları öteye beriye kaçışmaya başladılar. Basilio'nun dostları da bundan faydalanarak yeni evlilerle beraber düğün yerinden sıvıştılar.

Don Kişot onlarla beraber gelmeye davet edilmiş olduğu için seyisini çağırdı ve hep birden çobanın evine gittiler. Bu kalabalığı orada Camacho'nun hazırlatmış olduğu gibi bir zengin ziyafet değil, fakat yine de oldukça iştah açıcı temiz bir düğün yemeği bekliyordu.

Yirmi İkinci Bölüm

Güzel Bir Tesadüf

Kahramanlarımız birkaç gün Basilio'nun evinde misafir kalmışlardı. Sanço Panza bu sevimli insanlardan ayrılmayı asla düşünmüyordu; çünkü çoban da karısı da Don Kişot ile seyisine son derece ikram ediyorlar, ellerini sıcak sudan soğuk suya sokturmuyorlardı. Fakat bir gezici şövalyenin uzun zaman dinlenmesi ve huzur içinde hayatın tadını çıkarması mümkün olur mu idi? Macera onları dünyanın uçsuz bucaksız yollarına çağırıyordu. Yapılacak vazifeleri vardı. Vazife ile oyun olur mu?

Bir sabah Don Kişot ile Sanço yeni evlilerden izin istediler ve Saragosa yolunu tuttular. Şövalye atının, seyis eşeğinin üstünde, her zamanki rüyalarına dalmış, tırıs tırıs gidiyorlar; biri Dulcinea'sını düşünerek, öteki adasına ne zaman kavuşacağını kendi kendine sorarak durmadan göğüs geçiriyorlardı. Köylü efendisinin pek aklı başında bir adam olmadığını anlıyor, fakat talihin kendilerine güler yüz göstermesinden yine de ümidini kesmiyordu.

Bütün gün hiçbir maceraya rastlamadan yol aldılar, fakat akşama doğru karşılarında doğan avına çıkmış bir insan kalabalığı göründü. Bu yabancıları seyretmek için atını durduran Don Kişot, kar gibi beyaz bir ata binmiş çok güzel bir kadın gördü. Sol elinde sorguçlu bir doğan tutuyordu ki bu, onun yüksek sınıftan bir kadın olduğunu göstermekte idi.

Don Kişot seyisine seslendi:

— Sanço dostum; hemen şu beyaz kısrağın üstündeki kadını benim tarafımdan selamlamaya git. Seni Aslanlar Şövalyesi'nin gönderdiğini söyleyecek ve efendinin onun elini öpmeye gitmeye müsaade edip etmeyeceğini soracaksın. Ayrıca kendisini savunmaya ve dilediği şekilde hizmetinde bulunmaya hazır olduğumu da anlatacaksın. Ama çok tatlı ve kibarca konuşacaksın.

Seyis cevap verdi:

— Hiç merak etmeyin Senyör Şövalye. Bana çok hoş bir vazife emrediyorsunuz ve...

Don Kişot onun sözünü kesti:

— Dinle beni. Bu kadına söyleyeceğin kelimelere dikkat et. Kendisine çok uzun cemileler yapmana lüzum yok; çünkü senin lakırdılarına pek güvenemem.

Sanço içini çekerek:

— Sayın Şövalyem, dedi, beni yüksek kadınlara ilk defa mı elçi gönderiyorsunuz? Öteki vazifeleri yüzümün akı ile yaptığımı sanıyorum.

— Ben senin kadar emin değilim. Haydi git; bu kadının ne düşündüğünü anlatmak için çabuk geri dönmeye bak.

Sanço Panza hemen eşeğini dehledi ve bir solukta kadının yanına gitti; önünde diz çökerek:

— Çok yüksek ve muhterem prenses, dedi, ben sizin kulunuzum. Beni size gönderen kudretli, cesaretli ve şanlı Aslanlar Şövalyesi'dir. Kulunuz da onun hakir seyisi Sanço Panza'yım. Yakın zamanlara kadar efendime Mahzun Yüzlü Şövalye deniyordu. Asıl adı prenses Dulcinea del Toboso'nun hakir ve hürmetli âşığı Don Kişot de la Mancha'dır. Yüksek zatınızın ellerini öpmeye ve hürmetlerini sunmaya hazır olduğunu söylemeye beni memur etti. Sizi tehdit eden bir düşmanınız varsa yere sermeye hazırdır. Pek muhterem efendimin size yapmayacağı hizmet yoktur.

Atlı kadın gülmemek için kendini zor tutuyordu. Don Kişot'un maceralarından birkaçı kulağına gitmiş olacaktı. Kahramanlarımızı şatosuna çağırmanın eğlenceli bir şey olacağını düşündü. Pek uzakta olmayan kocası da Sanço'nun bu sözlerini işitmişti. Şakayı ve kolay eğlenceleri seven şen bir adamdı. Kadın ona hafif bir göz işareti yaptı ve Sanço'ya işaret verdi:

— Dostum siz dünyanın en mükemmel bir seyisisiniz. İsminiz ve efendinizin ismi bana yabancı değildir. Memlekette sizin şanlı maceralarınızdan başka bir şey konuşulmuyor. Ayağa kalkınız Sanço dostum; sizin değerinizde bir insanı daha fazla diz üstünde bırakmam doğru olmaz. Efendinize söyleyiniz ki yalnız kendisine ellerimi öptürmek saadeti ile yetinmeyeceğim; mösyö le dük de, ben de kendisini şatomuzda kabul etmekten ve bu kadar şanlı ve hayatı baştan başa kahramanlıklarla dolu mert bir şövalyeye hürmet vazifelerimizi yapmaktan büyük bir bahtiyarlık duyacağız.

Hiçbir şey bu sözler kadar Sanço'nun hoşuna gidemezdi. Sevinç içinde efendisinin yanına döndü ve elçiliğinin neticesini ona bildirdi.

— Ah Senyör, ne talihtir bu. Düşes yalnız size ellerini öptürmekle kalmıyor, buraya çok yakın olan şatosunda kendisini ziyaret etmek şerefini de bağışlamanızı istiyor. Ne şeref değil mi Senyör?

Don Kişot cevap verdi:

— Bu şerefi reddetmek nezaketsizlik olur Sanço dostum.

— Ben de öyle düşünüyorum Senyör Şövalye. Yanlarına gitmekte gecikmeyelim.

Don Kişot tolgasının siperini kaldırdı, atının üzerinde son derece zarif ve sevimli bir vaziyet almaya çalıştı ve avcılar grubuna doğru ilerledi.

Dük ile düşesin Don Kişot ve Sanço'dan bahsedildiğini çok işitmiş oldukları doğru idi. Komşu şatolarca yüzlerce hikâye anlatılıyor, böyle hallerde çok kere olduğu gibi bire bin katılıyor ve alay olsun diye vakalar alabildiğine şişiriliyordu. Bunun için dük ile düşes bu tesadüften çok memnun kalmışlardı. Don Kişot'un şatoya gelmesi bu kır asilzadelerinin durgun hayatında bir değişiklik yapacaktı.

Sanço dük ile düşese yaklaşıyordu. Sanço efendisinin üzengisini tutmak için acele etmek istedi; telaşından ayağı semerin kolanına takıldı ve o kadar acınacak bir şekilde düştü ki tepe aşağı eşeğe asılı kaldı. Efendisi bunun farkında olmadı, seyisin üzengiyi tuttuğunu sanarak atından inmek için bacağını kaldırdı. İşte o zaman bir felaket oldu; sıkı bağlanmamış olan eyer Rocinante'nin etrafında döndü ve kahramanımızı şiddetle yere, düşesin ayakları dibine attı. Dükün uşakları etraftan koşuşarak Don Kişot'u yerden kaldırdılar. Fakat onun ayağa kalkması ile, dizlerinden birini düşesin önünde yere koyması bir oldu.

Dük bu manzaraya dayanamayarak atından indi ve şövalyeyi iki yanağından öptü.

— Aslanlar kahramanı Mahzun Yüzlü Şövalye, bu aksi tesadüf beni pek üzdü. Böyle kazalar herkesin başına gelir. Şükredelim ki, bu kadarla savuşturdunuz. Biliniz ki, düşes de, ben de sizi şatomuza gerçek bir kardeş gibi kabul ediyoruz. Aramızda bulunduğunuz müddetçe size kardeş muamelesi edeceğiz.

Don Kişot, sevincinden kendini kaybetmiş bir halde cevap verdi:

— Büyük prensim; bugün size rastlamış olmak benim için pek büyük bir saadettir. Ne söylüyorum, saadet mi? Bu tesadüf benim için eşsiz bir şan ve şereftir. Bilmenizi isterim ki, bu dakikadan itibaren mızrağımı, güzellik imparatoriçesi olan kibar ve nazik hayat arkadaşınızın hizmetine vakfediyorum.

Düşes kahkahalarını zorla tuturak:

— Kerem buyurun Senyör Şövalye, dedi, bu iltifatları bırakalım. Onlar gökyüzü kubbesinin güzellik yıldızı olan sevgiliniz Dulcinea del Toboso'ya daha layıktır.

Don Kişot düşesin önünde yerlere kadar eğilerek:

— Madam, size ne kadar minnettar olduğumu anlatamam, diye başladı; fakat sözünü bitirmeye vakit bulamadı.

Sanço nihayet ayağa kalkabilmişti; Don Kişot ile düşesin birbirlerine karşı girişmiş oldukları nezaket yarışında kendi düşüncesini söylemek zamanının geldiğine hükmetti ve kadının önünde diz çökerek:

— Prenses Dulcinea del Toboso'nun son derece güzel olduğunu kimse inkâr edemez. Bu güzelliği anlatabilmek için kendisini mutlaka görmüş olmak lazımdır; bu ise her kula nasip olamaz. Fakat size temin ederim ki siz ondan kıl kadar geri kalmıyorsunuz. Hatta diyebilirim ki...

Don Kişot, bu münasebetsiz çıkışı için, seyisini azarlamak isterdi; fakat düşesin karşısında bir kere daha iki büklüm olarak şunları söylemeyi daha uygun gördü:

— Düşes hazretleri, benim seyisim kadar konuşkan seyis tasavvur edilemez. Birkaç gün hizmetinizde bulunmak şerefini bana bağışlarsanız bunu yakından görüp anlayacaksınız.

Düşes büyük bir nezaketle cevap verdi:

— Ben şakacı insanlardan pek hoşlanırım; bu onların oldukça zeki ve zarif olduklarını gösterir. Sizin seyisinizin de böyle bir insan olduğunu anlıyorum. Bana onun birçok hoş vakalarını anlattılar.

Dük ile düşes atlarına bininceye kadar buna benzer daha birçok güzel konuşmalar oldu. Sonra hepsi birden şatonun yolunu tuttular. Düşes, Sanço Panza'yı yanına çağırdı. Çünkü onun deli dolu konuşmalarından pek hoşlanmıştı. Dük ile düşes kahramanlarımızdan daha hoş insanlara rastlanamayacağı fikrinde idiler. Onları şatoya misafir edeceklerine memnun oluyorlar ve pek eğlenceli günler geçireceklerinden şüphe etmiyorlardı.

Yirmi Üçüncü Bölüm

Don Kişot ile Sanço Şatoda

O akşam hiç kimse Sanço Panza kadar kendinden memnun olamazdı. Adamcağız düşesin yanında şatoya giderken,

"Böyle insanlar evlerinde kimbilir ne güzel şeyler yiyip içerler, diye düşünüyordu, belki bu dükün bir yerde bana verilecek bir küçük adası da vardır. Bu gece bunu efendime söylemeliyim."

Bu fikir onu pek sevindirmekteydi. Bu şato, günlerden beri ipsiz sapsız macera hayalleri peşinde koşup yorulmaların son durağı idi. Don Kişot'un vaitleri havacıvadan ibaretti. Şövalye gözü açık rüya görüyor ve bu rüyalardan hiçbiri doğru çıkmıyordu. Fakat bu son macera gerçekten zahmete değerdi. Ovanın sonunda görünen şato gerçek bir şato idi; ötekiler gibi ne idüğü belirsiz bir yolgeçen hanı değildi.

Dük bir parça eğlenmek istediği için kâhyasını kendinden evvel göndermiş ve misafirine layık bir karşılama töreni hazırlatmıştı.

Kafile, şatonun büyük kapısı önüne geldiği zaman duvarın üzerinde iki silahlı adam göründü ve Don Kişot'un gelmesini selamlamak için boru çaldı. Ördek gibi kuvak, kuvak, kuvak diye öten bu boru sesleri Sanço'ya uydurma gibi geldi, fakat bir şey söylemedi. Şövalyeye gelince, o azametli bir tavırla dimdik göğsünü kaldırdı ve dük onun önden gitmesini rica etmiş olduğu için kapının ihtişamlı kemeri altından geçti, etrafı irili uf aklı binalarla çevrilmiş bir geniş avlunun ortasına doğru ilerledi.

Bütün pencerelerden kadınlar, hizmetçiler, köylüler sarkıyor ve Don Kişot'u görünce:

— Hoş geldin kahraman Aslanlar Şövalyesi. Yaşa şanlı gezici şövalye. Selam sana kahramanlar kahramanı bin yaşa, diye haykırışıyorlardı.

Don Kişot bu hararetli karşılayışa bir parça hayret etti, fakat zarif tavırlarla etrafına selamlar dağıtmaktan geri durmadı. Hatta atını da bir parça oynatmaya uğraştı, fakat aksi hayvan bir türlü lakırdı anlamadı.

Yeşil kadifeden elbiseler giymiş, başına yaldızlı ve sorguçlu bir başlık takmış, eline bayraklı bir mızrak almış bir tellal şövalyeye yaklaştı ve kral karşılar gibi selamlarla bir nutuk söyledi:

— Senyör Şövalye; şatomuza uğurlu ayağınızı bastığınız bu gün hepimize kutlu olsun. Savaş meydanlarındaki zaferleriniz şöhretinizi İspanya ülkesinin sınırlarına kadar götürdü. Aramızda birkaç gün geçirmek lütfunu esirgememenizi, huzur ve saadet içinde mübarek vücudunuzu dinlendirerek ilerisi için yeni yeni seferlere hazırlanmanızı sizden hürmetle rica ediyoruz.

Don Kişot tellala cevap vermek isterdi. Fakat o kadar heyecan içinde idi ki, söyleyecek tek kelime bulamadı.

İki uşak yanına gelerek atından inmesine yardım ettiler ve omuzlarına erguvan renginde bir manto koydular.

Sonra Don Kişot'u şatonun içine götürmek için bir alay teşkil edildi.

Sanço rüya gördüğünü sanıyor ve uykuda olmadığına kanaat getirmek için kollarını çimdikliyordu. Hayır rüya görmüyordu. Bu tören efendisi içindi. Don Kişot'un gerçekten bir büyük adam olduğuna inanacak gibi oldu ve koltukları kabardı.

— Bize böyle muamele edecekleri kimin aklına gelirdi, diyordu, bizim Senyör Kesada'nın şövalye olduğu doğru imiş. Ne olurdu bizim köyün papazı ile berberi de şu hali görebilseydiler.

Seyis eşeğinden indikten sonra düşesin arkasından yürüdü ve kalabalığın arasında şatoya girdi. Fakat hemencecik eşeği aklına geldi. Hayvancağızı uşakların eline bırakmaya gönlü razı olmuyordu. Yabancıların eşeğe ne muamele edecekleri bilinir mi idi? Düşesin yanındaki bir kadını hizmetçi sanarak:

— Sizden bir şey rica etsem yapar mısınız? dedi.

Kâhyanın karısı olan bu kadın, buruk ve ekşi bir gülüşle:

— Ne istiyorsunuz dostum, diye sordu.

Sanço:

— Çok ehemmiyetsiz bir şey, dedi, şatodan çıkacaksınız; avluda bir eşek göreceksiniz. O benim eşeğimdir, en sadık dostumdur. Zahmet eder de onu elinizle ahıra götürür, yiyeceğini ve istirahatini temin ederseniz size minnettar olurum.

Kadın fena halde alınarak:

— Aman Allah? dedi, ne oluyoruz? Bu terbiyesiz beni kim sanıyor? Benden istediği şeye bakın. Efendisi de uşağı gibi ise vay geldi başımıza. İki güne kadar hepimizi deliye döndürür.

Kadın hemen oradan uzaklaştı.

Alay şatonun içinde yoluna devam ederek zengin eşyalarla döşenmiş uçsuz bucaksız bir salona girdi. Altı genç kız Don Kişot'a yaklaşarak silahlarını aldılar ve arkasına sırma işlemeli bir kıymetli manto giydirdiler. Bir yandan da hep bir ağızdan bir meşhur şövalyenin maceralarını anlatan tatlı ve neşeli türküler söylüyorlardı. Don Kişot bunlarda kendi hayatına dair üstü örtülü imalar görmekten geri kalamadı ve kızların nezaketine teşekkür etti.

En küçükleri şöyle cevap verdi:

— Senyör Şövalye, şan ve şerefinizin burada daha büyümesini yürekten istiyoruz. Aramızdan ayrıldığınız zaman o kadar büyümüş olmalı ki, koyacak yer bulamayasınız.

Bu sözler pek tuhaf kaçmıştı; fakat Don Kişot onlarda da bir iltifattan başka bir şey görmedi. Kızlar onu yatak odası dedikleri bir odaya götürdüler. Fakat içinde yatağa benzer bir şey yoktu. Bütün eşyası kupkuru bir tahta kerevet ile yastık hizmeti gören bir taş parçasından ibaretti. Bu yatağın üstüne şu yazıyı taşıyan bir levha çivilemişlerdi:

"Rahatı ancak savaşta arayan ve bulan kahraman şövalye bin yaşasın."

Kızlardan biri:

— Ara sıra şatomuza şeref veren misafir şövalyeler burada yatarlar, dedi.

Don Kişot:

— Ben burada bir kral gibi uyuyacağım, dedi.

Bir başkası:

— Sevgili prensesinizi de rüyanızda göreceksiniz, diye ilave etti.

Asilzade kendinden geçmiş bir halde

— Evet dedi.

Kızlar onu kendi haline bıraktılar ve Sançoʼnun rahatını temin etmeye gittiler. Onun odası da aşağı yukarı efendisinin odası gibi döşenmişti. Adamcağız yatacağı yeri görünce şaşkın şaşkın gözlerini açtı.

— Allah Allah! Handaki Maritornes, hiç olmazsa bir yatak vermişti bana. Oysa ki burada...

Kızlardan biri:

— Kahraman seyis, dedi, sevgiliniz burada rüyanıza girecek.

Sanço hayret etti:

— Sevgilimi rüyada görmek âdetim değildir. Hatta onu da söyleyebilirim ki, adama yerleşmeden evvel onu aklıma bile getiremeyeceğim.

Bir başka kız:

— Sizin bir adanız mı var? diye sordu.

Köylü cevap verdi:

— Şimdilik yok güzelim. Fakat efendimin söylediğine bakılırsa çok yakında olacak. Bunu bana vaat etti, sözünü yerine getirmek için elinden geleni yapacağına şüphe etmem.

Ona bir sual daha sordular:

— Kuzum Sanço; efendinizin sevgilisi pek mi güzeldir?

Köylü hakikati saklamadı:

— Vallahi onu size pek söyleyemeyeceğim, çünkü hiç görmedim. Sakın kendisine söylemeyin ama bence Dulcinea yalnız onun kafasının içinde yaşıyor.

Altı kız, Sançoʼnun sözlerini dinlerlerken gülmekten

kırılıyorlardı. Ondan ayrıldıktan sonra düşesin yanına giderek işittiklerini bir bir anlattılar.

Biraz sonra on iki uşak şövalye ile seyisini almaya geldiler ve onları dükün büyük yemek salonunda misafirleri şerefine verdiği ziyafete götürdüler. Sanço sofrayı dolduran yiyecekleri görünce sevinçle gülümsedi ve bayılacak gibi oldu.

Yirmi Dördüncü Bölüm

Dulcinea Sanço'dan Yardım İstiyor

Don Kişot ile Sanço birkaç günden beri şatoda idiler. Her saat yeni bir sürpriz ile karşılaşıyorlardı; çünkü dük misafirinin hatırını hoş etmek için durmadan yeni yeni törenler hazırlamakta idi. Bir saniye onu işsiz bırakmıyor ve bu işte şato hizmetçilerinin çok yararlığı görülüyordu. Onların uydurmadıkları şeytanlık ve maskaralık yoktu.

Düşes, Don Kişot'tan şatoyu her gece tavan aralarında dolaşan bir hayaletten kurtarmasını rica etmişti. Şövalye bütün bir gece, tepeden tırnağa silahlanmış olarak nöbet tuttu ve ruhu bekledi. Seyisi yanında bulunuyor ve vücudunun bütün azaları zangır zangır titriyordu. Ruh üç defa zincirler şangırdatarak, korkunç sesler çıkartarak varlığını belli etti; fakat şövalye onu göremedi. Bir defasında elinde kılıcı ile hayaletin uluduğu tarafa saldırdı ve yolu üstündeki su dolu bir büyük teknenin içine yuvarlandı. Sanço suyun şapırtılarını işitince korkudan ödü patlıyordu. Bereket versin dük ile kâhyası tam vaktinde yetişerek şövalyeyi, sırılsıklam teknenin içinden çıkardılar. Söylemeye hacet yoktur ki, bu hayalet dükün gülüp eğlenmek için uydurduğu bir masaldan başka bir şey değildi.

Bir başka gün dük bir av partisi tertipledi ve Don Kişot ile seyisini de bu eğlenceye davet etti:

— Mesele komşu köylerin tarlalarında ve bağ bahçelerinde büyük zararlar yapan korkunç bir yaban domuzunu öldürmektir, diyordu.

Don Kişot:

— Yaban domuzu asil bir hayvan değildir. Bunun için bu hayvana tek başıma saldırmak şerefini bana bağışlamanızı rica ederim. Zaten bu gibi işler gezici şövalyelerin boyunlarının borcudur.

Avın ertesi sabah yapılması kararlaştı. Bu iş ve bu gibi eğlenceler Sanço Panza'nın hoşuna gitmiyordu. Efendisini vazgeçirmeye çalıştı, fakat muvaffak olamadı.

— Sevgili efendim; bu melun canavar ile savaşmak pek lazım mı? diyordu, şövalye kitaplarında yeri var mıdır böyle bir şeyin?

Don Kişot cevap verdi:

— Sanço dostum, biz buraya ev sahibimize bir hizmette bulunmaya geldik, yan gelip keyif çatmaya değil.

— Bence, değirmen şekline bile girseler devler bin kat hayırlıdır bu yaban domuzundan, inanın bana Senyör, ben bu macerayı beğenmiyorum.

— Söyleye söyleye dilimde tüy bitti Sanço dostum, hiçbir şeye aklın ermiyor senin.

— Şövalye değilim de ondan Senyör.

Don Kişot hâkim bir sesle:

— Ehemmiyeti yok, dedi, sen bana arkadaşlık ve icabında da yardım edeceksin, anlaşıldı mı?

— Anlaşıldı efendim.

O gece Sanço'ya ağırlık bastı, uykusunda birtakım korkunç hayvanların kendisine saldırdığını gördü. Bunlar yaban domuzu biçiminde birtakım korkunç hayvanlardı; fakat insan gibi konuşuyorlar ve Sanço'ya şöyle söylüyorlardı:

— Sana gösteririz bize sataşmak nasıl olurmuş? Sen bizi öldürmek istersin ha!

Köylü:

— Estağfurullah, vallahi bunu isteyen ben değilim, diye inliyor ve kan ter içinde uykudan uyanıyordu.

İçinde büyük bir sıkıntı vardı. Karısını düşünüyor:

— Ah sevgili karıcığım, birbirimizi görecek miyiz? Sen yatağımızda rahat rahat uyku çekerken talihsiz kocan canavarlarla boğuşmaya hazırlanıyor, diyordu.

Don Kişot, sabahleyin erkenden Sanço'nun penceresinden başını uzattı ve köylüyü uykusundan uyandırdı. Öfkeli öfkeli bağırdı:

— Şu hale bakın!.. Sen ava böyle mi hazırlanırsın miskin herif?

Sanço derin derin içini çekti:

— Ben bütün gece hazırlandım o işe. Daha şimdi gözümü yumdum.

Adamcağız yatağından kalktı ve dükün bir gün evvel vermiş olduğu yeşil kadifeden av elbisesini giydi. Şatonun avlusunda avcılarla buluştuğu zaman yüzünden düşen bin parça oluyordu. Davetlilerden birçoğu şimdiden atlarına binmişlerdi; uşaklardan biri Sanço'nun altına güzel bir at çekti; adamcağız:

— Beni kim sanıyorsunuz? dedi, hatırınız kalmazsa ben eşeğime bineyim.

Az sonra kafile hareket etti ve çok geçmeden avın yapılacağı ormana vardılar. Dük davetlilerini kendi eliyle yerlerine yerleştirdi. Köpekler salıverildi; köpekler yaban domuzunun izlerini hemencecik buldular ve arkasından bir koşu kopardılar.

Dük ile düşes, Don Kişot ve Sanço'nun yakınında bir yere yerleştiler. Şövalye zırhını giymiş, tolgasının siperini indirerek yüzünü örtmüş, mızrağını eline almıştı. Fakat çizgileri çekilmiş yüzü, bembeyaz yanakları ile tirtir titreyen zavallı Sanço daha acayip bir halde idi ve düşes başını onlardan yana çevirdiği zaman gülmekten kendini alamıyordu. Sanço'ya bir kısa kargı vermişlerdi. Adamcağız bunu nasıl tutacağını bilemiyor ve en küçük bir tehlike kokusu sezer sezmez atıp kaçmaya hazır bulunuyordu.

Orman köpek havlamaları ve canavarları avcılar tarafına doğru sürüp haydalıyan adamların haykırışları ile inlemekte idi. Birdenbire Don Kişot'un yakınında büyük bir gürültü ile dallar kırılmaya başladı; azgın bir canavar önüne geleni yıkıp devirerek ona doğru geliyor gibiydi. Bir an sonra bir çalılığın içinden fırlayan korkunç bir yaban domuzu şövalyenin üstüne saldırıyordu.

Seyis bunu görünce:

— Aman Senyör, diye haykırdı; utanıp sıkılmayı bırakarak elindeki kargıyı attı, bir ağaca koştu ve olanca hızı ile gövdesine tırmanmaya başladı. Bir solukta ağacın en alçak dallarından birine yetişip yakalamıştı; fakat tam selamete çıkacağı anda yanlış bir hareket yaparak dalın üstünden kaydı; onu tekrar tutmaya uğraştı, muvaffak olamadı ve korkunç bir haykırışla yere yuvarlandı.

Don Kişot o esnada cesaretle domuza saldırmıştı. Mızrağını hayvanın böğrüne sokmaya muvaffak oldu;

fakat o sert bir hareketle kendini kurtardı ve burnu ile öyle bir vuruş vurdu ki şövalyeyi üç beş adım uzağa fırlattı.

Böğründen kanlar akan domuz tepeden tırnağa demirlere sarınıp bürünmüş bir adamla dövüşmek istememiş olacak ki, Sanço'nun tırmandığı ağaca doğru koştu.

Tesadüf kimi vakit çok hayırlı işler yapar. Olacak bu ya o gün de Sanço'ya böyle bir lütufta bulundu. Sanço'nun ağaçtan düşmekte olduğu saniyede domuz onun altından geçiyordu. Adamcağız bir yastığa düşer gibi hayvanın sırtı üstüne düştü ve oradan yere yuvarlandı. Bu yastığın kuştüyü yastıklar gibi yumuşak olmadığına şüphe yoktur; fakat köylü bunun asla farkında olmadı. O sırada dük koşa koşa gelip yetişmiş ve en can alıcı yerine sapladığı bir mızrakla domuzun işini bitirmişti. Düşes de onun arkasından gelmekte idi. Fakat o kadar gülüyordu ki, adeta yürümekte zorluk çekiyordu.

Sanço ayağa kalkmaya cesaret edemeyerek yattığı yerde inliyordu:

— Ben mutlaka öldüm. Hiçbir yerimden hayır kalmadı. Son nefesimi vermek üzereyim. Allaha ısmarladık sevgili karıcığım; Allaha ısmarladık Senyör Şövalye. Ben ne halt ettim de senin peşine takıldım.

Düşes bağırdı:

— Sanço, Allah aşkına sus. Bizi gülmekten bayıltacaksın. Biraz sakin ol kuzum!

Dük, Don Kişot'u yattığı yerden kaldırmaya gitmişti. Sonra seyisin yanına döndü:

— Yaşasın Sanço, diyordu, günün kahramanı odur. Bir ağacın üstünden canavarın üstüne atlayarak onu öldürdü. Dünya bu kadar cesur bir seyis görmedi.

Köylü nihayet etrafını görecek hale geldi. Gözlerini iri iri açarak etrafına bakındı, birkaç adım ötede kanlar içinde yatan yaban domuzunu gördü ve ayağa kalkarak kaçmaya uğraştı. Dük onu elinden tuttu.

— Nereye gidiyorsun Sanço?

— Ah Monsenyör! Ah Monsenyör!

Düşes:

— Gitme Sanço, dedi, görüyorsun ki domuz ölmüştür. Onu öldüren sensin.

Sanço'nun hayreti onu daha fazla güldürdü. Adamcağız bir türlü aklını başına toplayamıyordu.

Hayvanın Don Kişot'tan bir mızrak, dükten bir kargı yediğine şüphe yoktu. Fakat herhalde kendi de bir şeyler yapmış olmalıydı. Değil mi ki herkes öyle söylüyordu; o halde şüphe etmeye sebep yoktu.

Ormanın dört bir tarafından avcılar geliyordu. Vakayı onlara da anlattılar. Herkes günün kahramanını tebrik ediyordu. Köylülerin ekinlerini talan eden bu uğursuz canavarı öldürmek az şey mi idi? Dük gülerek:

— Sanço için bir zafer alayı tertip etmeli, dedi.

O:

— Aman Monsenyör, zahmete ne lüzum var? dedi.

Düşes ilave etti:

— Yok yok; bu bizim vazifemiz.

İri yarı iki delikanlı seyisi omuzlarına aldılar ve avcıların etrafında koşturmaya başladılar. Köylü bağırıyordu:

— Durun Allahı severseniz durun, düşüreceksiniz beni. Eşeğimin üstüne bindirin yeter.

Sanço delikanlılardan birinin başına sarılıyor, düşesin gülmekten gözlerinden yaş geliyordu.

En sonra delikanlılar Sanço'yu eşeğine bindirmeye razı oldular ve dük bütün misafirlerini ormanın açıklık bir yerinde yemeğe davet etti. Oraya geniş bir çadır kurulmuştu. Yemeğin devamı müddetince seyisin cesaretinden başka bir şey konuşulmadı. Dük onu sofranın şeref mevkiine oturtmuştu; köylü gördüğü hürmetten dolayı gurur duyuyordu.

Yemeğin ortasına doğru dük:

— Dostum, dedi, sizin kahramanlığınız mükâfatsız kalamaz. Talih sizi köylü yaratmakla hata etmiştir. Ben bu hatayı düzeltmekte gecikmeyeceğim.

Bu sözlerden pek bir şey anlamayan Sanço:

— Ah Monsenyör, çok lütufkârsınız, diyordu.

— Sanço, şehirlerimden birinin idaresini size emanet etmek istiyorum. Allahtan sonra oranın sahibi siz olacaksınız.

Köylü:

— Sevgili adama kavuşuyor muyum? diye bağırdı. Herkes gülmekten kırılıyor, Sanço bayram ediyordu. Oturmamış olsaydı sevincinden oynardı.

Dük:

— Evet adanız, dedi, bu şehrin etrafına çukurlar kazdırıp onu bir ada haline getirmenize hiçbir engel yoktur.

— Ah Monsenyör!

Sanço'nun sevinci o kadar büyüktü ki, efendisine kaba göründü:

— Sanço, dedi, dük hazretlerine büyük lütuflarından dolayı teşekkür etmelisin. Sonra da böyle bir şerefe layık olduğunu hal ve hareketlerinle ispat etmelisin. Bir şehrin valisi olmak o demektir ki...

Sanço onun sözünü kesti:

— Ah Monsenyör! Er geç bir adaya sahip olacağımı biliyordum. Siz prenses Dulcinea'yı düşünürken ben de hep onun rüyasını görüyordum. Senyör Şövalye siz benim yanımda oturmağa gelmelisiniz. Size bir saray yaptırırım. Berber Nicolás'ı, papazı, karım Juana'yı ve çocuklarımı getirtiriz...

Öğle sonu çok çabuk geçiyor ve kimse şatoya dönmeyi aklına getirmiyordu. Sanço Panza'nın saf sevinci herkesi eğlendirmekteydi. Yalnız Don Kişot'un suratı asık ve mahzundu. Düşes ona yaklaşarak bu mahzunluğun sebebini sordu.

Şövalye:

— Yakında başka maceralara doğru yola çıkmam lazım geleceğini düşünüyorum da ondan, dedi.

— Sizi buradan kovan mı var Senyör Şövalye? Bir zaman daha bizimle beraber kalın. Sizi aramızda görmekten pek memnun oluyoruz.

Şövalye derin derin içini çekti:

— Ben sizden daha fazla memnunum emin olun. Fakat sevgilim Dulcinea'mı düşünmemeli miyim? Sihirbaz Frestón'un büyüsünü bozmak, onu eski haline getirmeye çalışmak benim vazifem değil midir?

Düşes manalı bir gülümseme ile:

— Belki bu işi burada yapmanın çaresini bulursunuz, dedi.

Akşam olmaktaydı. Don Kişot şatoya dönmeyi isterdi. Fakat dük bunu aklından geçirmiyor gibiydi. Dalgın görünüyor, saatlerin geçtiğini fark etmiyordu.

Don Kişot birdenbire etrafa kulak kabarttı. Uzakta, ne olduğunu birdenbire anlayamadığı bir gürültü işitiyor gibiydi.

Dükün etrafındaki avcılardan biri:

— Nedir bu ses acaba? dedi.

Herkes dinledi; dük yavaşça mırıldandı:

— Allah Allah! Ormanda borular çalınıyor. Nedir bunun manası acaba?

Dük hayret eder gibi görünüyordu; fakat seslerin ne olduğunu bildiğine hiç şüphe yoktu.

Don Kişot:

— Evet boru sesleri, dedi, bir ordu geliyor.

Düşes korkar gibi yaparak:

— Belki de düşmanlardır? dedi.

Don Kişot cevap verdi:

— Hiç korkmayınız madam; benim yenemeyeceğim düşman yoktur. Ne kadar kalabalık olurlarsa olsunlar biz onları darmadağın ederiz Sanço ile beraber.

Sanço pek rahat görünmüyordu. Don Kişot ona:

— Haydi dostum, dedi, atlarımıza binelim ve savaşa hazır olalım.

Sanço içini çekti:

— Senyör Şövalye, bunlar sahiden düşman mı acaba; bize bir kötülük etmek istedikleri muhakkak mı? diyordu; fakat yine de efendisinin arkası sıra çadırdan çıkmaktan geri durmadı. Dük ile avcılar onları takip ettiler.

Ormanın her tarafında korkunç savaş borazanları ötüyor ve bunlar çadırın bulunduğu meydanlığa yaklaşıyorlardı. Ayrıca trampet gümbürtüleri de duyulmaya başlamıştı. Nihayet ince ince düdük sesleri de bunlara katılınca ormanın esrarlı konseri tamam oldu ve ortalığı dehşet kapladı.

Çok geçmeden ağaçlar arasında ışıklar koşuşmaya başladı ve bütün mızıka sesleri birdenbire kesildi. Bu sessizlik daha da korkunçtu. Don Kişot'un etrafında bulunanların tüyleri ürperiyor, dizlerinin bağı çözülüyordu.

Çok uzakta bir borazan vahşi bir hazırol borusu çaldı ve sustu.

Don Kişot yanında duran düke:

— Düşman yaklaşıyor, dedi, asla korkmayın büyük prensim. Onları nasıl yerin dibine sokacağımı biliyorum.

Eşeğine binmiş olan Sanço:

— Allahım sen imdadımıza yetiş, diye yaprak gibi titriyordu, ne olacak halimiz? Hiç değilse efendimin biraz aklı başında olsaydı... Tek başına böyle bir kalabalığa saldırmak olacak şey mi?

Don Kişot:

— Sanço dostum, hazır mısın? diye sordu.

Köylü:

— Ah Senyör, dedi, benim şövalyelere karşı silah kullanmamın usule uygun olmadığını söyleyen siz değil misiniz?

— Sanço dostum, dük hazretlerinin sana bir şehrin idaresini emanet ettiğini unutuyorsun. Şimdi artık şövalyelerle dövüşebilirsin. Senden çok şeyler bekliyorum. Kılıcını kınından çıkar ve önüne gelene vurmaktan çekinme.

Sanço, yarı ölmüş bir halde efendisine itaat etti.

Alayın önünde birdenbire bir gürültü oldu ve şeytana benzeyen kapkara bir haberci Don Kişot'un önünden geçti. Sonra dük ile misafirlerini görerek elindeki bir borudan korkunç sesler çıkardı.

Dük ona doğru bir adım atarak:

— Dur, dedi, in misin cin misin? Ormandan geçen bu kimseler kim oluyorlar. Bu korkunç mızıka kimin için çalıyor?

Haberci korkunç bir sesle cevap verdi:

— Ben şeytanım. Ormandan gelenler benim arkadaşlarımdır. Aslanlar Şövalyesi adında bir gezici şövalyeyi arıyorum ki, asıl adı Don Kişot'tur. Beni arkamdan gelmekte olan sihirbazlar gönderdiler. Kendileri onun sevgilisi prenses Dulcinea del Toboso'yu bir zafer arabası içinde buraya getiriyorlar. Kavalye Montesinos prensese arkadaşlık etmektedir. Kahraman şövalyeye, sevgilisine yapılmış olan büyüyü nasıl bozabileceğini öğretecek olan bu kavalye Montesinos'tur.

— Siz gerçekten şeytansanız Don Kişot'u nasıl tanımıyorsunuz? O bu dakikada karşınızdadır, size bakıyor.

Şeytan cevap verdi:

— İlk bakışta kendisini tanımamış olduğumu sanır mısınız? Fakat tanımamazlıktan geldim; çünkü ben onu o kadar kahraman bir insan olarak biliyorum ki, kendisine getirdiğim mesajı söylemek için ağzımı açmama meydan bırakmadan beni kazığa çakmasından korktum.

Don Kişot mızrağını kaldırarak ona doğru bir adım attı:

— Söyle bakalım ey Şeytan! Bana bir haber getirdinse hemen söyle. Yalnız hakikati söylemezsen vay haline; seni yakalamak için cehenneme gitmek lazım gelse giderim.

Şeytan alay ederek cevap verdi:

— Hiçbir şey beni daha fazla sevindirmez. Değil mi ki sen Don Kişot'sun, bil ki beni sana Montesinos gönderiyor; biraz sonra sevgilin Dulcinea del Toboso'yu göreceksin. Onu gerçekten seviyorsan büyüyü bozmak çaresini öğreneceksin. Kımıldamadan burada bekleyeceksin; hiçbir şeye hayret etmeyeceksin.

Şeytan bunları söyledikten sonra borazanını aldı ve ormanı uğursuz yankılarla sarsan vahşi bir çağırış sesi çıkardı; sonra bir duman halinde eriyormuş gibi kayboldu.

Herkes hayret içindeydi. Fakat Sanço'nun hayreti herkesinkinden daha fazla idi; çünkü Dulcinea'ya yapılan büyük masalını kendi uydurmuştu. Belki de düzenbazlığı meydana çıkacak ve o gün domuz avında gösterdiği kahramanlığın sağladığı faydaları birdenbire elinden kaçıracaktı. Vali tayin ettiği adamın, Dulcinea'nın sihirbazlar tarafından köylü kızına çevrilmiş olduğunu söyleyerek efendisini aldattığını öğrenirse dük ne yapardı?

Dük, Don Kişot'a yaklaşarak sordu:

— Bu şeytanları beklemeye karar verdiniz mi Senyör Don Kişot?

Şövalye cevap verdi:

— Ona ne şüphe! elbette bekliyorum. Değil mi ki Dulcinea'yi kurtaracağım; karşıma cehennemler çıksa bir adım geri çekilmem.

Bu kahramanca sözleri işitenler hayretten parmaklarını ısırıyorlardı.

Orman tekrar sessizliğine dalmıştı. Meydanlığı kuşatan ağaçlar içinde ara sıra birkaç ışık beliriyor, fakat görünmeleriyle kaybolmaları bir oluyordu. Avcılardan biri:

— Gelmeyecekler, dedi.

Öteki:

— Don Kişot'tan korkuyorlar, diye cevap verdi.

Şövalye:

— Cesaretleri varsa gelsinler, dedi; meydan açık, gelecekleri varsa görecekleri de var.

Don Kişot bunları söyler söylemez ormanda bir gürültüdür koptu. Meşe ağaçlarıyla dolu bir yük arabası geliyor gibiydi. Aynı zamanda çalılıklar içinde boğaz boğaza bir savaş başlamış sanılabilirdi. Gecenin karanlığı korkunç haykırışmalarla yırtılıyordu. Borular, borazanlar, fifreler ve trampetlerin vahşi mızıkası tekrar başlamıştı. Ormanın ağaçları top patlamasına benzer gürültülerle sarsılıyordu. Orada bulunan bütün insanların tüyleri dimdik olmuştu. Şüphe götürmez kahramanlığına rağmen Don Kişot'un kendisi de heyecanlar içindeydi. Onun arkasında Sanço ölüm terleri döküyordu. Bu dakikalarda bu korkunç durumdan kurtulmak için valisi bulunduğu adayı seve seve verirdi. Hiçbir şey görmemek için gözlerini kapıyor, yeni doğmuş çocuk viyaklamasına benzer sesler çıkarıyordu. Etrafındakilerin birdenbire bağırıştıklarını işitti:

— Aman şuraya bakın, ne görülmemiş şey!

Merakı korkusuna üstün gelerek gözlerini araladı.

Ormandan kara örtülere bürünmüş altı öküzün çektiği bir büyük yük arabası çıkmaktaydı. Hayvanların boynuzlarında birer meşale yanıyordu. Arabanın arka tarafında br taht yükseliyor ve üzerinde kar gibi beyaz sakallı bir ihtiyar oturuyordu. Arkasına uzun bir kara elbise giymişti. Arabayı ellerinde uzun bir sırık sallayan iki şeytan çekiyordu. Alay Don Kişot'un önünden geçerken ihtiyar tahtından kalktı, şövalyeye azametli bir selam vererek mezardan çıkar gibi bir sesle:

— Ben sihirbaz Lirgande'ım, dedi.

Don Kişot cevap vermeye vakit bulamadı; çünkü ormanın içinden tıpkısı tıpkısına birinciye benzeyen bir

ikinci araba çıkıyordu. Şövalyenin önüne gelince onun içindeki ihtiyar da kuvvetli bir sesle:

— Ben Tanınmamış Urganda'nın dostu sihirbaz Alkif'im, dedi.

Sonra bir üçüncü araba göründü ve yeşilli kırmızılı göz kamaştırıcı ışıklar içinde onun tahtına oturmuş olan ihtiyar da, Don Kişot'un üzerine atılmak ister gibi yumruklarını sallayarak bağırdı:

— Şövalye, ben senin durup dinlenmeden taklide çalıştığın Galyalı Amadis'in can düşmanı büyük sihirbaz Arcalaus'um. Bunu böylece bilmiş olasın.

Üç araba yollarına devam ederek tekrar orman içinde kayboldular. Pek az sonra çok hafif ve hoş bir mızıka sesi işitildi ve bir dördüncü araba göründü. Onu uçları yere değen ipek haşalarla örtülü on iki dişi katır çekiyordu. Katırlardan her birinin üstüne uzun siyah mantolu, gözlerine kadar inmiş siyah başlıklı keşişe benzer bir insan binmişti. Her biri elinde bir yanar meşale sallamakta idi. Arabanın kendisi evvelkilerden çok fazla büyüktü ve üzerinde göğün karanlıklarına doğru kaldırılmış meşaleler taşıyan on iki keşiş daha vardı. Arabanın arkasına bir taht kurulmuş ve üstüne gümüş sırmalı bir elbise giymiş bir genç kız oturtulmuştu. Yüzü bir ipek peçe ile örtülüydü; fakat çok güzel olduğu ve yaşının yirmiyi geçmediği anlaşılıyordu. Yanında uzun bir mantoya bürünmüş siyahlı bir hayalet durmakta idi.

Araba Don Kişot'un önünde durdu; kızın bekçisi mantosunu açtı; etleri tamamıyla dökülmüş bir iskelet meydana çıktı. Dük onu görünce dehşete kapıldı ve dişleri arasından:

— Kim olsa gerek bu korkunç mahluk! dedi.

Mızıka durunca iskelet alev saçan boş göz evlerini Don Kişot'a çevirdi ve bağırdı:

— Şövalye benden korkmasın. Ben sihirbazlar kralı Merlen'im. Sevgilin Dulcinea'nın imdadına yetişmek için cehennemden çıktım. Bilesin ki, can düşmanın Frestón'u kahrettim. O artık sana hiçbir kötülük edemez. Fakat ilkönce sevgilin Dulcinea'yı büyünün tesirinden kurtarmalıyız. O şimdi benim elimdedir. Kendisini cehennemin en derin köşesine götürmeye hazırım.

O bunları söylerken geniş bir kefene bürünmüş bir kavalye çıkageldi ve bağırdı:

— Ben kavalye Montesinos'um. Ey kudreti önünde baş eğdiğim sihirbazlar kralı Merlin! Dinle beni.

İskelet gök gürler gibi bir sesle:

— Ne söyleyeceksin? dedi.

— Ben Don Kişot'a sevgilisi Dulcinea'yı büyünün tesirinden kurtarmak çaresini öğretmeye geldim. Beni dinleyeceğini umarım.

— Söyle Şövalye! Bulduğun çareyi bize anlat. Aklım yatarsa Dulcinea'nın büyüsünün bozulmasına razı olurum. Olmazsa onu, söylediğim şekilde cehenneme götüreceğim.

— Çaremi beğeneceksin; eminim. Don Kişot'un kahraman seyisi Sanço Panza, çıplak eti üzerine üç bin altı yüz kamçı yemeyi kabul etsin; sen de Dulcinea del Toboso'yu serbest bırak.

Sanço:

— Ne söylüyor o herif? Ben kamçı dayağı mı yiyecek mişim?

Don Kişot kuru bir sesle:

— Sus Sanço, dedi.

— Nasıl susarım Senyör. Dayağı yiyecek benim. Siz kendiniz için böyle bir muameleye razı olur musunuz? Senyör Merlin, prenses Dulcinea'nın büyüsünü bozmak için başka bir çare bulamazsa onu istediği yere götürsün.

Don Kişot bu saygısız konuşmayı dinlemeye razı olamadı ve bağırdı:

— Vay rezil, alçak, tabansız köylü vay! Seni bir ağaca asmalıyım ve insan gibi konuşmasını öğretmek için sana kendi elimle, değil üç bin altı yüz, beş bin kamçı atmalıyım.

— Aman Senyör, ne yapıyorsunuz?

— Dulcinea'mı büyüden kurtarabileceğin için dünyanın en bahtiyar adamı olman lazım gelmez mi? Bu şerefin sana nasip olması az saadet midir?

— Bu şerefi ne diye kendiniz kabullenmiyorsunuz? Ben kendi hesabıma reddediyorum onu. Benim şerefim bana yeter.

Şövalye öfkesinden titreyerek haykırdı:

— Seni edepsiz cahil, seni rezil ukala, seni ahlaksız!

Kavalye Montesinos bir hareketle Don Kişot'u susturdu ve sihirbaz Merlin kendisine yapılan teklife cevap verebildi:

— Kavalye Montesinos. Bu çareyi beğendim. Çok kahraman Sanço kendi eliyle çıplak etine üç bin altı yüz kamçı vurmıya razı olursa ben de Dulcinea'yı serbest bırakmayı kabul ederim. Kamçıların başka biri tarafından atılmasını kabul ederse sayılarını yarıya indirmem de mümkündür. Şunu da ilave etmeliyim ki, Sanço bu kamçıları canı istediği zaman yemekte serbest olacaktır. Fakat o takdirde Dulcinea Âraf'ta bir yere kapatılıp bekletilecek ve üç bin altı yüz kamçı tamam olunca hürriyetine kavuşacaktır.

Sanço heyecanla cevap verdi:

— Ne şimdi, ne sonra, ne hiçbir zaman, ne üç bin altı yüz, ne bin sekiz yüz kamçı! Bu kefareti kabul etmek için hiçbir sebep görmüyorum ben. Efendim isterse kendi çeker bu ceremeyi. Bu işte hiçbir çıkarım yok benim. Ben prensesin babası mıyım, kocası mıyım? Yağma yok. Başka biri razı olsun dayağa! Bu şeref bana gelmez; pek fazladır benim için.

Bu sözler üzerine arabadaki kadın tahtından kalktı ve yüzünü saklayan peçeyi açarak heyecandan titreyen bir sesle bağırdı:

— Ah zalim, ah maskara seyis! Ah eşi görülmemiş nankör ve korkak adam! Senden istenen şey nedir ki, kabul etmiyorsun! Kendini örümceklere, akreplere yedirmeyi teklif etmiyorlar ya sana! Kaynar zeytinyağı kazanına at kendini demiyorlar ya sana! Üç bin altı yüz kamçıdan ne olur? İspanya'da bir tek keşiş yoktur ki, her ay bunun en aşağı iki misli kamçı vurmasın vücuduna.

— Öyledir madam öyledir... fakat...

— Sus sefil korkak! Benim ebedi olarak cehennemde solacak güzelliğimi de düşünmüyor. Yol yol yanaklarımı oyacak şu gözyaşlarına bak, senin yüzünden parlaklığını kaybedecek şu yıldızlardan daha parlak gözlere bak. Ah kalpsiz canavar! Benim için istenen bu küçücük şeyi yapamayacak olduktan sonra utancından geber. Benim güzelliğime ve ıstıraplarıma acımıyorsan bari efendinin gözünden düşmekten kork, onun kederinden utan. Ey tavuk yürekli barbar, gel şu işe razı ol da efendini sevindir. Onu bu zalim kararsızlık içinde bırakma. Etinin ve derinin kolayca tahammül edeceği bu hafif kamçıcıkları kabul ediver ne olur? Hele bir etrafına bak, herkes yalvarıyor sana.

Dük:

— Sanço dostum, bundan daha doğru söz olamaz, dedi, hiç kimse anlamıyor sizin bu kaçınmanızı, bu nazlanmanızı.

Sanço:

— Ah büyük prensim, dedi, sizin adaletinize ve sağduyunuza sığınıyorum. Tanımadığı bir kızın güzel gözleri için kendine kamçı attıran yahut atan bir vali yeryüzünde görülmüş müdür?

Dük sert bir tavırla cevap verdi:

— Benim valilerim böyle arzuları daima iyi karşılarlar. Valiler tarihinde bundan çok daha küçük şeyler için kafalarını kestirmeye razı olanlar bilirim ben. Fakat kimse sizden ölmenizi istemiyor Sanço. Sırtınıza yiyeceğiniz birkaç kamçının büyük zararı olmaz. Hasılı keselim artık bu bahsi. Sanço dostum, ya bu işe razı olacaksın, ya valilikten vazgeçeceksin. Hiçbir gözyaşı karşısında merhamete gelmeyen, sihirbazların en akıllı uslusunun nasihatini kabul etmeyen bir vali görülmüş müdür? Hayır, hayır. Ya kamçıları başkasından yemeğe razı olacaksınız; ya bu işi kendi elinizle yapacaksınız, yahut da vali olamayacaksınız Sanço dostum.

Zavallı köylü hartayı puslayı şaşırmış bir halde inledi:

— Monsenyör, bu büyük davayı iyice bir düşünmem için bana iki gün mühlet verilemez mi? diye sordu.

İskelet:

— Hayır, dedi, kararınızı hemencecik vermelisiniz, İnanın bana, bu üç bin altı yüz kamçının size bir zararı dokunmaz; arada sırada bir parça kan çıkarsa sıhhatiniz için iyi olur. Kan boğmasından ölmek tehlikesinden kurtulmuş olursunuz.

— Dünyadaki doktorlar yetiniyorlar mı ki, bu işe sihirbazlar da karışıyorlar. Siz de bana inanın Senyör Merlin. Sıhhatimle meşgul olmayın. Ben kendimi korumasını bilirim.

Kavalye Montesinos o zaman Sanço'ya döndü:

— Latife yeter artık seyis efendi, dedi, teklifimi kabul ediyor musunuz? Dulcinea del Toboso'yu büyüden kurtarmaya razı oluyor musunuz? Evet mi, hayır mı?

Sanço Panza içini çekti:

— Değil mi ki, herkes dayağı benim yememe taraftar, ne yapalım, katlanacağız. Fakat kamçıları ben kendim atacağım; istediğim günde, istediğim yerde, istediğim saatte atacağım. Kimse bana vaktin geldiğini haber vermeyecek.

Merlin cevap verdi:

— Nasıl istersen öyle olsun. Fakat geciktirmemeni rica ederim, çünkü ne kadar acele edersen o kadar iyi olur. Şerefin üzerine söz veriyorsun değil mi?

Sanço boynunu büktü:

— Ne çare, öyle olacak. Veriyorum.

Bunun üzerine çalgılar tekrar başladı ve toplar atıldı. Kavalye Montesinos atını dörtnala sürdü, sihirbaz Merlin tekrar kara mantosuna büründü ve Dulcinea'nın arabası hareket etti.

Don Kişot atından sıçrayarak seyisini iki yanağından öptü. Herkes Sanço'yu tebrik etmekteydi. Adamcağızın kendini kamçılamakta acele etmesi için hiçbir sebep yoktu.

Birkaçı bu akşam olur, birkaçı yarın. Yahut da daha iyisi öbür gün işe başlar!

Dük ile düşes davetlileri ve iki kahraman misafiri ile beraber şatoya döndüler. Vakit sabahın üçünü bulmuştu, Sanço yastık vazifesi gören kaya parçasına kafasını koyduğu gibi uykuların en rahatına daldı.

Yirmi Beşinci Bölüm
Sanço Adasının İdaresini Eline Alıyor

Sanço kendini insanların en bedbahtı gibi görüyor ve durmadan sızlanıyordu. Düşesi ve şatodaki kadınları kendine acındırmak için uzun nutuklar çekmekte idi; fakat hiçbiri onu ciddiye almıyor ve hepsi kamçının onun vücuduna çok yarayacağını ağız birliği ile söylüyordu.

Bununla beraber dük büyük bir tören tertipledi ve bin altı yüz kamçıyı bir ay içinde tamamlayacağına söz verdikten sonra Sanço'ya valilik yetkilerini, herkesin önünde teslim etti. Ayrıca da sırtına bir kaftan giydirtti ve başına kendi eliyle yaldızlı mukavvadan bir taç oturttu. Bu taç şehirde onun valilik alameti olacaktı.

Fakat Sanço Panza yine de yanıp yakılmaktan geri durmuyordu.

En sonra bu şikâyetleriyle şatodaki insanları o kadar bıktırıp usandırdı ki, hep birden onun bir ayak önce şehrine gönderilmesini istediler.

İki gün sonra heybetli bir alay düzüldü ve Sanço, başında mukavva tacı, sırtında kaftanı ile eşeğine bindi. Efendisinden ayrılmak ona çok zor geliyordu. İkisinin de gözleri yaş içinde idi. Don Kişot seyisine akıllı uslu nasihatler verdi:

— Sanço dostum, seni yakında görmeye geleceğim, dedi, belki de benimle beraber tekrar macera yollarına düşmeye razı olursun. Çünkü, sevgili çocuğum, dünyada hiçbir şey insanları idare etmek zenaati kadar can sıkıcı ve yorucu değildir. Başına neler gelecek neler!

Sanço:

— Korkmayın Senyör, dedi, göreceksiniz yüzümün akı ile bu işin içinden çıkacağım. Ben dün doğmadım! İnsanları idare etmek vazifesine gelince, ben kendi evimin insanlarını susta durdurmuş bir adamım. Siz de biliyorsunuz ki işler pek fena gitmiyordu.

Dük ile düşes de ona pek çok iltifatlarda bulundular; avluda iki sıra dizilmiş uşaklar hep bir ağızdan yaşa diye bağırdılar.

Kral, Sanço'yu gönderdiği şehrin ahalisine de işi haber vermişti; onun için valilik oyunu orada da, tıpkı şatoda olduğu gibi devam etti. Bu insanlar gülüp eğlenmeyi çok seviyorlar ve yeni valiyi parlak bir törenle karşılamaya hazırlanıyorlardı.

Sanço epeyce yol gittikten sonra dukalık toprakları içinde aşağı yukarı bin nüfuslu bir şehire vardı. "Benim ada burası mı?" diye sorunca "evet" diye cevap verdiler. Adı Barataria idi.

Sanço'nun geldiği haber alınmıştı. Şehrin kapılarına varır varmaz halk onu karşılamaya geldi ve candan alkışladı. Kiliselerin çanları alabildiğine çalıyor; evler, duvarlara asılmış bayraklar ve haklar altında kaybolmuş bulunuyordu.

Silahlı adamlar onu hemencecik atından indirdiler ve alay halinde kiliseye götürdüler. Sanço, Tanrı'ya teşekkür ettikten sonra dışarıya çıkınca şehir ileri gelenlerinin kendisine doğru geldiklerini gördü. Nutuklar ve dualarla saygılarını sunduktan sonra ona şehrin anahtarlarını teslim ettiler.

Bu törenlerden sonra Sanço sarayına götürüldü. Yeni vali, sarayı umduğu kadar güzel bulmadı; fakat yine kendisine bol bol yeteceğini düşündü. Zevkle döşenmiş büyücek bir konaktı. Salonlardan biri adalet divanı şekline sokulmuştu. Sevimli tebaaları onu ilk önce oraya götürdüler. Dükün, Sanço'ya yaverlik eden kâhyası onun biraz şaşırdığını görünce:

— Ekselansları hayret buyurmasınlar, dedi, şehrin âdeti budur. Yeni vali vazifeye başlar başlamaz bir iki davaya bakar. Vereceği hükme göre halk da onun aklı başında bir vali olup olmadığını öğrenir.

Köylü ağır bir tavırla cevap verdi:

— Bu türlü âdetlerin aleyhinde söz söylemekten çekinirim. Hakikatte bu şehrin ahalisini çok aklı başında buluyorum. Kendilerini takdir ederim. Bana istedikleri suali sorsunlar, aklımın erdiği kadar cevap veririm.

Sanço, herkese sempatik görünüyordu, fakat birçok kimseler makasla iğri büğrü kırpılmış sakalına ve nasırlı çiftçi ellerine hayret ediyorlardı. Birkaç kişi düke karşı homurdanmaya başladılar:

— Bu vali tabanı yarık bir köylü. Efendimizin onu başımıza getirmesi ve bütün yetkileri eline vermesi bizimle alay etmek değil midir?

Fakat ötekiler bu adamları hemen susturdular:

— Susalım! Dinleyelim. Bakalım bu adam nasıl hükümler veriyor.

İki kişi divan salonuna girmiş ve Sanço'nun kurulup oturduğu kürsüye yaklaşmıştı. Kötü bakışlı bir köylü olan bir tanesi bağırdı:

— Adalet istiyorum. Bu herif namussuzun biridir.

Öteki ses çıkarmıyor, onu dinliyordu. Elinde bir makas vardı; kılık kıyafeti bir terzi olduğunu gösteriyordu. Sanço birincisine:

— Susun, dedi, rahat durun. Hakkınız varsa sizi haksız çıkarmam. Bana itimat edin.

Sonra ötekine döndü ve sordu:

— Söyleyin bakalım dostum; mesele nedir?

— Monsenyör, bu çiftçi dün sabah dükkânıma geldi. Bana bir kumaş gösterdi ve ondan bir başlık çıkıp çıkmayacağını sordu. Kumaşı ölçtüm ve "çıkar" diye cevap verdim. Bu adamın ne düşündüğünü bilmiyorum. Belki de kendisini aldatmak ve kumaşın bir parçasını çalmak istediğimi sanıyordu. Çünkü hemen arkasından şüpheli bir tavırla bir yerine iki başlık çıkıp çıkmayacağını sordu. Nasıl bir adamın karşısında bulunduğumu anladım ve kumaşı yeniden ölçtükten sonra, arzusu üzere iki başlık yapmayı kabul ettim. O cevabı alır almaz üç, sonra da dört başlık istedi. Her defasında kumaşı ölçüyor ve "o da olur" diyordum. En sonra başlıkların sayısını beşe çıkardı. Yine "peki" dedim. Şimdi iş bittikten sonra kumaşının parasını ödememi yahut da olduğu gibi geri vermemi istiyor.

Sanço köylüye:

— Bu adamın söyledikleri doğru mu? dedi.

O cevap verdi:

— Doğrudur Monsenyör. Şimdi bu namussuza emredin de bana yaptığı başlıkları göstersin size.

Terzi:

— Neden göstermeyecek mişim? diye hayret etti ve sağ elini önlüğünün altına sokarak beş parmağının beş ucunda beş başlık çıkarıp gösterdi.

Terzi bir reverans yaparak:

— İşte beş tane başlık Monsenyör, dedi, eğer avuç içi kadar bir parça sakladımsa asılmaya razıyım. Lütfen birkaç bilirkişi tayin edin, başlıkları ölçsünler. Yalan söylemediğim derhal meydana çıkacaktır.

Herkes gülmeye başlamıştı. Sanço ise gülümsemeye bile tenezzül etmedi ve hükmünü vermek için bir an düşündükten sonra:

— Köylünün kumaşını, terzinin dikiş parasını kaybetmesine hükmediyorum. Başlıklar da fakir çocuklara verilsin. Bebek oyuncağı yapıp eğlenirler.

Salonda bulunanların hepsi yeniden güldüler ve birçoğu yeni valinin aklını beğendiler.

İkinci olarak Sanço'ya, hemen dinlenilmelerini isteyen iki ihtiyar getirildi. Karnı çok acıkmış olmakla beraber o kabul etti.

İhtiyarlardan birinin elinde bir kamış baston vardı. Öteki söze başladı ve meseleyi anlattı:

— Monsenyör, bir zaman evvel ben bu adama on altın borç verdim, istediğim zaman geri vereceğini vaat etti. Paraya ihtiyacım olduğu için dün kendisine gittim ve ödünç verdiğim altınları iade etmesini rica ettim. Beni kendisinden haksız yere para istemekle suçlandırıyor.

Altınları daha evvel verdiğini ve bana borcu kalmadığını iddia ediyor.

Sanço ötekine sordu:

— Anlattığı şeyler doğru mu bu adamın?

— Doğrudur Monsenyör.

— Şahit var mı?

Parayı veren:

— Hayır Monsenyör, dedi, fakat rica ederim kendisine yemin ettiriniz. Altınları bana iade ettiğini yeminle söylesin, inanacağım. Yalan yere yemin etmeye cesaret edemeyeceğini sanıyorum bu adamın.

Öteki sesini yükselterek:

— Yemin etmeye hazırım. Kendisine on altınını iade ettim. Bu ifademde ölünceye kadar ayak direyeceğim.

Sanço:

— Söylediğin doğru mu? diye sordu.

— Evet Monsenyör.

— O halde sağ elini kaldır ve yemini et.

İhtiyar, "tutuver şunu bir parça" diye bastonunu ötekine verdi ve elini kaldırdı.

— Bu adamdan on lira borç almış olduğumu kabul ediyorum. Fakat sonradan elimle eline vermiş olduğuma yemin ederim.

Vali bu yeminden memnun göründü ve ihtiyar tekrar bastonunu aldı.

Sanço, alacaklıya:

— Bir diyeceğin kalıyor mu? diye sordu.

— Vallahi Monsenyör; değil mi ki bu kadar kolaylıkla yemin ediyor; çaresiz inanacağız. Onun dini bütün bir Hıristiyan olduğunu ve kellesini kurtarmak için yalan yere yemin etmeyeceğini biliyorum. Bununla beraber bana paramı geri vermiş olduğunu hatırlamıyorum. Bir türlü çıkamayacağım bu işin içinden.

İhtiyar bunları söyledikten sonra, Sanço'ya bir derin reverans yaptı ve çekildi. Öteki tekrar bastonuna dayanarak onun arkasından yürüyor ve Sanço düşünceli bir tavırla ona bakıyordu.

Birdenbire bir hareket yaptı ve iki ihtiyarı çağırdı. Sonra haç çıkararak yemin etmiş olan ihtiyara sordu:

— Şu bastonu verir misiniz bana?

— Buyurun Monsenyör.

Sanço bastonu aldı ve ötekine verdi:

— Alın dostum. Şimdi artık alacağınız kalmamıştır.

— Aman Senyör, bu baston on altın eder mi?

— Eder dostum eder. İnanın bana. Delil isterseniz şöyle ortasından kırıverin.

Öteki ihtiyar gülümsüyordu, fakat keyfi pek yerinde görünmüyordu.

Sanço birinin tereddütünü, ötekinin endişesini görerek dükün çok şaşırmış görünen kâhyasına döndü ve emretti:

— Haydi mösyö, şu bastonu alın da emrettiğim gibi kırıverin ortasından.

Kâhya itaat etti. Salonda bulunanlar kırılan bastonun içinden on altın döküldüğünü görerek hayret ettiler. Mucizeye benzeyen bu hal karşısında herkesin parmağı ağzında kaldı. Kâhya, Sanço'ya paraların bastonun içinde bulunduğunu nasıl bildiğini sorunca o:

— Bir parça düşünmek lazım, dedi. Borçlu yemin edeceği zaman bastonu niçin alacaklıya verdi? Buna ne lüzum vardı? Demek ki bir parça düşünmek her zaman işine yarıyor insanın.

Biri memnun, öteki utancından yerin dibine geçmiş bir halde iki ihtiyar kapıdan çıktılar. Herkes birbirine yeni valinin aklını övüyordu.

Sanço o zaman:

— Bu törenlerin bitmiş olduğuna çok memnunum, dedi; çünkü kurt gibi acıktım. Bu adada yemek yemek âdet değil mi?

Kâhya yemek saatinin yaklaştığını haber verdi ve onu büyük bir salonda kurulu bir sofranın başına götürdü. Üzerinde türlü türlü tabaklar dolup taşıyordu. Sanço bu güzel yemekleri görünce açlığı bir kat daha arttı. Adamcağız hemen sofranın başına çökmek üzereydi ki, iki uşak kollarına girerek onu tuvalet yapmaya götürdüler. Başından tacını, sırtından kaftanını alarak bol su ve sabun ile kafasını yıkadılar.

Sanço, kâhyaya:

— Bu da mı buranın âdeti? diye sordu.

Kâhya çok ciddi bir çehre ile onu tasdik etti.

Âdetler tamam olunca Sanço sofranın şeref sandalyesine kurulup oturdu ve bir memur onun peşkirini boynuna bağladı. O esnada salona bir adam girerek sofraya yaklaşmıştı. Elinde ince bir değnek vardı. Vali nefis mayonezli yumurtalara saldıracağı zaman adam hafifçe onun parmaklarına vurdu:

Sanço hayretle:

— Ne oluyor? dedi.

Yeni valinin özel hekimi olan adam:

— Lokman hekim fazla yumurtanın karaciğere çok zararlı olduğunu buyurmuştur, dedi, bunun için bu tabağa dokunmanıza izin yoktur. Hemen götürsünler.

Bir uşak sofraya yaklaştı ve birinci tabağı alıp götürdü.

Sanço kendi kendine:

— Bereket ki, geriye çok şey kalıyor, dedi ve elini son derece iştah verici bir balık kızartması tabağına uzattı. Hekim sert bir tavırla:

— Yok hayır, dedi, balıkların kılçıkları vardır, bunları yutmanın tehlikeli olduğunu bilmez değilsiniz Senyör. Her gün bu yüzden birçok insan ölür. Sizi uzun müddet başımızda görmek istediğimize göre bu tabağa da el sürmemeniz lazımdır. Ne duruyorsunuz? Götürsenize.

Uşak tekrar geldi ve tabağı kaptığı gibi ortadan yok oldu.

Sanço boynunu bükerek:

— Ne yapalım öyle olsun. Geriye tavuk ile kebap kalıyor.

— Monsenyör, rica ederim etlere de iltifat etmeyin, çünkü sizin gibi insanlara etten daha zararlı bir şey olamaz. Bu geceden tezi yok bir felç, bir kalp durması yahut başka bir korkunç hastalıktan ölebilirsiniz Allah esirgesin. Bunun için bütün etlerin sofradan kaldırılmasını zaruri görüyorum.

Birkaç uşak sofraya üşüştüler ve ete benzer ne varsa bir anda sofradan uçtu.

Vali:

— Hekim efendi, müsaade eder misiniz, dedi. Fakat hekimbaşı sert bir hareketle sözünü onun ağzına tıktı:

— Monsenyör, hayatınız bana emanet edilmiştir.

Vazifem çok ağırdır; fakat ne çare elimden geleni yapacağım. Bana itimat buyurun.

Hekim değneğinin ucu ile birer birer zerzevat, yemiş ve peynir tabaklarına dokunuyordu.

— Zerzevat ile yemişin fazlası karın ağrısı yapar Monsenyör, peynir ise uykuyu kaçırır. Onun için yüksek müsaadenizle onları da menedeceğim. Ben sizin hekiminiz kaldıkça bunları yiyemeyeceksiniz.

Sanço alaycı bir tavırla:

— Öyleyse bana ne vereceksiniz sayın hekimbaşı? dedi.

— Efendimize iyice kurumuş ekmek ile bir testi saf su getirin.

Zavallı vali öfkeden tıkanıyordu:

— Hay Allah belasını versin o hekimliğin de, hekimlerin de. Milleti açlıktan öldürecekler. Bana su içirmek ha!

— Şarap iyi şeydir ama fazla içilmesinden ileri gelecek zararları pekâlâ bilirsiniz Monsenyör. Sizi ölüm tehlikesinden korumak için kesin emirler aldım.

Sanço birdenbire köpürdü:

— Siz alçak herifin birisiniz. Kuru ekmekle su ha! dedi.

Hekimbaşı ellerini ovuşturarak:

— Elimden ne gelir Monsenyör! Hayatınız bana emanettir.

Vali tok bir sesle "kâhya" diye bağırdı. Kahkahalarını zorlukla tutan kâhya:

— Buyrun efendim. Ne emrediyorsunuz?

— Bu hekimi hemen karanlık bir zindana kapasınlar;

kuru ekmek ve su perhizine yatırsınlar. Madem ki, sıhhat için en iyi perhiz bu imiş.

Kâhya cevap verdi:

— Emrinizi yerine getiremeyeceğimize çok üzülürüz Monsenyör. Ortalık kararınca cezaevinin kapıları kapanır, geceleyin hiç kimse oraya girip çıkamaz.

Tam o sırada sokakta bir büyük gürültü işitildi; kâhya pencereden baktıktan sonra Sanço'ya:

— Dük hazretlerinin postacısı geldi, dedi, birkaç ehemmiyetli emir getirmiş olacak herhalde.

Biraz sonra postacı soluk soluğa içeri girdi ve cebinden bir zarf çıkararak valiye uzattı.

Sanço mektubu kâhyaya vererek:

— Bakın bakalım ne var? dedi.

Kâhya yüksek sesle zarfın üstünü okudu:

— Barataria adası valisi Don Sanço Fariza Hazretlerine; kendisi yahut kâtibi tarafından açılacaktır.

Sanço:

— Kâtibim mi? dedi, nerede benim kâtibim?

Bir genç adam:

— Kâtibiniz benim Monsenyör, dedi. Ekselans dükün mektubunu okumamı emreder misiniz?

Sanço cevap verdi:

— Ederim, fakat bizi yalnız bıraksınlar; çünkü bu mektup bana ehemmiyetli görünüyor.

Herkes hemen dışarı çıktı ve kâtip dükün mektubunu okudu.

"Düşmanlarınızın bu gecelerden birinde adanıza saldıracaklarını şimdi haber almış bulunuyorum. Sizi öldürmeye

karar vermişlerdir. Onun için tetikte bulunmanızı rica ederim. Ayrıca birkaç kişinin de sizi hançerlemek, yahut zehirlemek için adanıza girmiş olduklarını öğrendim. Başınıza bir felaket gelirse hayatım boyunca üzülürüm. Bu sebeple gözünüzü açmanızı rica ederim. Size verilecek yiyeceklere el sürmeyiniz. İhtiyaç hasıl olursa size yardım gönderirim. Alınması gerekecek tedbirleri sizin akıl ve idrakinize havale ediyorum."

Sanço:

— Hay Allah belasını versin, dedi, al sana hiç yoktan bir mesele. İnsanlar beni neye öldüreceklermiş? Kime kötülük ettim ben? Beni açlıktan öldürmek isteyen o melun hekimden başka hayatıma kastetmek isteyen hiç kimse görmüyorum. Onun için bana bir mahpusa değil, kendi durumunda bir adama layık yiyecekler getirmesini hemen bu dakikada sofracıbaşına emrediniz. Sonra da dostum dük hazretlerine cevap veriniz ki hürmetle ellerinden öpüyorum, kendisinin sadık kuluyum, benim için merak etmesin. Adayı aramızda bulunacak kötü niyetli insanlardan temizlemek işi ile ben kendim meşgul olacağım. Çiftçilerle zenaat sahiplerini korumak, asilzadelerin imtiyazlarını muhafaza etmek, iyi işler yapanları mükâfatlandırmak, kötülük yapmaya kalkanları şiddetle cezalandırmak kararındayım. Dine hürmet edilmesi ve hayır sahiplerinin el üstünde tutulması en büyük arzumdur. Herkes ağız açmadan derhal bana itaat etmelidir, çünkü valilik sıfat ve vakarına karşı en küçük hürmetsizlik edilmesine göz yummayacağım.

Kâtip bu sözleri not ediyor, yeni efendisinin akıl ve idrakine bir parça şaşıyordu; çünkü onu kendisine kafaca sakat ve tabansız bir adam diye anlatmışlardı.

H. PISA

Yirmi Altıncı Bölüm

Düşmanlar Sanço'nun Şatosuna Baskın Yapıyorlar

Sanço on beş günden beri şehri idare ediyor ve kimsenin kendisinden şikâyeti olmuyordu. Tam tersine herkes ondan hoşnuttu. Valinin etrafını alan kâhya ve saray adamları, işin nihayetinde bir köylüden başka bir şey olmayan bir adamın kafasında bu kadar akıl bulunmasına hayran oluyorlardı.

Onun bir sağduyu mahsulü olmayan hiçbir emir, hiçbir tedbiri yoktu. Kâhyasından her gün rapor alan dük bile valisinin bazı ipsiz sapsız fikirlerine gülmekle beraber Don Kişot'un meşhur seyisini övmek için çok kere sebepler buluyordu.

Bununla beraber bazı kimseler bu oyunu fazla uzamış buldular ve Sanço Panza'yı işinden iğrendirmeye yemin ettiler. Bu suikast belki de meşhur hekimi başının altından çıkıyordu. Pek muhakkak değildir, ama bana öyle geliyor ki bu gizli tertibi o idare etmekteydi; çünkü gözden düşmüş olmasını ve valinin yiyeceği yemekleri evvela kendisine tattırmasını bir türlü şanına yakıştıramamış ve hazmedememişti.

Sanço kâhyaya:

— Kimsenin benim yiyeceklerime zehir katmaya cesaret edip edemeyeceğini böyle görüp anlamış olacağız. Hekimbaşı kızarmış keklikleri yahut kaymaklı çörekleri yerken yüzünü buruşturmadıkça kimse beni daha iyi bir dünyaya göndermek istemiyor demektir.

Derken gecenin birinde yatağında yatan ve yığınlarla emirler verdikten sonra huzur içinde yorgunluğunu dinlendiren kâhyamız birdenbire telaşlı çan sesleri ve haykırışlarla uykusundan uyandı ve bir felaket oluyor sandı. Yatağında doğruldu ve heyecandan yüreği çarparak sokakları dinledi.

Bu gürültüye borazan ve trampet seslerinin karışması Sanço'nun hayret ve dehşetini arttırmaktaydı. Bir sıçrayışta yatağından çıktı, sırtında gecelik gömleği ile pencereye koştu ve sokağa baktı. Gözünün önünde korkunç bir manzara vardı. Etrafta birtakım insanlar dövüşüyor, oradan oraya koşuşan silahşörlerden başka bir şey görmüyordu. Yanar meşaleler bu korkunç manzaraları uğursuz bir ışıkla aydınlatmakta idi. Aynı dakikada odanın kapısı açıldı, içeriye ellerinde kılıçlarla yirmi kadar adam girdi.

— Silah başına Monsenyör, silah başına, diye haykırışıyorlardı, düşmanlar bize saldırıyorlar. Şimdiden şehrin üçte ikisini zaptetmişlerdir; imdadımıza yetişmezseniz halimiz dumandır.

Vali titreye titreye:

— Sevgili dostlarım, dedi, bu durumda ne istersiniz ki yapayım.

Silahşörlerden biri:

— Yapılacak bir şey var Monsenyör, dedi, silahlarınızı kuşanmak ve bizimle beraber savaşmak. Düşmanlarımızın, sizi başımızda görünce ödleri kopacağına ve tabanları yağlayıp kaçacaklarına şüphe yoktur; çünkü sizin nasıl bir kahraman olduğunuzu biliyorlar.

Bir başkası:

— Evet Monsenyör, dedi, bize baş olunuz. Nereye giderseniz peşinizden geleceğiz.

Sanço:

— Silahlanmak neme yarar? dedi, ben şimdiye kadar elime kılıç almış adam değilim. Efendim Don Kişot burada olaydı size baş olurdu, bütün düşmanları yere sermenize yardım ederdi. Fakat ben bu sanatın içinde yetişmiş bir adam değilim.

— Bu nasıl söz Monsenyör? Siz bizim valimiz, şefimiz değil misiniz? Silahlarınızı getirdik. Kendi hayatınızı ve şehri kurtarmak istiyorsanız onları kuşanmakta acele ediniz. Düşmanlar sarayın kapısını kırıyorlar. Biraz sonra burada olacaklar. Sizi bu kıyafette görürlerse hemen pencerenize asarlar.

Sanço:

— Bak şu başıma gelene, dedi, iç gömleği ile asılmaktansa dövüşmeyi ve yüz bin sopa yemeyi cana minnet bilirim.

— Korkmayın Monsenyör. Sizinle beraber biz onları alt ederiz.

— Silahlarım nerede dostlarım?

— İşte Monsenyör.

Gömleğinin üstüne hemencecik iki kalkan geçirdiler; biri karnını, öteki sırtını muhafaza edecekti. Sonra bu kalkanları iple sımsıkı birbirine bağlayarak yalnız kollarını serbest bıraktılar. Bunlar Sanço'nun hemen hemen vücudu büyüklüğünde iki kocaman kalkandı. Adamcağız bu acayip zırh içinde pek rahatsız bir durumda kalmıştı. Yürümek için dizlerini oynatmaya bile kudreti yoktu. Sağ eline bir mızrak, sol eline bir kılıç verdiler. Bu mızrak epeyce işine yaramıştı, çünkü hiç olmazsa dayanmak için baston gibi kullanıyordu.

Silahşörlerin kumandanı olduğu anlaşılan bir adam:

— Şimdi artık ileri Monsenyör, dedi, bizi zafere götürecek sizsiniz.

Köylü:

— İyi ama ben nasıl yürüyeceğim? dedi, adım atmak şöyle dursun, kımıldanamıyorum bile. Başınızda bulunmamı mutlaka istiyorsanız beni gideceğim yere taşıyınız, durduğum yerde kımıldamadan sağa sola kılıç ve mızrak sallarım.

O sırada sarayın içinde dehşetli çatırdılar duyulmuş ve meşalelerin birçoğu sönmüştü. Karanlığın içinde anlatılmaz bir kargaşalık oldu. Zavallı Sanço korkudan yarı ölmüş bir halde ileriye doğru bir adım atmak istedi ve sırtüstü yere düştü. Etrafında bir kıyamet günü gürültüsü koptu. Birbirleriyle boğuşan, yahut boğuşuyor gibi görünen birtakım adamlar, kalkanları korkunç kılıç vuruşları ile şangırdatarak yirmi kereden fazla Sanço'nun üstünden geçtiler.

Biçare köylünün gürültüden beyni kafatasından fırlayacak gibi oluyordu. Yattığı yerde sıkıntısından kan tere batıyor, kendini bu beladan kurtarmak için bütün erenleri ve evliyaları imdadına çağırıyordu. Münasebetsizin biri onun karnına çıktı ve bağıra bağıra emirler vermeye başladı:

— Cesaret! İleriye arkadaşlar ileriye! Dikkat, karşı kapıdan giriyorlar. Kaynamış zeytinyağı kazanlarını getirin... Yangına dikkat... Kaybettik... Herkes canını kurtarsın... Ev yanıyor!

Don Kişot'un talihsiz seyisi:

— Aman Allah, diye inliyordu, ne olduysa bana oldu. Yangın çıkarsa ne yapacağım? İki kalkanın arasında kebap gibi kızaracağım. Allah acısa da daha evvel ölsem, diri diri yanmak çok acı şey?

Az sonra ona bir parça ümit veren başka haykırışmalar oldu.

— Kazanıyoruz, kazanıyoruz, gayret arkadaşlar! Korkaklar kaçıyorlar.

Gürültü gerçekten hafifliyor, uzaklaşıyordu.

— Zafer... Zafer... Duruma hâkim olduk. Dışardan yardım almazlarsa şehri kurtardık!

Birisi bir meşale getirdi:

— Monsenyör neredesiniz?

Sanço acınacak bir sesle:

— Buradayım, diye inledi.

Üzerine eğildiler:

— Ah Monsenyör ne yapıyorsunuz orada? Sağ mısınız, öldünüz mü? Yaralı değilsiniz ya? Hiç korkmayın Monsenyör, düşmanı kaçırdık. Kahramanlığınız sayesinde zafere eriştik. Öldürdüğünüz düşmanlar...

Vali inliyor, yalvarıyordu:

— Allah rızası için beni buradan kaldırın. Öldürdüğüm düşmanlara gelince bir tanesini bulurlarsa çivi ile alnıma çaksınlar.

Silahşörler Sanço'yu ayağa kaldırdıkları zaman:

— Vah vah Monsenyör, siz epeyce hırpalanmışsınız, dediler.

— Hırpalandım, örselendim, yaralandım, ne oldumsa oldum. Allah rızası için bana bir parça şarap... Bayılıyorum.

Göğsünden ve sırtından kalkanları çıkardıkları zaman Sanço yatağının üstüne oturmak istedi, fakat birdenbire kendinden geçerek olduğu yere yığılıverdi.

Oyunu tertip edenler şakayı fazla ileriye götürdüklerine pişman olmaya başlamışlardı, fakat çok geçmeden vali kendine geldi ve saatin kaç olduğunu sordu.

Adamlarından biri:

— Ortalık ağarmaya başlıyor, diye cevap verdi.

Sanço bir kelime söylemeden giyinmeye başlamıştı. Etrafındakiler ne söyleyeceklerini, ne yapacaklarını bilemiyorlar ve bazıları adamcağızın acınacak durumunu görerek kaygılanmaya başlıyorlardı.

Sanço giyindikten sonra evin ahırına indi ve eşeğine yaklaştı:

— Ah sevgili dostum, diyordu, biricik sadık arkadaşım, neden bu aptallığı yaptım ben? Bir adaya vali olmaya kalkmak aptallık değil de nedir? Sen kim, valilik kim? Başımdan büyük işlere karışacağıma ne diye rahat rahat köyceğizimde oturmadım? Milletleri idare etmek için yanıp tutuşan yığınlarla insan var; fakat benim için bitmiştir artık bu macera. Bir daha tövbeler tövbesi. Gel gözümün bebeği eşeğim, gel benimle; selametle köyümüzün yolunu buluruz inşallah!

Orada bulunanlar Sanço'nun eşekle konuşmasını hayretle dinliyorlardı. Kâhya ile hekim, kâtip ile sofracıbaşı onun yanında duruyorlar, bu sözlerin ne manaya geldiğini soruyorlardı.

Sanço eşeğinin semerini vurdu ve üstüne yerleşti. Hiçbir şey anlamayan kâhya:

— Ne oluyoruz Monsenyör, nereye gidiyorsunuz? diyordu.

Sanço cevap verdi:

— Nereye mi gidiyorum? Eski hayatıma, hürriyetime. Ben vali olmak, düşmanlara karşı ada müdafaa etmek için yaratılmış bir adam değilim. Yeryüzünde bir tek düşmanım yok benim. Ben ufacık toprağımı ekip biçmeyi, bağımı budamayı daha çok severim. Allahaısmarladık efendiler. Yol verin bakalım da bu gece ayaklarınız altında yol keçesi gibi çiğnediğiniz vücudumun yaralarını tımar etmeye gideyim.

Kâhya:

— Monsenyör, lütfedin de bizimle kalın, dedi. Düşmanlarınız kaçtılar. Bir daha da geri dönmezler.

— Yağma yok mösyö, ben alacağımı aldım. Dük hazretleri adasını kime isterse ona idare ettirsin.

Hekimbaşı:

— Yaralarınızı başka yerlerde tedavi etmekle beni utandıracaksınız. Ben öyle bir ilaç biliyorum ki bir kere sürerseniz ne yara kalır, ne bere...

Sanço:

— İlacınızı başka valilere saklayın, hekimbaşı hazretleri, dedi, Sanço Panza'yı bir daha zor sokarsınız kafese...

Kâhya onu alıkoymak için pek çok uğraştı. Sanço Panza'nın niyetini öğrendikten sonra ondan ayrılmak bu insanları üzüyordu. Yaptıkları eşek şakasına gerçekten pişman oluyorlardı. Fakat Sanço onların her sözüne:

— Yağma yok efendiler, ne yapsanız nafile, diyordu, Sançolar eşekleri kadar inatçı olurlar. Herkes kendi zenaatini yapmalı. Ben toprağı ekip biçerim; siz isterseniz kanunlar yaparsınız; şehrinizi düşmanlarınızdan korursunuz.

Kâhya:

— Fakat efendim, siz hiç değilse idareniz için dük hazretlerine hesap vermelisiniz, dedi.

Sanço güldü:

— Bende şehrin paralarını heybesine doldurup giden adam hali var mı? dedi, şehrinizden hemen hemen çırçıplak ayrılan adamdan hesap sorulur mu? Olsa olsa size yediğim sopaların hesabını verebilirim. Dük bunu sorarsa hesabını vermekte kusur etmem.

Kâtip:

— Senyör Sanço'nun hakkı var, dedi. Söyleyin Senyör Sanço, sizi memnun etmek için ne yapabiliriz?

Köylü:

— Ahırın kapısını açabilirsiniz, dedi, bana "uğurlar olsun" deyin. Başka bir şey istemiyorum.

Orada bulunanlar birer birer Sanço'yu kucakladılar; o da gözlerinde sıcak yaşlarla hepsini ayrı ayrı öptü. Köylünün söylediği sözler ve gösterdiği muhabbet ciğerlerine işlemişti. Birçokları onunla alay ettikleri için adeta ağlamaklı oluyorlardı.

Vedalar bittikten sonra kâhya ahırın kapısını açtı ve Sanço arkasına bakmak için bir kere bile başını çevirmeden şehirden çıktı.

Yirmi Yedinci Bölüm

Sançо ile Don Kişot Yeniden Buluştular

Don Kişot'un zavallı seyisi şatonun yolu üzerinde mahzun mahzun yol alıyordu. Çıktığı ikbal tepesinden başaşağı yuvarlanış. Dün şerefler, ziyafet sofraları, emirler ve kanunlar; bugün bir orman içinden geçen bir keçi yolunda tek başına gidiş.

Fakat Sanço'daki hüznün ikbal düşkünlüğünden yahut o gece yediği dayaklardan ileri geldiğini zannetmek yanlış olur.

Köylü dünya saltanatlarının boşluğunu anlamıştı, artık onlara hasret çekmiyordu.

— Neden karıcığımın yanında kalmadım, diye içini çekiyordu; dünya büyüklerini kıskanmak meğer ne boş şeymiş! İnsan onların yüksek mevkilerinin yalnız güzel taraflarını görüyor. Madalyanın ters tarafını gözünün önüne getiremiyor. Gerçekten benim valiliğimin kaygıları sevgili boz eşeğimin dostluğuna değmiyor; hele efendim Don Kişot'un bana gösterdiği muhabbetin pabucu bile olamıyor.

Sanço'daki hüznün sebebi buydu. Şövalyeyi merak ediyordu. Bu on beş gün içinde efendisi ne olmuştu acaba? Başka bir seyis bulabilmiş mi idi? Hâlâ dükün yanında mı idi?

Sanço, Don Kişot ile beraber şatoda başından geçen şeyleri birer birer yaşamakta idi.

— Bu herifler efendimle alay etmiyorlarsa ben ne olayım. Zannediyorum ki beni de alaya aldılar. Bana gülmekte hakları vardır, fakat efendim bir asilzadedir; ona nasıl yapabildiler bunu? Herkesin yüzlerce küçük kusurları, delilikleri yok mudur? Dük ile düşesin kendileri de kusursuz insanlar olduklarını iddia edebilirler mi? Bunları düşündükçe Sanço'nun gözleri yaşarıyordu.

— Ah akılsız Sanço! Hiç şüphe yok ki sen cezanı çektin. Efendini bırakmaya ne ihtiyacın vardı? Neydi senin yaptığın o delilik? Onun dostluğunu dünya ikbaline feda etmek alçaklığından nasıl kaçınmadın? Adamcağızı yüzüstü bırakmaktan utanmadın mı? Sen ne uğursuz bir rezilsin. Bir daha onun karşısına çıkmaya nasıl cesaret edeceksin? Seni istemezse, senden yüz çevirirse ne halt edersin? Kendini şu çam yahut meşe ağacına assan belki daha iyi edersin... Asılmak mı? Öyle şey yok dostum; don gömlekle eski vali sarayının penceresine asılmadıktan sonra böyle üstünle başınla ağaç dalına hiç asılamazsın.

Zavallı köylü derin derin içini çekiyor ve başıboş kalan eşek bildiği gibi yoluna devam ediyordu. Fakat birdenbire hava değişti. Toprak ansızın eşeğin ayakları altından kaymış ve Sanço onunla beraber karanlık bir çukurun dibine yuvarlanmıştı.

Adamcağız:

— Aman Allah! Nedir bu başımıza gelen? diye bağırdı.

Sualine kimse cevap vermedi. Yerinden güçlükle kalktı, ötesini berisini yokladı, eşeğinin kalkmasına yardım etti ve kafası bu düşmeden iyice sersemlemiş olduğu halde yukarıya bakarak bu işin ne manaya geldiğini kendi kendine sordu.

Sanço bir an düşünmüş olaydı bu olayın sebebini belki anlardı. Düştüğü çukur, ayı yahut kurtları yakalamak için kazılan çukurlara benzeyen bir eski çukurdu. Fakat şimdilik aklına ancak şöyle bir şey gelebilirdi. Efendisinin sihirbazları, onun kendilerine inanmayışının ve Don Kişot'a söylediği yalanların öcünü alıyor olmalıydılar. Bundan başka kendine atmayı vaat etmiş olduğu üç bin altı yüz kamçı da aklına geldi ve valiliğin kaygıları içinde onları unutmuş olmasına üzüldü. Hiç şüphesiz onu bu çukura Merlin yuvarlamıştı. Sihirbazlar kralı az sonra kendisini cehenneme götürmeye gelecekti.

Felaketine bir çare göremeyerek inlemeye ve haykırmaya başladı. Yoldan geçen birinin bu haykırışları işiteceğini ve imdadına geleceğini umuyordu. Ona bir saksağan yahut alakarga cevap verdi, fakat bu kuşların hangisinden olursa olsun ona ne hayır gelebilirdi.

Sanço:

— Bu sefer hapı yuttuk; Allahaısmarladık karıcığım, dedi, maceramızın sonu geldi. Burada kim duyuyor benim sesimi? Hiç şüphe yok ki yolumu şaşırdım ve belamı buldum. Ah zavallı eşeciğim, sadık dostum, kendimle beraber senin de başını ateşe attım.

Böylece nafile şikâyetler ve ümitsiz haykırışlarla birkaç saat geçti. Sanço çukurdan yola çıkmak için birçok defalar büyük gayretler sarf etmişti. Fakat toprak ayağının altından kayıyor ve çıkacak gibi olurken tekrar çukurun içine yuvarlanıyordu. Tam bir filozof olan eşek yere yatmıştı; efendisine kurnaz bir bakışla bakarak oyunun sona ermesini sabırla bekliyordu.

Akşam oluyor, ortalık kararmaya başlıyordu ki, seyis çukurun dışında bir gürültü işitti. Bu gecikmiş bir yolcu olacaktı. Sanço acı çığlıklarla ona yalvardı.

Bu esrarlı yolcu Don Kişot'tan başkası değildi. Şövalye çukurun kenarında atını durdurdu ve içerden gelen şikâyet sesini dinledi:

— Yanılmıyorsam bu bizim Sanço'nun sesi olacak. Dibi görünmeyen şu derin çukurdan geliyor. Zavallı seyisim cehennemde olacaktır; ruhu bana yalvarıyor.

Sesini yükselterek köylüye bağırdı:

— Bana söylediğini işitiyorum dostum Sanço. Seni bu hale getiren vakayı öğrendim. Fakat korkma. Bir günahlıyı Âraf'tan çıkaracak bütün duaları biliyorum. Seni cennete göndermek için onları kaç defa lazım gelirse okuyacağım.

Sanço efendisinin sesini tanıyınca sevinç içinde:

— Ah Senyör Don Kişot, siz misiniz? diye bağırdı.

Şövalye:

— Bu bizim Sanço'nun sesi, diye mırıldandı, zavallı adam! Ona bir iyilik etmek isterdim, olmadı. Ama kabahat kendisinde. Ne vardı o dükün valiliğini kabul edecek! Şehir ahalisi onu öldürmüşlerdir de ruhu ormanlarda dolaşıyordur.

Don Kişot yüksek sesle deliğin ağzından bağırdı:

— Zavallı Sanço dostum. Ölümünün esrarını anlat bana bakalım. Ruhunun huzuru için her gün dua edeceğim. Bana güvenebilirsin.

Sanço avaz avaz bağırdı:

— Aman Monsenyör! Ben ölmedim. Eşeğimle beraber çukurun içindeyim. Çıkarın beni buradan.

Don Kişot hayretle:

— Eşeğinden bahsediyor, dedi, çok acayip şey! Ben hiçbir ölünün mezara bir dünya malı götürdüğünü işitmedim; eşeği bile olsa...

— Senyör Don Kişot, tekrar ediyorum. Ben ölmedim. Boz eşek de benim gibi sağdır.

Don Kişot seyisin Dulcinea'nın büyüsünü bozmak için yemeği vaat ettiği kamçıları hatırladı ve tekrar deliğin ağzına eğildi.

— Sadık ve vefalı dostum! Vaat ettiğin kamçıları unutup unutmadığını söyleyebilir misin bana?

Sanço heyecanla cevap verdi:

— Ah Senyör Şövalye, onları saymaya vakit bulamadım henüz; fakat beni bu delikten kurtarın, ilk fırsatta sözümü yerine getiririm.

— Seni bu delikten kurtarmak mı?

— Evet mösyö. Hem de çabuk olun rica ederim. Çünkü ölürsem bu borcu ödeyemem ve sihirbaz Merlin, bize söylediği gibi, Dulcinea'yı cehenneme götürür.

Bu fikir Don Kişot'u hemen harekete getirdi. Atından inerek:

— Demek sen ölmedin Sanço, dedi, burada olan sen misin?

— Söyledim ya Şövalyem. Ne yapacaksanız yapın ayağınızın altını öpeyim.

Şövalye seyisini çok güçlükle çukurdan çıkardı, ancak her ikisinin eşeği çıkarmak için çektikleri zahmet bundan da büyük oldu. Fakat azmin elinden ne kurtulur!

Kahramanlarımız ile hayvanları yine hep birden toprağın üstünde bir araya geldiler.

Sanço Don Kişot'un ayaklarına kapanarak:

— Ah Monsenyör sizi gördüğüme ne kadar memnun oldum, dedi.

Don Kişot:

— Ben de öyle Sanço, dedi. Sen artık adanda değil misin?

— Allah beni kurtardı o adadan sevgili efendiciğim. Ben çiftçi doğdum, vali değil. Dük hazretleri şehri müdafaa ettirmek için başka birini arasın. Ya siz Monsenyör, siz şatoda değil misiniz?

Şövalye asık bir yüzle:

— Hayır, dedi, bu insanların benimle alay etmekte olduklarını fark ettim. Bunun için bu sabah onlara "Allahaısmarladık" bile demeden yola çıktım. Düşün bir kere Sanço dostum; düşes benim bıyıklarımı tıraş ettirmek istiyordu. Aslanlar Şövalyesi Don Kişot'u yeni doğmuş bir çocuk gibi cascavlak bir suratla gözünün önüne getirebiliyor musun?

— Çok iyi ettiniz Monsenyör.

— Gel benimle Sanço dostum, seninle yeni maceralara gideriz.

Sanço sordu:

— Bunun lazım olduğunu sanır mısınız? Siz şatonuza, ben kulübeme gitsek daha iyi olmaz mı?

Şövalye cevap verdi:

— Sanço dostum. Senin hiçbir şeye aklın ermiyor. Talih bir gün bize güler yüz gösterecektir. Arkamdan gelirsen pişman olmazsın.

H PISAN

— Peki siz nereye gidiyorsunuz?

— Barselona şehrine Sanço dostum.

Don Kişot fazla bir şey söylemeden atını dörtnala sürdü ve uzaklaştı. Sanço'nun ona ayak uydurması zordu. Fakat bir dağı bile merhamete getirecek iniltilerle bu işi yaptı.

H. PISAN

Yirmi Sekizinci Bölüm

Beyaz Ay Şövalyesi

Dağdan dağa, kırdan kıra Don Kişot nihayet Barcelona surlarına vardı. Hiç şüphesiz ilk defa sevinçle şatosundan ayrıldığı günkü ruh hali içinde değildi. Yolda rastladığı kimselere artık ilgi göstermiyordu. Rocinante'nin ağır adımlarına uyarak sessiz ve mahzun yoluna devam ediyordu. Sanço Panza da onun ardında aynı hüzün ile durmadan göğüs geçiriyor, artık efendisinin mahzunluğunu gidermeye çalışmıyor ve ara sıra eşeğinin üstünde uyuyordu.

Seyislik vazifesi ona artık hoş bir şey gibi görünmemekteydi. Yolda zevzeğin biri kendisine takılacak olursa, efendisinin işitmemiş olduğunu görerek, cevapsız bırakıyordu.

İspanya'nın ünlü şövalyesi, kahramanlar kahramanı Don Kişot; atın seni nereye götürüyordu acaba? Hangi karanlık kader seni daima ufkun öte yanına çağırıyordu! Hiçbir şey yıldızının çok yakında büsbütün söneceğini sana haber vermiyor muydu? Sonunda talih sana karşı cephe alacak ve sırtını yere getirecek olduktan sonra sihirbazları alt etmek, devleri yenmek, kürek mahkûmlarını kurtarmak, Aynalar Şövalyesi'ni yere sermiş olmak neye yarardı?

Bir sabah Don Kişot, arkasında seyisi ile deniz kenarında geziniyordu. Karşıdan kendisi gibi zırhlı bir şövalyenin geldiğini gördü. Elinde altın rengi parıl parıl bir kalkan vardı. Ortasında beyaz bir hilal resmi görünüyordu. Siperi indirilmiş olan tolgası beyaz ve uzun kuş tüyleri ile süslenmişti. Elindeki mızrağı sallayışında bir gurur gösterişi vardı.

Şövalye Don Kişot'a yaklaştı ve sesi işitilecek bir yere geldiği zaman:

— Aslanlar Şövalyesi adını almış olan kahraman Don Kişot de la Mancha! dedi. Ben Beyaz Ay Şövalyesi'yim. Kazandığım büyük zaferlerin şöhreti sana kadar gelmiş olacaktır sanırım.

Don Kişot aynı eda ile cevap verdi:

— Büyük başarılarınızdan şüphem yoktur; yazık ki ben onları hiç bilmiyorum.

Sanço efendisinin sözlerini işitince:

— Eyvah, dedi, bu başımıza geleni ben hiç beğenmiyorum. Bu şövalyenin korkunç bir hali var. Don Kişot onu rahat bıraksa iyi eder.

Şövalye gurur ile:

— Benim sevgilimin senin sözüm ona prensesin Dulcinea del Toboso'dan bin kat daha güzel olduğunu, hiç tartışmadan hemen kabul etmeni isteyeceğim. Bu hakikati itiraf etmezsen seni amansız, ölesiye bir savaşa çağırıyorum.

Don Kişot sesini yükselterek:

— Küstah Şövalye, diye cevap verdi; sen ya fazla yorgunsun, ya deli.

Öteki gülmeye başladı:

— Dinle Aslanlar Şövalyesi; seni yendiğim zaman senden en az bir yıl silah taşımamanı ve şatona çekilmeni isteyeceğim. Olacak şey değil ya, sen beni yenersen atımla silahlarımı sana teslim edeceğim. Üstelik de istersen kafamı kesmeye hakkın olacak.

Bu muameleye fena halde kızan Don Kişot:

— Sen bir korkak, bir boşboğazdan başka bir şey değilsin, dedi. Seni sopa ile bu memleketten sürüp çıkarmasını seyisime emretmekten neye geri durduğumu anlayamıyorum.

Sanço telaşla:

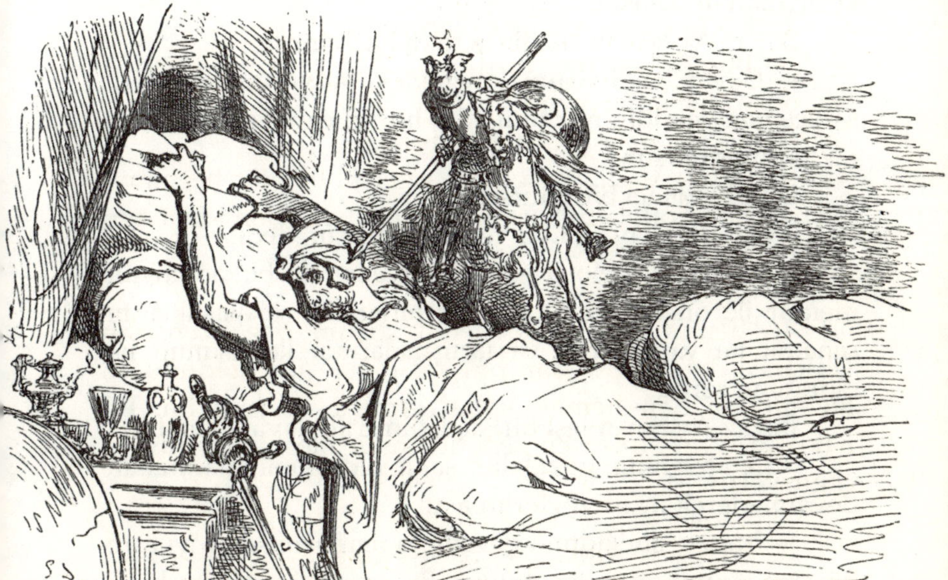

— Aman ne yapıyorsunuz Senyör, dedi, bu adam şövalye, ben ise bir seyis parçasıyım. Sizin kavganıza nasıl karışırım.

Beyaz Ay Şövalyesi:

— Ben size meydan okudum, dedi. Kendinize "Don Kişot sıkıyı gördüğü, yenileceğine emin olduğu zaman tabanları yağlayıp kaçan bir korkaktır" dedirtmesi yakışık alır mı?

Don Kişot kendi kendine mırıldandı:

— Ey benim prensesim; bu zevzeğin lakırdılarına kulak asmayın. Koluma kuvvet verin. Sizin ve kendimin şan ve şerefimiz için dövüşeceğim ve mutlaka zaferi kazanacağım. Elverir ki siz isteyiniz. Bu sefil sizin güzelliğiniz için söylediği şeylerin ne kadar saçma olduğunu anlayacak ve acımadan kafasını keseceğim.

Beyaz Ay Şövalyesi bir kere daha bağırdı:

— Cevap bekliyorum, kavgaya karar verdin mi? Yoksa peşinen yenildiğini kabul edip bir sene evine çekilmeye razı oluyor musun?

Don Kişot acı bir gülüşle:

— Bir dakikaya kadar cevabını alırsın, dedi.

O esnada Barselona valisi, maiyetindeki birkaç büyük memur ile oradan geçiyordu. Birbirleri ile şakalaştıklarını sanarak ne yaptıklarını ve tartışmalarının konusunun ne olduğunu sordu.

Beyaz Ay Şövalyesi birkaç kelime ile davayı anlattı.

Vali kavganın güzel bir şaka olduğuna inanmakta devam ederek iri iri gözlerini açtı.

— Mesele iki kadının güzelliğinden ibaretse en iyi çare bir cirit oyunu tertiplemek olur. Bu savaşın şartlarını bana söyler misiniz sayın Şövalyeler; çünkü bu oyunda hakem ben olmak isterim.

İlk önce Beyaz Ay Şövalyesi cevap verdi ve vali ağır bir hareketle bu kararı beğendiğini anlattı:

— Haydi sayın Şövalyeler, meydan açık; Tanrı her ikinizin de yardımcısı olsun.

İki şövalye evvela epeyce uzaklara açıldılar, sonra birdenbire geri dönerek birbirlerine saldırdılar.

Rocinante yorgundu; Beyaz Ay Şövalyesi'nin atı ise genç ve dinç bir Arap atı idi. Pek az bir zaman içinde Rocinante'nin iki misli bir hız aldı ve iki hayvan karşılaştığı zaman Beyaz Ay Şövalyesi mızrağını indirmeye bile lüzum görmedi. Çarpışma o kadar şiddetli oldu ki, Don Kişot eyerinin üstünden fırlayarak birkaç adım ileriye düştü, onun arkasından da Rocinante yere yuvarlandı.

Bu acayip ciridin galibi hemen atından indi ve sırtüstü yerde yatan Don Kişot'un yanına giderek mızrağının ucunu onun tolgasına dayadı:

— Sen yenildin Şövalye. Savaşın şartlarını kabul ediyor musun? Yoksa senin işini bitirivereyim mi? O halde hemen duanı et.

Bu düşmeden sonra Don Kişot'un iler tutar yeri kalmamıştı. Zayıf bir sesle:

— Senin sevgilinin daha güzel olduğunu söyleyerek Dulcinea'yı küçük düşürmeye hakkım yok, dedi. O halde mızrağını sok ve beni öldür; bu yenilmenin cezasını yalnız ben çekeyim.

Beyaz Ay Şövalyesi:

— Hayır, hayır Don Kişot de la Mancha, dedi, sevgili Prenses Dulcinea'nın şöhretine zarar gelmesini istemem.

Buna karşılık sen savaştan evvel kararlaştırdığımız gibi, en az bir yıl için şatona çekilmeye razı olacaksın.

Yanlarına yaklaşan vali, Don Kişot'un sözlerini işitti.

— Değil mi ki Dulcinea'nın menfaatine aykırı bir şey istemiyorsun benden; o halde ben de sözümde durarak şartlarını kabul ediyorum.

— Bir yıl silah taşımamaya söz veriyor musun?

Don Kişot cevap verdi:

— Şövalye sözü veriyorum.

Çok memnun görünen Beyaz Ay Şövalyesi bunun üzerine valiye selam verdi ve atına binerek çabucak gözden kayboldu. Fakat tehlikeli oyunun hakemi bu şövalye için fazla bilgi edinmek istedi ve arkasından birini yolladı.

Sanço Panza efendisinin yanına gitmişti. Saçını başını yolarak ağlıyor ve ne yapacağını bilemiyordu.

— Yere batsın bu şövalyelik! Ah benim sevgili efendim; günün birinde böyle bir belaya çatacağımızı biliyordum. Bakın ne hale girdiniz Senyör Don Kişot.

Don Kişot'u yerden kaldırdılar; sırtından zırhını, başından tolgasını çıkardılar. O kadar renksiz ve bitkin bir halde idi ki hemen ölecek sanılırdı. Vali yanındakilere:

— Bu adamcağızı bu halde bırakamayız, dedi, bir araba bulalım da şehirde bir hana götürelim.

Vali bunu söyledikten sonra sarayına döndü. Az bir zaman sonra Beyaz Ay Şövalyesi'nin arkasından göndermiş olduğu memur geri döndü ve valinin huzuruna girdi. Don Kişot'un sırtını yere getirmiş olan şövalye de yanında idi. Fakat o da Don Kişot gibi şövalye elbiselerini çıkarmıştı.

Kendisini:

— Kulunuz berber Nicolás'ım, diye takdim etti.

G. Doré
PISAN

Yirmi Dokuzuncu Bölüm

Üç Bin Altı Yüz Kamçı

Don Kişot atına binecek hale gelmeden evvel tam bir hafta handa yattı. Ağır bir yarası yoktu; fakat bir türlü üzerinden atamadığı bir mahzunluğa düşmüş görünüyordu. Beyaz Ay Şövalyesi tarafından alt edilmiş olmak düşüncesi onu hasta ediyor ve Sanço efendisinin hayatından korkmaya başlıyordu.

Don Kişot bir sabah ona:

— Git Rocinante'nin eyerini vur, gidiyoruz, dedi.

Seyis:

— Ah Monsenyör ne söylüyorsunuz, dedi, şatonuza dönmeye ve bir yıl orada oturmaya söz verdiğinizi unuttunuz mu?

— İşte onu yapacağız ya. Köye dönüyoruz.

Sanço geniş bir nefes aldı. Bir saat sonra kahramanlarımız yola çıkıyorlardı. Şehir dışında deniz kenarından geçerlerken Don Kişot kısa bir mola verdi ve gamlı bir bakışla etrafı seyretti:

— Ben son yenilgiyi burada tattım. Bütün şan ve şerefim bir iskambil şatosu gibi burada yıkıldı. Bir sene silah taşımamaya burada yemin etmeye mecbur oldum.

Sançо onu çok ümitsiz görerek:

— Senyör Şövalye, herkesin başına aynı şey gelmez mi? dedi. Adamı idare ederken mesut değil mi idim? Bu geceli gündüzlü yorgunluklara karşı bir para kazanmadan evime dönerken beni mahzun görüyor musunuz? "Talih maymun iştahlı bir kadındır; bakarsın günün birinde bir kere daha yüzüne gülüverir insanın" diye kendimi avutup gidiyorum.

— Sen bir filozof gibi konuşuyorsun Sanço dostum. Sen talihin kör gözlü bir kadın olduğuna inanıyor musun? Herkes kendi talihinin işçisidir sözünü hiç duymadın mı?

— Duydum Senyör Şövalye, fakat...

— Bu düşmenin sebebi ben kendim değilim de kimdir acaba? Beni anlamaya çalış sadık seyisim. Rocinante'yi savaşa dayanacak kadar kuvvetli sanmakta hata ettim. Demek ki kendi yenilgimin işçisi yine kendimim. İhtiyatta kusur ettim ve gururum yüzünden cezalandığımı gördüm. Ben de Roland gibi silahlarımı bir ağaç dalına asmak ve bu şövalyenin silahlarından meydana getirilmiş zafer arması altına kazılmış satırları o ağacın kabuklarına kazmalı değil mi idim?

"Kimse bu silahlara el dokundurmak küstahlığını göze almasın, eğer Roland'la kozunu paylaştırmayı göze almıyorsa"

Efendisi yenildiği saatten beri onun silahlarını kendi boz eşeğinin semerinde taşımakta olan Sanço:

— Ona ne şüphe Senyör Şövalye, dedi. Şu ağaç size münasip görünmüyor mu?

Şövalye şüphe ile başını iki yana salladı. Bu romanesk düşünce hoşuna gitmiyor değildi, fakat onu gerçekleştirmeye yüreği dayanmıyordu.

— Acelesi yok Sanço, dedi, ilerde belki benim zafer armamı taşımaya layık daha haşmetli bir ağaç buluruz.

O günün akşamında iki kafadar küçük bir ormana vardılar ve geceyi orada geçirmeye razı oldular. Don Kişot uyumadan evvel Sanço'yu yanına çağırdı.

Köylü:

— Ne istiyorsunuz Senyör, dedi, sizi memnun etmek için ne yapabilirim? Çekinmeyin, emredin.

Don Kişot cevap verdi:

— Beni çok kolay memnun edebilirsin Sanço dostum. Şimdi artık elden ayaktan düşmüş sayılırız biz. Sanırım ki vaktiyle vermiş olduğun bir sözü hatırlamanın tam zamanıdır.

— Anlamıyorum Şövalyem, hangi sözden bahsediyorsunuz rica ederim?

— Dulcinea'mı sihirbaz Frestón'un büyüsünden kurtarmak zamanı gelmemiş midir artık dersin? Pekâlâ biliyorsun ki zavallı Dulcinea hâlâ Âraf'tadır ve oradan kurtulabilmek için senin keyfinin yerine gelmesini bekliyor. Günün birinde Merlin'in beklemekten usanması ve kızcağızı, söylediği gibi cehenneme götürmesi pek mümkündür.

— Ah Senyör Don Kişot. Bunu söylemek size pek kolay geliyor, anlıyorum. Fakat bu işin pek acelesi olmasa gerek.

— Sen resmen yemin ettin.

— Etmesine ettim Senyör Şövalye. Fakat yiyeceğim üç bin altı yüz kamçıya karşı bana bir ada vaat ediyorlardı. Ada bir rüya oldu. Şimdi durup dururken zavallı vücudumu niçin kamçı ile kan revan içinde bırakacağımı anlamıyorum. Düşünün ki bu dayak yüzünden ben pekâlâ ölebilirim.

— Sen benim Dulcinea'm için ölmekten, bir kahraman gibi canını feda ederek onun yanında eşsiz bir şan ve şerefe erişmekten memnun olmayacak mısın?

— Ben öldükten sonra şan ve şeref kaç para eder. Derimin sağlam kalması bundan çok daha iyidir.

— Fakat düşün ki o deri, er geç bir gün böceklere, kurtlara gıda olacak.

— Fakat ne kadar geç olursa o kadar iyi olur. Siz Dulcinea'nızı sevdiğiniz gibi ben de kör topal, kendi karımı ve çocuklarımı seviyorum.

— Sanço beni çok üzüyorsun. Zavallı Dulcinea'mın ne kötü bir durumda bulunduğunu düşün. Tanrı senin yüreğini taştan mı yaratmış ki her dakika beni yalvartıp duruyorsun?

— Size doğrusunu söyleyim mi Senyör Şövalye. Böyle bir usul ile büyü bozmak masalına ben hiçbir zaman inanmadım. Şövalye kitaplarınızda buna benzer bir şey okudunuz mu hiç? Böyle bir şey başı ağrıyan adamın ayaklarını ovmasına benzemez mi? Bu işi siz yapacak olsanız bir dereceye kadar anlarım; çünkü bir çıkarınız var. Fakat bana ne oluyor ki...

— Hakkın var sevgili dostum. Benim zavallı sırtıma inecek şu kadar kamçı ile sevgilimin kurtulması mümkün olsa üç bin altı yüz kamçıya değil bunun iki üç katına seve seve katlanırım. Fakat sihirbazlarca seçilen kurbanın sen olduğunu Merlin apaçık söyledi. Bu senin için en büyük şeref değil midir?

— Böyle bir şeref uzak olsun benden sayın Şövalyem. Hiç olmazsa ucunda birkaç para olaydı. Rica ederim keselim bu bahsi artık sevgili efendim. Bütün gün eşek üstünde gitmek güzel bir uyku için iştahımı açtı.

— Ah Sanço, sen ömrünün sonuna kadar hep ufak tefek çıkarlarını ölçüp biçen paragöz bir hesapçı mı kalacaksın? Bu başlayan gece güzeldir, tatlıdır; onu çok başka bir şekilde geçirmek varken sen hep uykuyu düşünüyorsun. Kendine hiç olmazsa üç beş yüz kamçı atabilirsin, sonra sabaha kadar seninle şarkı söylemekle vakit geçiririz.

— Senyör Şövalye, söylediklerinizi işitemiyorum; uykudan gözlerim kapanıyor, hayırlı geceler.

Seyis toprak üzerine yatmış horlama taklidi yapıyordu.

Don Kişot nutkuna devam etti:

— Zavallı Sançocuğum! Sevgilimi kurtaracak plan bu kamçılara ne kadar ehemmiyet verdiğimi bilemezsin. Sen bu kamçıları yemek için ne mükâfat istersen vermeye hazırım. O meselede adayı kaybettiğin doğrudur. Fakat mutlaka istiyorsan bir ada para ile de satın alınabilir. Sana epeyce para verebilirim.

Bu sihirli kelimeyi işitince köylü yerinden doğruldu, gözleri ve kulakları birdenbire açıldı.

— Senyör Şövalye, dedi, görüyorum ki sizi hoşnut etmezsem bütün gece başımda konuşacak ve bana uyku uyutmayacaksınız. Ben karımı ve çocuklarımı severim. Elimde avucumda biraz para olmadan onların yanına dönmek beni pek mahzun ediyor. Onların yüzünü güldürmek için gözüme almayacağım fedakârlık yoktur. Söyleyin bakalım Senyör Şövalye. Her kamçı için bana ne verebilirsiniz?

— Sana nasıl cevap vermeli Sanço dostum. Dulcinea'nın yüksek vicdanlı kurtarıcısına ne versem azdır. Süleyman Peygamber'in hazineleri bile yetmez buna.

— Hazineden bahsetmek doğru olmaz Senyör Şövalye.

— O halde fiyatı sen tayin et, yekûnun ne tutacağını hesapla.

— Gayet kolay Senyör Şövalye. Kamçı başına bir su iyidir değil mi? Üç bin altı yüz kamçı üç bin altı yüz su tutar. Bunları beş suluk gümüş paralara çevirirsek dokuz yüz beşlik yapar. Bu dokuz yüz gümüş beşliği sizin bana emanet ettiğiniz paranın içinden alırım ve vücudum dayaktan harap, fakat yüreğim memnun olarak çoluk çocuğumun yanına dönerim.

— Sanço dostum, ey benim sadık seyisim, ey insanların en sevimli ve cesuru, bu makul hareketin için sana çok minnettarım. Prenses kurtulduğu zaman kendisi de minnettar olacak. Ne zaman başlayacağını kararlaştırmalısın evladım. Mümkün olduğu kadar acele etmeli bu iş için. Seni teşvik etmek için bu paraya ayrıca iki de pistol ilave ediyorum.

Sanço:

— Ne vakit mi başlamak istiyorum, dedi, ne vakit isterseniz. Hatta isterseniz bu gece bile.

— Gel bir öpeyim seni Sanço. Bir daha da yenilgiden bahsetmeyelim. Ben insanların en mesuduyum. Şu halde hemen başlayalım.

Sanço hızla ayağa kalktı; eşeğinin kayışlarından birini alarak ormanın içine daldı. Don Kişot arkasından bağırıyordu.

— Dinle beni Sanço. Üç bin altı yüzü tamamlamadan ölmemeye gayret et. Sayıyı bitirmeden ölecek olursan çok yanarım. Ben de geleyim mi seninle beraber? Kamçıları saymana yardım ederim.

— Siz rahatsız olmayın sevgili efendim. Bulunduğunuz yerden de pekâlâ sayabilirsiniz onları. Ben bu çileyi, ibadet eder gibi yalnızlık ve sessizlik içinde tamamına erdirmekten daha memnun olurum. Fakat emin olun benden. Kendimi ölesiye kamçılamam. Yaşamayı çok fazla seviyorum Monsenyör.

Don Kişot'tan yirmi adım kadar uzaklaşmıştı; gece epeyce karanlık olduğundan iki adam birbirlerini görmüyorlardı. Seyis hemen yelek ve gömleğini çıkardı; böylece yan beline kadar soyunmuş olduğu halde dönmeye başladı. Don Kişot bulunduğu yerden kamçıları sayıyordu. Sanço sırtına yedi sekiz kamçı vurmuştu ki, bu işin pek hoş bir şey olmadığına kanaat getirdi. Tekrar efendisine dönerek:

— İnsafınıza sığınıyorum sevgili efendim, dedi, bu kamçılar tanesi bir sudan yenir yutulur şeyler mi? Her biri en az iki su eder.

Asilzade cevap verdi:

— Hakkın var dostum. Kararlaştırdığımız parayı iki misline çıkaralım.

Sanço:

— Hay Allah razı olsun, dedi, büyük lakırdı diye buna derler. Şimdi artık kamçıları afiyetle yemeye dönebiliriz.

Tekrar ormana girdi ve etrafındaki ağaçları var kuvvetiyle kamçılamaya başladı. Ara sıra duruyor, dayanılmaz işkence acıları çekiyormuş gibi bağırıp inliyordu. Sonra tekrar işe başlayarak ağaçları öyle şiddetle kamçılıyordu ki efendisi birdenbire bağırdı:

— Dur dostum! Sen fazla ileri gidiyorsun. Yanlış saymadımsa kendine binden fazla kamçı vurdun. Bu gecelik yeter bu kadarı. Böyle devam ederse ölürsün. Karının bana beddua etmesini istemem.

Sanço cevap verdi:

— Ne çare dişimizi sıkacağız Şövalyem. Başlamışken bitirelim şu işi. Sırtım kamçılara o kadar alıştı ve kızıştı ki artık acı duymuyorum desem yalan olmayacak.

Üç parti daha devam edersek borcumuzu fazlası ile ödemiş oluruz.

— Nasıl istersen öyle olsun Sanço dostum.

Seyis ağaçları o kadar aşk ve şevk ile kamçılamaya koyuldu ki, çok geçmeden etrafında kabukları yüzülmemiş tek ağaç kalmadı.

Fakat Don Kişot'un daha fazla tahammülü kalmadı ve bin kadar yeni kamçıdan sonra Sanço'nun yanına geldi.

— Dostum yeter rica ederim, dedi. Dur artık, korkma. Sevgili prensesimizin büyüsü yarı yarıya bozulmuştur. Başka bir gün biraz kendine gelince tekrar devam edersin.

— Değil mi ki öyle istiyorsunuz, bırakırız bu işi bu günlük. Yalnız mantonuzu sırtıma atıveriniz lütfen. Sıkıntıdan o kadar terledim ki soğuk almaktan korkuyorum.

Sonra biraz ilerde yatmaya gitti ve hemen uyudu. Don Kişot ertesi sabah onu erkenden uyandırdı. Sanço'nun ağaçlara yaptığı zararı görmeye vakit bulamadan yola düzüldüler.

Otuzuncu Bölüm

Köye Dönüş

Ertesi gece Don Kişot dövünmeye devam edip etmeyeceğini seyisinden sordu; fakat Sanço buna razı olmadı:

— Aman ne söylüyorsunuz Monsenyör, dedi, siz beni öldürmek mi istiyorsunuz? Dayak yemek o kadar kolay mı? Sırtımın acısı pek o kadar fazla değil ama kolumdan hayır kalmadı. Bırakın da iki üç gün dinlenip bir parça kendime geleyim... Hesabı tamamlayacağıma şüphe etmeyin.

— Hakkın var Sanço, sabırsızlığımı affet. Pek yakında Dulcinea'mı görmek fikri beni o kadar bahtiyar ediyor ki.

— Sizi prensese kavuşturmak benim elimde bir şeyse mutlaka görürsünüz onu; fakat unutmayınız ki hepimiz Tanrı'nın ellerindeyiz. O izin verirse görürsünüz Dulcinea'yı Senyör Şövalye. Bu ne sizin, ne benim, ne Merlin'in, ne de hiçbir sihirbazın kıvıracağı iş değildir.

Don Kişot içini çekerek:

— Hakkın var, dedi.

İki gün sonra tekrar bir küçük ormanda gecelediklerinden Sanço kamçıları tamamlamak istedi. İlk gece yaptığı gibi efendisinden yirmi adım kadar uzaklaştı ve etrafındaki ağaçları kamçılamaya başladı. Don Kişot seyisindeki yiğitliğe hayran oluyordu. Hesap tamam olunca "yeter" diye bağırdı.

Sanço:

— Doğru mu Senyör Şövalye? diye sordu, sevgilinizi görüyor musunuz?

— Daha değil Sanço dostum. Belki sayıda birkaç yanlışımız var.

— İsterseniz güzel hatırınız için sekiz on kamçı daha yiyeyim.

Köylü ağaçların arasında tekrar kamçısını şakırdattı. Sonra yorularak efendisinin yanına döndü:

— Ah Senyör, Merlin prensesi belki de pek uzak bir yere kapadı; yol biraz uzun sürecek. Bir parça yatıp uyuyalım. Uyandığımız zaman belki başımızın ucunda buluruz.

Birkaç saat sonra güneş ufku yaldızladığı zaman Don Kişot dört bir tarafa uzun uzun baktı; göz alabildiğine yol bomboştu.

İki kahraman köyün yolunu tuttular. Don Kişot bütün gün her rast geldiğinden haber sordu. Hiçbiri yol üzerinde çok güzel bir kadın görmemişti. Akşama doğru bir tepenin doruğuna varmışlardı. Köy karşıdan görünüyordu. Sanço onu tanıyınca sevincini gizleyemedi.

— Ah benim güzel vatanım, dedi, büyük maceralardan dönen oğlunu karşılamak için kollarını aç. Belki istediği kadar zengin dönmüyor; fakat epeyce dayak yedi. Kollarını aç ve evladın Don Kişot'u ana bağrına bas. O da gerçi şan ve şerefe dalmış olarak dönmüyor; fakat hiç değilse yakında sevgilisini göreceği için mesuttur.

Don Kişot mahzun bir sesle:

— Sus Sanço, dedi.

— Nasıl Senyör Şövalye, siz mahzun musunuz?

— Sanço dostum, görüyorum ki maceralarım sona erdi, Dulcinea'mı hiçbir zaman göremeyeceğim. Kamçıların sayısını tamamladık, fakat Merlin sözünde durmadı.

Sanço başını iki tarafa sallayarak içini çekti:

— Allahın istediği olur, dedi, bunu daha evvel de söyledim. Belki de boşuna üzülüyorsunuz. Prenses Dulcinea belki randevusunu geciktirmiştir; yol belki de çok uzundur.

Don Kişot daha acı bir sesle:

— Hayır hayır, dedi. Şu karşıki bayır üstünde kendi şatomu görünce bütün bunların bir büyük delilikten başka bir şey olmadığını daha iyi anladım. Benimle alay ettiler. Sevdiğim kadını asla göremeyeceğim.

İki kahramanımız buna benzer daha başka şeyler konuşarak köylerine yaklaşıyorlardı. Biraz sonra oraya vardılar. Kilisenin yanından geçerken papaz evinin kapısı eşiğinde papaz ile Nicolás'ın konuştuğunu gördüler. Berber papaza:

— Sizi temin ederim ki dostumuz çok yakında buraya dönecek, diyordu.

Fakat papaz buna pek inanmıyordu:

— Unutmamalıyız ki dostumuz bir parça sapıtmıştır.

O sırada Rocinante'nin ayak seslerini işittiler ve döndüler. Dostlarını derhal tanıyarak koştular ve bir kardeş gibi kucaklayıp öptüler.

Berber:

— Ah Don Kişot, sizi gördüğümüze ne kadar memnunuz. Siz şan ve şeref içinde bize dönüyorsunuz; fakat çok yorgunsunuz. Hemen evimize gidelim. Adamakıllı dinlenmeniz lazımdır.

Papaz:

— Sevgili dostum, dedi, göreceksiniz evinizde size ne kadar tatlı bir hayat geçirteceğiz. Bize maceralarınızı anlatacaksınız. Bütün memlekette herkes sizi konuşuyor.

Fakat Don Kişot şüphe ile başını iki yana sallıyordu.

— Hayır dostlarım, dedi, siz benim hâlâ deli olduğumu sanıyorsunuz. Fakat ben iyi oldum. Maceralarımdan bahsetmeyelim artık. Ben tamamıyla aklım başıma gelmiş olarak size dönüyorum.

Papaz ile berber Don Kişot'u şatosuna sürüklüyorlardı. Sanço'nun karısı yoldan geçmekte idi. Kocasını gördü ve bayılacak gibi oldu:

— Seni mi görüyorum Sanço, yoksa hayalini mi?

Seyis:

— Benim sevgili karıcığım, dedi, korkma; beni kucakla.

Kadın hâlâ gözlerine inanamayarak:

— Ben seni hiç gelmeyeceksin artık sanıyordum, diyordu.

Köylü derin derin içini çekerek:

— Ben de birçok defalar öyle sandım, dedi.

— Bu sefer adanı getirdin mi bari?

— Bana artık ada lakırdısı etme. Ada yerinde dursun. Valilik zenaati o kadar belalı bir şey ki... Dünyanın hazinelerini bağışlasalar istemem artık onu. Biz köylüyüz, köylü kalmalıyız.

— Hiç olmazsa biraz yiyecek getirdin mi bize?

— Sana bin sekiz yüz gümüş beşlik getiriyorum sevgilim. Bu paralar yenip içilmez ama onlarla toprağımızı çoğaltırız... Sonra bu yolculuktan adamakıllı bir kamçı dayağı yemiş olarak dönüyorum. O kadar ki hâlâ kolum ağrıyor.

— Zavallı kocacığım benim.

— Ağlama karıcığım. Ders o kadar işime yaradı, senin için o kadar ağlayıp yandım ki bilmezsin. Bir daha böyle belalı işlere burnumu sokmayacağım. Herkes kendi işi ile uğraşmalı. Benimki toprağımı ekip biçmektir. Bundan sonra başka şeye başımı çevirip bakmayacağım.

Don Kişot şatoya doğru yoluna devam ediyordu. Yeğeni ile hizmetçisi o kadar sevindiler ki adeta gözlerine inanamıyorlardı.

— Siz geldiniz öyle mi sevgili amcacığım?

— Ah benim sevgili efendim. Sizi gördüğüme ne kadar memnunum. Sizi o kadar hoş tutacağız ki bir daha başka yere gitmeyi istemeyeceksiniz.

Don Kişot, papaz ile berbere Beyaz Ay Şövalyesi ile yaptığı savaşı anlattı. Yenildiğini ve bu yenilme neticesinde, bir yıl şatosundan çıkmamaya söz vermek zorunda kaldığını saklamadı. Sonra da belki artık hiç görmeyeceği Dulcinea'dan bahsetti ve yaptığı delilikler için özür diledi. Nihayet yorgunluklarından şikâyet ederek yatağına girdi.

Don Kişot ile Sanço'nun dönüşleri için köyde herkes şenlik yapmakta idi. Fakat Don Kişot hasta düştü. Yenildiği için mi idi; yoksa sevgilisini göremeyeceği için duyduğu üzüntüden mi? Kimse bunu anlayamadı. Hekim onda hiçbir belli hastalık bulamamakta idi; fakat o günden güne eriyor, vücuttan düşüyordu. Yeğeni ile hizmetçi onu türlü güzel yiyeceklerle besliyorlar, dostları avutup eğlendirmek için yapmadıklarını bırakmıyorlardı. Sanço efendisinin yatağı başında uzun saatler geçiriyor, ballandıra ballandıra zaferlerini anlatıyor; fakat bir türlü ona ümit ve cesaret vermeye muvaffak olamıyordu.

Don Kişot'taki ağır hüznü bir türlü dağıtamadığını gören Sanço:

— Senyör Şövalye niçin kendinizi bu kadar bırakıyorsunuz, diyordu, kara sevdadan ölmek mi istiyorsunuz? İnanın bana Senyör Şövalye, hiç kimse durup dururken mezara girmekten bir şey kazanmamıştır. Nasihatimi tutun, mümkün olduğu kadar çok yaşayın. Maşallah aklınız başınıza geldikten sonra bir kere daha bizi bırakıp gitmek deliliğini yapmayınız.

Don Kişot cevap vermiyor, seyisinin yüzüne bakarak mahzun mahzun gülümsüyordu.

Papaz ile berber:

— Sanço'nun hakkı var, diyorlardı, kendinizi ümitsizliğe kaptırmayın Senyör Kesada. Hiçbir şey kaybolmuş değildir. Yaşamak güzeldir. Memleketi aydınlatan şu pırıl pırıl güneşe bakın; şu çayırların güzelliğine bakın. Sevinçle öten şu kuşları dinleyin.

Fakat bu doğru ve güzel sözlerin hepsi havaya gidiyor, Don Kişot mahzun rüyasından bir türlü uyanamıyordu. Her gün onun bir parça daha mezara yaklaştığı ve talihine boyun eğdiği görülüyordu.

Bir gün papaz ve berberle konuştu ve onlara şu sözleri söyledi:

— Sevgili dostlarım, yüce Tanrı bana akıl ve mantığımı yeniden bağışladı. Bana "geçmiş olsun" demekte gecikmeyin. Ben artık Don Kişot de la Mancha değilim.

Şövalye hikâyelerine artık inanmıyorum. Hiç şüphe yok ki onları yazanlar az çok gönüllerini eğlendirmişlerdir; okuyanlar da öyle. Fakat onları gerçek sananlar delidirler. Bu hayalden doğma kahramanların hepsi hoştur, cana yakındır, bunu kabul ederim. Onların kabahatleri yalnız masal ve roman kahramanları olmaktan ibarettir.

Kısa bir zaman sustu, sonra gülümseyerek devam etti:

— Papaz efendi, Tanrı'nın bana verdiği akıldan faydalanarak benim günahlarımı çıkarmakta acele edin, siz de Nicolás dostum, hemen noteri çağırın, son arzularımı yazsın. Sanço'yu da getirtin. Deliliklerimi paylaşmaya zorladığım için onunla helalleşeceğim.

İtiraflar uzun sürmedi, çünkü çok temiz ve namuslu bir ömür geçirmişti, yüreği bir kuş yüreği kadar temizdi. Aklının başında olmadığı bir zamanda yaptığı acayiplikler suç sayılırlar mı idi?

Sonra herkesi yatağının etrafına topladı ve son arzularını noterine söyledi. Malını mülkünü muhtaçlara dağıtıyor; Sanço'ya evvelce verdiklerinden başka iki yüz ekü bırakıyordu.

Köylü bunu işitince:

— Olmaz öyle şey Monsenyör, diye bağırdı, yazmayın noter efendi; sevgili efendim o kadar ağır hasta değil.

Gözlerinden sıcak yaşlar akıyordu; çünkü efendisini çok seviyordu; bunu bu ana kadar fark etmemişti. Ağlayarak:

— Ah bunların hepsi benim yüzümden oldu; diye haykırdı. Rocinante'ye daha iyi bakmış olaydım efendim o uğursuz Beyaz Ay Şövalyesi'ne yenilmez ve ölmeyi düşünmezdi. Onu mutlaka alt eder ve kafasını keserdi.

Bu son sözler, hiç şüphesiz berber Nicolás'ın işine gelmezdi, fakat Don Kişot gülümseyerek:

— O halde de beni cehenneme atacak korkunç bir suç işlemiş olurdum, dedi. Hayır Sanço dostum. Böylesi daha

G. Doré
H. PISAN

iyi oldu. Ben bu şövalyeye çok minnettarım. Onun sayesinde aklım yeniden başıma geldi.

Etrafındakilerden hiç kimseyi unutmadan nesi varsa dağıttı. Noter gittikten sonra papaz ile başbaşa kaldı ve hep öbür dünyayı konuştu.

O günün akşamına doğru Don Kişot biraz iyileşmiş görünüyordu. Akşam tatlı ve yumuşaktı. Şatonun yakınındaki bir çalılıktan karatavukların sesi geliyor, bir gürgenin dallarında yaban güvercinleri ötüyordu.

Don Kişot dünyanın bu selamına gülümsedi, sade ve masum ruhunu Tanrı'ya teslim etti.

SON

YAPI KREDİ YAYINLARI / DOĞAN KARDEŞ YENİLERDEN SEÇMELER

Guido Sgardoli
- Ejder Çocuk
- Sunyukların Büyük Kitabı
- Koş, Durma Koş

Geronimo Stilton
- Dinozorlarla Buluşma
- Mayaların Hazinesi
- Piramitlerin Sırrı

Sabine Bohlmann
- Uykuya Dalamayan Minik Yediuyurun Hikâyesi
- Uykudan Uyanamayan Minik Yediuyurun Hikâyesi

Kerstin Schoene
- Canım Arkadaşlarım
- Canım Arkadaşlarım Hep Beraber

Miriam Dubini
- Yazmayı Sevmeyen Çocuğun Hikâyesi
- Okumayı Sevmeyen Çocuğun Hikâyesi
- Çevreci Muhteşem Dayım

Daniela Palumbo
- Arda Alyanak

Silvia Sommariva
- Sebze Yemek İstemiyorum!

Luca Azzolini
- Gölgeliköy'ün Küçük Dedektifleri

Erminia Dell'Oro
- Çalı Bey, İğne Hanım ve Mevsimler
- Vay Bu Kedinin Başına Gelenler

Richard ve Florence Atwater
- Boyacının Penguenleri

L. Frank Baum
- Büyülü Ada

A. A. Milne
- Winnie-the-Pooh
- Pooh Köşesindeki Ev

Jean-Claude Grumberg
- Çabuksığınlar

Mario Sala Gallini
- Deneyler ve Hayaletler

Francesca Haig
- Ateş Vaazı
- Kemik Haritası
- Sonsuz Gemi

Michaël Escoffier
- İyi Kalpli Küçük Tavşan
- Büyük Beyaz Tavşan
- Sihirbaz Tavşan
- Süper Güçlerimi Kaybettiğim Gün

Stefania Lepera
- Üç Dedektif ve İki Matematik Bulmacası
- Orman Olan Şehir

Tagrid en-Neccar
- Kedi Dostu Cevahir Hanım
- Pabucum Dama Atıldı!
- Koca Karpuz

Edith Schreiber-Wicke
- Berke, Bu Ne Öfke?
- Hayır! Hayır! Hayır!

Heinz Janisch
- Küçük Bir Sorunum Var Dedi Ayı

Heinz Janisch / Helga Bansch
- Ne İstersem Yaparım Ben!
- Hop Güm!
- Komşu Teyze

Julia Donaldson
- Misafir Yılan
- Bay Kuşyuvası ve Komşu Ev

Jonathan Meres
- Astronot Dedem

Pamela Butchart
- Neşeli Günler İlkokulu – Havuzdaki Köpekbalığı

Geraldine McCaughrean
- Haydi Çiçiko Haydi!

Silvia Vecchini
- Erkekler Kızlara Karşı
- Isabella ile Çetesi – Dönüşüme Uğrayan Balıkların Sırrı

James Mayhew
- Katie ve Nilüferler
- Katie ve Resim Sergisi
- Katie ve Mona Lisa
- Katie ve Yıldızlı Gece

E. B. White
- Örümcek Ağı
- Stuart Little'ın Maceraları
- Kuğunun Trompeti

Kari Smeland
- Kargadalışı Ailesi ve Hapşıran Ev

T. S. Eliot
- İhtiyar Farenin Kediler Kılavuzu

Kamini Khanduri
- Büyük Dünya Araştırması

YAPI KREDİ YAYINLARI / DOĞAN KARDEŞ YENİLERDEN SEÇMELER

Rosie Heywood
Büyük Şehir Araştırması
Erika Bartos
Sevecen ile Tomurcuk Etkinlik Kitabı 1 – Kelebekler Kızlar ve Deniz Kabukları
Sevecen ile Tomurcuk Etkinlik Kitabı 2 – Sevecen'in Doğum Günü
Sevecen ile Tomurcuk Etkinlik Kitabı 3 – Tombalak'ı Hıçkırık Tuttu!
Sevecen ile Tomurcuk Etkinlik Kitabı 4 – Dönmedolap
Agostino Traini
Ressam Köpek Panfil
Lodovica Cima
Okuma Karşıtları Kulübü
Ian McEwan
Düş Yolcusu
Will Mabbitt
Mabel Jones'un Akıl Almaz Maceraları
Mabel Jones ve Yasak Şehir
Dino Buzzati
Ayıların Meşhur Sicilya Baskını
B. F. Parry
Oniria – Düşler Krallığı
Oniria 2 – Oza-Gora'nın Düşüşü
Paola Zannoner
Zorro Karlar Altında
Jack London
Beyaz Diş
Timothée de Fombelle
Vango – Gizemli Geçmişin Peşinde
Vango – Yurtsuz Prens
Viktorya Hayal Kuruyor
Esrarengiz Bavullar
Baloncuk
Juan Carlos Ortega
Ulises İçin Evren
Nigel Smith
Nathalia Pissurat ve Dünyanın En Utanç Verici Babası
Nathalia Pissurat ve Bütün Zamanların En Utanç Verici Seyahati
Nathalia Pissurat ve Bütün Zamanların En Utanç Verici Beş Dakikalık Şöhreti
Roger Norman
Zincap – Bir Dostluk Hikâyesi
Aydağı
Virginia Woolf
Yaşlı Kadın ve Papağan
Vincent Villeminot
Cesur Çocuklara Korku Hikâyeleri – Kötü Canavarlara Dikkat
Cesur Çocuklara Korku Hikâyeleri – Büyülü Orman
Cesur Çocuklara Korku Hikâyeleri – Korku Hikâyeleri
Umberto Eco
Cecü'nün Yer Cüceleri
Joseph Rudyard Kipling
Cengel Kitabı "Ormanın Öyküsü"
Carlo Collodi
Pinokyo'nun Maceraları – Bir Kuklanın Hikâyesi
Hubert Reeves
Öğrenmenin Yaşı Yok 2: Meraklısına Evren
Denis Guedj
Öğrenmenin Yaşı Yok 3: Meraklısına Matematik
Frédéric Lenoir / Hubert Reeves
Yeryüzünün Acısı
Claude Allègre
Herkese Biraz Bilim
Herkese Biraz Daha Bilim
Elisabeth Brami
Anne Hakları Bildirgesi
Baba Hakları Bildirgesi
Anne Ducourtial
Gezgin ile Kartanesi – Bay Taktak'ın Evinde
Gezgin ile Kartanesi – Komutan Karınca'nın Evinde
Gezgin ile Kartanesi – Bay Kocasırt'ın Evinde
Gezgin ile Kartanesi – Benekli Hanımın Evinde
Gezgin ile Kartanesi – Bay Kıskaç'ın Evinde
Elena Ferrándiz
Malena'nın Aynası
Pupa'nın Paltosu
Eva Manzano
Şekerli Yağmurlu Tarifler
Maranke Rinck
Misket Baykuş
Philip C. Stead
Bekçi Amos'un Hastalandığı Gün
Sebastian ve Balonu
Çok Özel Posta
Ayı'nın Anlatacak Bir Hikâyesi Var
Silvana Tavano
Nasıl Başlar?

YAPI KREDİ YAYINLARI / DOĞAN KARDEŞ YENİLERDEN SEÇMELER